エルサルバドル内戦を生きて

愛と内乱、
そして
逃避行

エスコバル瑠璃子
Escobar
Ruriko

花伝社

はじめに

宇田桜子

この本の著者である母は過去に2度戦争を体験している。1回目は第二次世界大戦の中での東京大空襲、2回目はエルサルバドルの内戦である。

もともと家族がカトリック信者だったため、母は困窮の中を、世間では「お嬢様学校」と言われている高校、大学、そして大学院まで苦学して学生時代を過ごした。その後母は教職につき、日本に物理学の国費留学で来ていたエルサルバドル人の父と出会い、結婚をする目的で未知の世界エルサルバドルに住むことになった。しかし、日本のすでに高度成長期の中で育った母の生活とは一変、嫁いだ先のエルサルバドルは内戦前夜にあった。その後中米に住んだ8年間、母は内戦の中を生き延び、様々な体験をした末、ほとんど無一文で日本に帰国した壮絶な物語が、本書には書かれてある。

私は母からの多くの話を通じて、戦争の恐ろしさを聞いて育った。2022年よりロシア・ウクライナ問題も話題となり、日本政府が「軍事支援」という言葉を使い、戦争に加担している事実に不安を感じている。更にロシアの外交官を追放し、国際的な緊張が高まっている。本当なら戦争をしないための外交が必要なのに、戦争に発展するかも知れない緊張状態を作っておきながら、軍事防衛を強化しようなどという風潮が高まっているのに違和感を覚える。田中角栄の名言である《戦争を知っている世代が政治の中枢にいるうちは心配ない。平和について議論する必要もない。だが戦争を知らない世代が政治の中枢になった時はとても危ない》という言葉を思い出す。

この本に書かれていることは今から40年ほど前のことだ。しかし、全く同じシナリオで世界中が戦争に巻き込まれていることを、この本を通じて訴えたい。今こそこの本を世に問う適切な時期なのではないかと考え、母の本を出版する決意をした。

エルサルバドル内戦を生きて——愛と内乱、そして逃避行◆目次

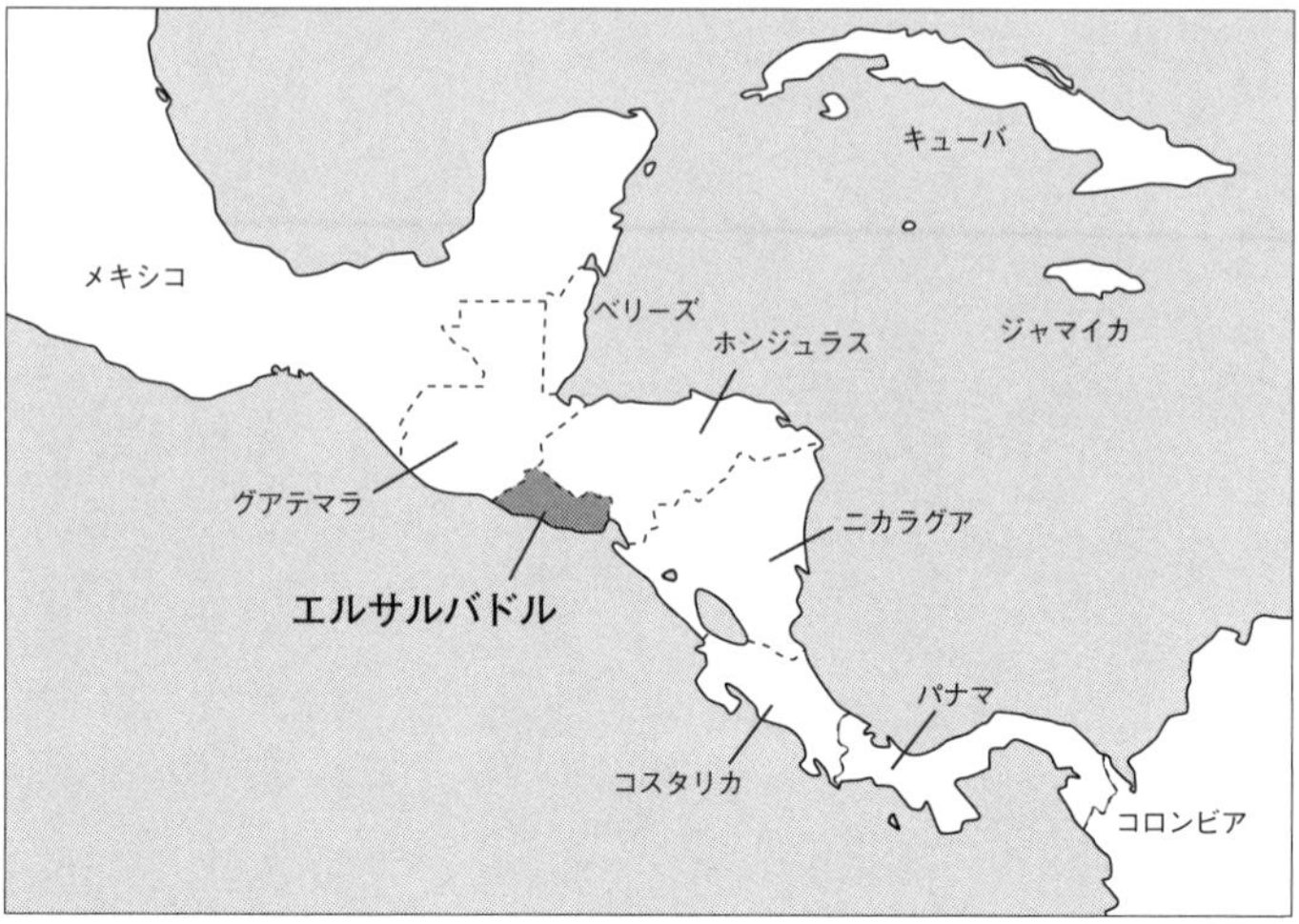
キューバ
メキシコ
ベリーズ
ホンジュラス
ジャマイカ
グアテマラ
ニカラグア
エルサルバドル
パナマ
コスタリカ
コロンビア

グアテマラ
ホンジュラス
セロン・グランデ・ダム
サンタアナ
レンパ川
サンサルバドル
イロパンゴ湖
太平洋
フォンセカ湾
ニカラグア

エルサルバドル地図

第1章　エルサルバドルへ

サンタアナの町

話は1976年のことである。日本に来ていた国費留学生のエルサルバドル人を追って、私はこの年エルサルバドルに着いた。足掛け10年勤めた高校の教諭職を放り出し、私が彼に賭けたその物語の一ページである。

日本は高度成長の真っ最中、あらゆる仕事が人の手を離れ、電化製品に替わっていったころである。東京に住んでいたのだけれど、高校を卒業するまで家に電話はなかった。高校時代、洗濯機は脱水は手動で、テレビが家に現れたのは大学3年の時、冷蔵庫は腰あたりまでの低いのがやっぱり大学に入ってからだったかな。しかし70年代ともなると、洗濯板を忘れ、映画館を忘れ、冷蔵庫がない家なんかなかっただろう。

エルサルバドルに着いた時、生活の中にあった物は、もう日本では忘れていたものばかりだった。電話を引くのに3年は待つ。洗濯は2本の手に頼る。もっとも人件費の馬鹿安いこの国では、女中（「お手伝いさん」などと呼ぶような先進国用語ではない）を雇って全部やらせる。テレビは持っている家まで出かけて行って見る。

冷蔵庫はあるにはあるのだけれど、牛乳が3日でチーズになる。牛乳に問題があるのか冷蔵庫の性能が悪いのか知らない。でもまあ、ものは取りよう。電話する相手もいないんだし、2本の手に故障はないんだし、テレビはポータブルで、ラジオもカセットも付いているものを日本から持ってきていた。牛乳がチーズになるなんて面白いじゃない。日本には半年も持つ牛乳っていうのがあったけど、かえってそういう牛乳には何が入っているか分からない怖さがある。

私は昭和16年生まれで防空壕育ちだ。東京の食糧難を体験しているから、あの時の体験を活かせばいいさ。案外良い気分でこの異国の第一歩を始めたのである。

結婚の書類上のことが整うまで、私は首都サンサルバドルからバスで40分離れたサンタアナという町に、婚約者ダヴィと2人で下宿した。エルサルバドルの第二の都市である。

いきなりわけのわからない生活が始まった。言葉もろくすっぽできなかった。家はブロック固めの四角四面の造りで、パティオとよばれる中庭があったけれど、地面はタイル張りで鉢が隅にあり、緑の庭がある日本家屋に慣れた私には味気ない。家に土がないのである。これがたまらなくて、私は緑を求めてよく散歩に出た。

町は臭かった。風呂に入ったこともないような裸足の子供が、外国人の私を珍しがって寄ってきて触ったりした。男は女を見るとだれかれ問わず注意を引くために、「チッ、チッ」という動物を呼ぶ時のような合図をする。女学生が私を見て驚き、私の姿が見えなくなるまで無遠慮に凝視する。「チニータ、チニータ」（中国人だ、中国人だ）とささやきあう。

私の行く所、つねに人の目があった。対象をまともに射止めて放さない執拗な視線がハエのように付きまとった。目が合った時、試しににらんでもみたし、微笑んでもみたが、反応はなく、警戒してただただ見つめていた。

凄い国に来たぞと正直私は思った。美しいと思えるものが何もないと感じるほど、余裕を失っていた。時期が乾燥期にあたっていて、埃っぽい所為もあった。ハエだらけであることを、埃まみれであることを、臭気が充満していることを、誰も気づかずに生活しているのが、私にはもっとも救いようなく思えた。

ある夕方、私は歩き回って道に迷った。方向だけ見当をつけて一つの曲がり角を曲がった。そして突然自分が別世界に入り込んだような気分に襲われた。頭上一面にピンクの花が広がっているのだ。これは御伽噺の世界だ、と私は感じ、花の天井を見上げた。

一本の大木が八方に枝を張って、ピンクの花をつけている。おお！　不思議な感動が私を襲った。ハエも埃も目玉の列も忘れ、私はしばらくそこに立って、散る花と戯れた。こんなに美しいものがこの国にあったとは。花は筒型で、強いて言えばツツジに似ている。葉が出るのが遅いらしく、花ばかりが空に広がっている。風に吹かれてぱらぱらと落ちてくるのを手にとって、私は思わず一人で笑った。

「おまえに会えてうれしいよ」。花に向かって私はささやいた。

それは私がサンタアナに来て初めての喜びだった。花の名前が知りたくて道行く人に尋ねたが、誰も教えてくれなかった。めんどくさそうに、「ああ、あれはフロールロサーダだよ」なんて答える。

「フロールロサーダ」とはスペイン語で「ピンクの花」という意味だ。見ればわかるから、誰もそんなこと人を呼びとめてまで聞きはしない。そうか、だれも知らないのか。外国人の私をこんなに感動させた自分の国の一番美しい花を。

　こんなに見事な花をどうして名無しのままにしておくのだ、と私は思って本屋に行って図鑑を探したが、スペイン製かアメリカ製の図鑑はあっても、この国の動植物を扱ったものは一冊もなかった。私がこの花の名前を知ったのは、半年たってサンサルバドルへ行って、何と日本人から聞いてからだった。

　日本人はこの花が山で満開の時、遠くから眺めると桜そっくりに見えるところから、「エルサルバドルの桜」と呼んで愛していた。マキリシュアという花だった。

　サンタアナの町を歩いていて、グラナディージャという果物を見つけた。外側がみすぼらしくて中身がうまい。からす瓜みたいな形をしている。カポッと殻を割ると中に蛙の卵状の塊が入っている。甘い上品な香りのする汁をすすって蛙の卵を舌の先で丸め込み、一口か二口で喉の中に送りこむ。霊妙な味がする。その茶色がかった橙色の外見からは、とうてい想像のできない味だ。何も魅力を感じさせないものがこれだけの中身を持っていることは、「高貴だ！」と一人でこの果物をいとおしむ

（これはエルサルバドルではグラナディージャと呼んでいたが、英語圏ではパッションフルーツと呼び、日本ではトケイソウの一種らしい）。

ここサンタアナの町は泥に満ちている。いや、私は東京からやってきて、泥に満ちたこの町を、「ここにはまだ泥がある！」と愛し始めている。たった今、神様が泥を捏ね上げて作りました、といったような人間がたくさんいる。そして市場は活気にあふれている。路上には暑さしのぎの筵の天幕が張り巡らされて、その下であらゆる日用品が売られている。

しつこいほどの呼び声。値切りに値切って物を買う。泥だらけの子供がザルの中で眠っている。隣のザルには足を縛られた鶏が5、6羽、ケエッケエッと言っている。あるいは半分死にかかってだらしなく首を垂れている。その隣には各種の動物の各種の排泄物がある。人類のもある。その隣では、体中縦横斜めにしわの寄ったばあさんがしわしわの胸をはだけて、切った西瓜を売り叫んでいる。からすのような声である。「サンディーヤ　サンディーヤ　アガレ　サンディーヤ（西瓜、西瓜、召しませ、西瓜！）」

スーペルと呼ばれるスーパーマーケット、日本やアメリカにあるセルフサービスの店がないわけではない。二、三度立ち寄ったが、あらゆる商品がうっすらと埃をのせていた。店員が一人カウンターに仏頂面をしてうずくまっていた。果物、野菜などは総て古く、缶詰でさえ買う気になれない。黙って品物を見せると、カウンターの男はぶすっとして値段を言い、聞き返すと2分ぐらいたってからうるさそうに返事をする。

ごろごろ転がっている赤ん坊を踏んづけそうになりながら、人いきれのむんむんする市場の中を歩く方が、自分も人も生きているという感じがする。
泥がある、泥がある！　私は東京から来たのだ。これがグラナディージャの中身なのだ。

国鳥タラポ

サンタアナにもだいぶ慣れたころ、首都サンサルバドルまでバスで行った。空はカアッと晴れていて、美しいというより恐ろしい。サンサルバドルとサンタアナを結ぶ道路を走る間中、バスの窓から恐ろしい空を、目玉を見開いて眺めつづけた。新道と旧道があって、埃をだいぶかぶるけれど旧道を通る方が面白い。その違いは新幹線と東海道線の違いだ。新しいものは便利だが味気なく、古いものは人間の歴史と生の生活が生きている。

ジャングルみたいな山の中を通るのも魅力だ。〝この木なんの木　気になる木〟みたいな高い大きな木が、黄色の花をいっぱいつけている。この花は見事だったけれど、八年間の滞在の間、ついに名前を知ることができなかった。遠くの空の一角にその黄色の花を見つけると、ああ、なんて美しいのだと思う。あの木の根元には安らぎがあるだろうと確信する。もしかしたら、あの木の廻りに、生々しい人間の声に渦巻く市場もあるかもしれない。

ひどくがたがたするバスの座席にしがみつきながら、私はその時空を掠めて飛んでいる、光る緑の羽根をつけた尾の長い鳥を2羽見た。ケッツァルかな⁉　と私は思った。ケッツァルはグアテマラの国鳥だ。紙幣にも硬貨にもテーブルクロスの刺繍にも描かれている。マヤ族の神鳥で伝説の主人公だ。見たぞ、とうとう見たぞと私は感動した。伝説の鳥が生きている。日本では最後に残った神人まで

左「孤高のタラポ（トロヴォス）」右「ケッツァル」

戦後人間になってしまったのだ。私は決して文明を厭うているのではない。人間を殺す文明でなく生かす文明に憧れているのだ。その時私は見た鳥はケッツァルだと決めてしまっていた。

バスが埃を巻き上げて止まるたびに、一瞬の間の売上を目指した人々がどこからともなく土の中から立ち現れて、飲み物や果物やトルティージャ（とうもろこしでできた灰色の薄いパンのようなもの、この国の主食）に何かを巻いたのを高だかと差し出して、バスの周囲に群がってくる。すばらしい速さで物とお金が交換される。動き出すバスに食い下がってくる人々、体を半分ドアの外に出したまま発車の合図をするドアマンの少年、ぎゃあぎゃあ騒ぐ鶏を籠に入れて頭に載せて普通の顔をしている太ったおばさん、それらの中でわたしは、見られる存在であると同時に見る存在でもあった。

さて、あの時私がかってにケッツァルと決めて感動した美しい鳥は、じつはケッツァルではなくて、サンサルバドルに住むようになってからも時々庭にやってきて、八年間私を楽しませてくれ、後に今にいたるまで、私の絵の題材になりつづけているエルサルバドルの国鳥、タラポ（別名トロヴォス）だった。

神鳥ケッツァルはグアテマラの博物館で剥製を見る機会が一度あっただけだったのは、今でも残念なことだと思っている。負け惜しみではないが、タラポはケッツァルに劣らず高貴な美しさを持った鳥で、五代前ぐらいのおばあさんにでも聞けば、これこそエルサルバドルの神鳥だと教えてくれたかもしれない。

蟻とキリギリス

サンタアナに行く前、夫ダヴィの弟の家に、私は一月ほど食客になったことがある。そこに一人の女の子がいた。もう学齢に達していそうなのに、何時も家にいて人形遊びをしていた。年はいくつか尋ねたら、七つだと答えた。七つで学校に行かないのかと尋ねたら、その子の面倒を見ながら留守番をしていた高校生の叔母が答えた。学校は10月末から2月始めまで休みだと。

なぜそんなに休みが長いのか聞いたが答えない。わが母国日本でそんなに長い休みがあるのは何か物騒な事件があった時だから、闘争とか紛争とか、七つの子に不似合いな言葉を思い浮かべた。

しかしその子の叔母の当惑から考えると、どうも私は、「なぜあなたは二本足で歩くのか」とか「なぜ夜は眠るのか」というたぐいの質問をしてしまったらしい。

小中高を通して、月曜から金曜まで、1日4時間の授業がある。午前の部と午後の部があって、どちらかに通えばよろしい。その他の時間、子供たちは太陽の下で遊んでいる。あるいは市場で親と一緒に稼いでいる。それで1日をすっかり使って、夜は星を眺めて散歩をし眠る。星はこの国では健在である。

ところで、エルサルバドルの気候は、10月から2月までが一番しのぎ良い。3、4月は酷暑で盛夏というところ、5月から9月まで雨季。雨季は寒いくらいだ。酷暑と言われる3、4月でも、朝夕は風が吹き涼しい。昼の12時ごろから3時頃までが一番暑い。この間は昼食して寝る。たまたまその時刻町を歩くと、路上の日陰に人々が土と同じ色をして眠っている。

なぜ一年中で一番勉強しやすい季節に3か月も休んで、酷暑や雨季に開校するのだろう。夏休みでさえ1か月しかない、その夏休みでさえ夏季講習などで勉強することが常識的なわが祖国日本で教職に就いていた者としての単純な疑問を、私はちょうど来た夫の知り合いにぶつけた。

「一番人生を楽しめる季節に楽しまないで、なぜ勉強なんかするのだ」と、彼は逆に尋ねてきた。

なぜこの国の学校では1日4時間しか授業をしないで、あとは子供を放っておくのだと私が聞くと、「なぜ日本の先生は良い年した大人のくせに、自分の楽しみも子供の楽しみも奪って、1日中子供を相手にしゃべりまくっているのが正しいと思っていられるのだ」と、逆に質問してくる。

一番良い季節を遊びに使うという考え方と、一番良い季節は勉強に使うという考え方の間には、180度の隔たりがある。

しのぎやすい季節には灯火の下で読書をし、雪が降ればそれも明かりとしてやっぱり読書をし、夏になれば克己の精神で酷暑に耐えて予備校に通わなければ精神が落ちつかない……そういう習性を植えつけるあの中華文明圏で育った私は、おかげでキリギリスの国に来ても馬鹿みたいに読書ばっかりしている。私は一生猛烈に勉強するために500冊の本を抱えてエルサルバドルに移住してきたのだ。恐らく1年でこの500冊は読みきるだろう。

1万年前にベーリング海峡で袂を分かった同族とは言いながら、地球の裏と表ではまるで価値観が違うことを計算に入れていなかった。

私の祖国では、蟻のモラルの方がキリギリスのモラルより優れているということになっていた。むしろ、キリギリスにモラルがあるとは認められていなかった。子供のころから、夏に謡って暮らしたキリギリスは冬に死ぬことになっていた。すでに黒白はついていた。蟻の為にキリギリスのようなやつは死んでも良かったはずだった。

でも黒白を決めるため闘ったアメリカは、ベトナム民族を根絶やしにできなかったぞ。かつてベトナム反戦運動に参加して青春の血をたぎらせた過去を持つ私は、ふとそんなことを考えた。

サンタアナの夏

サンタアナで「夏」を迎えた。「夏」とは3月である。下宿の中庭の鉢にサンタンカが咲いた。まっ赤なアジサイのような花だ。その茂みの中に体長3センチぐらいの鳥が巣を作った。下宿の女将がすごく喜んで、声を潜めて私に教えてくれた。しかし相変わらずここの人たちはその鳥の名前を知らない。ただ愛情を込めて、パハリート（小鳥）と呼ぶ。よっぽど性能の良いカメラでないとあんな小さな鳥は撮れないなと思いながら、ある日こっそり写真を撮った。その鳥はサンタンカの花の廻りを羽を震わせて飛んでいる。ずいぶん後になってスペイン版の図鑑を買ってから、多分それはハチドりだということがわかった。殺風景な中庭が、花と鳥の存在でやっと生きてきた。

市場は物凄くにぎわっていた。それまで見たこともない野菜や果物が山とあった。それらを片っ端から買い込んで食べるのは楽しかった。メロンの山が売られていた。その値段を見て私はかなりあっけにとられた。日本の実家のそばの果物屋で、かつてメロンは高級品だった。おメロン様とでも表現した方がよさそうな扱いで仰々しく桐箱に収まって、神棚の近くに鎮座し1個4500円という値段がついていた。私は東京でメロンを買ったことも買おうと思ったこともなかった。そのメロンがサンタアナでは5個30円。これ本当に、あの「おメロン様」の親戚?

夜の町をつれあいのダヴィと歩いたら、怪しげな店で「チュコ」と呼ばれる飲み物が売られていた。試すかと彼が言うから、試した。灰色で見かけはそば粉みたいだ。どろりとしている。まずくはない。飲める。しかしチュコとは「汚い」という意味だと後で知った。この国は食べ物に無神経な名前をつける。後でもっとものすごい名の食べ物を発見したときそう思った。

「花とハチドリ」

赤道に近い国だから、覚悟はしていたものの暑かった。ここはもともと貫頭衣の国だったのに、キリスト教徒が世界中を歩き回ってブラジャーを押し付けて回ったから、おかげで赤道直下の国でも窮屈な思いをしなければならない。かくして高温多湿の南太平洋の島々にも、赤道直下のアフリカや中南米のジャングルにも、おっぱいを出して歩くことがいかに野蛮で恥ずかしいことであるか、いかに挑発的で罪深いことであるかという思想を植えつけ、おかげでどこの国でも、ブラジャーをしない女はすなわち商売女であると判断しても良いという感覚を蔓延させてしまった。

これはキリスト教が布教に成功した例である。しかしキリスト教が布教に成功したのは、無ブラジャー文化地帯にブラジャー文化を布教したことぐらいに尽きる。中南米はスペインカトリックが荒らしまわり、マヤ、アステカ、インカ文明を亡ぼしてカトリック化したとか、諸語を廃してスペイン語を押し付けたとかで有名である。

しかし私の目には、このラテンアメリカにカトリックが普及しているようには映らなかった。なるほど教会は建っているし、人々は教会の前で十字を切る。クリスマスには大騒ぎをするし、神の名は口にする。しかし彼らは月も信仰の対象にしているし、さまざまのタブーに動かされて行動するし、カトリックの諸聖人がキリストと同格の神様らしい。教会はここの土地の神様に間借りをしているに過ぎないように映る。要するにカトリックの神様に名を変えたマヤの神様が、彼らの心に依然として生きているということだ。私はこのことを、クリスマスの市でクリスマスの飾りとして売られているものを見て悟った。

クリスマス前に市場に行ったら、聖母マリアや幼子キリストの像と並んで、私は鬼子母神のようなものが子供をくわえている像を見つけた。これはクリスマスの飾りか、といぶかしげに私は聞いた。

そうだ、と筵に座って商品の番をしているおばさんが答えた。これはどういう意味だと聞いたら、神様の一人だという。教会の神様かと聞いたら、そうだと言う。その昔隠れキリシタンが、マリア像の代わりに観音像を持ってマリア像として拝んでいたアレなのだ、と私はその時思った。ははあ、これがキリスト教の正体か。

「ブラジャー文化」考

暑い夏にブラジャーを着けなければならない悔しさに、私はブラジャーについて深い考察を試みた。私は運命か摂理か気の迷いか物好きか知らないけれど、この国の原住民の一人と結婚するためにここに来たのだ。前年の10月まで東京で教師をやっていた。教師は一種の布教みたいな仕事だった。教育とは本来自然なものを不自然にする仕事であり、その不自然の基準は、どんな気候条件のところでもブラジャーをつけることが正しいとする、あの真正なキリスト教徒の布教精神と同じく絶対的なものだった。暑くても寒くても6月は夏服に、10月は冬服に替えなければ校則違反と考えるのが常識である社会に慣れていた。

しかも東京は私にとって世界文化の中心であり、宇宙そのものだった。東京の価値観は真理だった。しばらくの間私はこの国にあるもの総て受け入れがたい思いで、一歩引いて眺めていた。長年の癖で学生の姿を求めたが、歩いている学生は私の頭の中にある学生とは程遠い存在でしかなかった。私は世界中の国に行って、劣等感か優越感を持って物事を判断する日本人の一人である。地球上の諸国を先進国と後進国に分かつ習性を持っている。開発途上国と言おうと蛮国と言おうと、言おうとする内容は変わらない。便所とトイレの違いぐらいしかない。要するに、自分の価値の基準を変えずに評価する、または裁く態度がそこにある。働く蟻は歌うキリギリスより善であるというあの思考方法がつねに支配的だ。

欧米に行っては劣等感を感じるあまり、帰国後欧米の生活様式を布教したがる。中南米、アジア諸国に行っては優越感に浸り国粋主義者になる。これはブラジャー文化布教に成功したキリスト教徒の善悪、優劣、黒白に総ての物事を分けて評価する精神構造と相通ずる所がある（誤解のないように、キリスト教徒とは、主に西洋人を中心としたキリスト教の布教者であって、キリスト教でもキリスト自身でもない。かくいう私はカトリック教会に籍を置いている）。

赤道直下の国々に行って男にネクタイ、女にブラジャーを強要し、氷の国に行ってはTシャツ、ジーンズを流行らせ、アフリカを未開だと言い、イスラムはポリガミイの国だから不道徳だと言い、欧米は武器が一番発達しているから文明国であると判断する。その思考方法から見たら、この国エルサルバドルはほとんど住めない国である。

私が、「どこの馬の骨か分からない男と結婚するのか」という家族の罵声を振り切って終の棲家と選んだ国、その国はいわゆる開発途上国である。よほどの金持ちでないと電気洗濯機などお目にかかれない国、町中排泄物の臭いに満ちた国、乞食が繁茂し子供は裸で歩く国、交通機関は昭和20年代程度のバスとタクシーしかない国、鶏は生きたまま売っている国、国土は四国ぐらいの大きさでコーヒーしか産出しない国、公害なんかありようがない国、星と花が美しい国、グラナディージャがうまい国である。

私が本当にこの国で後の半生を暮らすことを自分の人生の最終的な選択として選ぶなら、それは、物の考え方も尺度も違う、道徳も教育文化のあり方も違う、その総てを丸ごと、自分本意に変えることなく、日本文化の布教を試みず、受け入れてしまうほかはない、そういう態度が要求されるだろう。私の子供のころ、日本にだってブラジャーはなかった。秋津島瑞穂の国は、電車の中で母親が平気でおっぱいを出して赤ん坊に乳を飲ませることを恥とは思わぬ国だった。私の子供のころ、たらちねの母は健在だった。戦後、私の母が婦人雑誌を見て、乳バンドなるものを作って身に着けていたのを覚えている。乳バンドはその後、ブラジャーという呼び名に進化し、秋津島瑞穂の国に定着した。和魂洋才の日本はキリスト教は受け入れなかったが、ブラジャー文化は受け入れた。

和魂洋才とはとりもなおさず、心を変えずに文化の形態のみを受け入れることだ。ということは、私だってかつて形態上はブラジャー文化に征服された国にいたのだ。しかも優れて自国の文化と異国の文化を融合させる技術を持った民族の一員なのだ。

そうか、と自分は考えた。自分も変えずに人も変えない、そういうことができるかな。

私はある時、2日ばかりだったが、隣の国グアテマラを散歩する機会を得た。エルサルバドルから飛行機でグアテマラに降り立ったとたん、私はまるでそれが現実の世界ではないように感じた。町はインディオの色に満ちていた。インディオの女性たちは原色の美しい織物を身につけ、リボンを編みこんだ長いお下げ髪をたらして、赤子を背に、荷物を頭に、町にひしめいていた。町が赤い！　と私は感じた。身につけている縞の織物や、荷物を包んだ風呂敷や、赤子を背負う背負い布が皆赤っぽ

グアテマラ：布地を売っている店

かった。髪飾りも華やかで色が見事だった。

彼らは観光用に歩いていたわけではなく、一般の生活者として生きていた。ほとんど呆然として私は人々の群れを眺めた。アメリカ大陸の中にあって、しかもこんなにアメリカに近いのに、ここはアメリカ文化に汚染されていない！　一般の生活者の中にTシャツがいない、ジーンズがいない、ミニスカートがいない。20数年前日本ではミニが流行っていた。私もひざより上のスカートを身につけていた。Tシャツにジーンズ姿は旅行者だけだった。

も、も、もしかしたらこの国の人々は、1000年間ぐらい自分たちの文化を守り抜いてきたのかもしれんぞ。

グアテマラは90％の国民がインディオで、10％に満たない植民地時代の白人が支配している。インディオの教育は顧みられない……と、ある観光誌に書いてあったのを読んだことがある（1970年代のこと）。多分、と自分は考えた。どこでも横暴な白人が、ここではインディオを自分流儀に教育したりしないから、今でもこの鮮やかな色とりどりの織物に身を包んだ人々が、自分の文化を保っていられるのだな。その時私は浅はかにも、白人がこのインディオたちの文化を尊重して手を触れないのかと思って感動したのである。

私はこの時、この国の原住民が長年の白人の支配のもとで、軍事政権から原住民掃討作戦の対象になり、30数年間白人の虐殺に耐えてきた民族であることなど、知る由もなかった。

その歴史を知らなかったとはいえ、自分にとってかくも異質で、しかも現代文明の汚染を免れている民族の姿に私は感動した。それは異質であったが、まさしく固有の、それ自身価値を持った文化なのだ。

エルサルバドルは混血の国である。何が固有であるのか分からない。しかし彼らは混血なりに混血の生き方をしている。インディオ的であり、スペイン的であり、混血的である。マヤの神々もキリストも混血的である。私がこの国を受け入れるということは、この混血文化を受け入れるということである。

ブラジャー文化と無ブラジャー文化、ポリガミーとモノガミー、蟻とキリギリス、キリストとアラーと仏陀とお月様とおいなりさんを同時に受け入れ、灯火親しみながら太陽を浴び、生きた鶏を食卓に運ぶ神経を養い、値切りに値切って毎日同じ物を別の値段で買い、原語交じりのスペイン語を日本的思考方法でもって使いこなす。そういう心構えで生きて行くということだ。

私は故国を賛美しすぎることが、もう故国に帰る予定のない私の精神衛生にとって危険であることを知っていた。しかし私は、グラナディージャの冷たい汁を乾いた喉に流し込みながら、この国に住めるかな、ノイローゼにならないかな、公害をもたらすあの現代文明が恋しくならないかな、などと考えた。私は初め、星と花ばかりを眺めていた。日本からもってきた工芸品を穴のあくほど眺めつづけた。美しいものがほしかった。美しい匂い、いや、せめて無臭状態、ほんの少しの清潔さ、文化の初歩、自分の価値観に少しでも近いものを捜し求めた。

私のこういった心はグアテマラを散歩してから変わり始めた。私が自分のもっている文化のみを正しいとする態度は、ナチがユダヤ人を虐殺し、スターリンが仲間を粛清し、アメリカがベトナムを攻撃している態度と何ら変わることはないだろう。もしそれらを間違いだと言うなら、私がエルサルバドル人に背を向けて、ひたすら日本の工芸品に頬を摺り寄せているのも間違っている。

日本のように、一億国民総学生で、何も生産活動に従事するものがいない状態が文明的、すなわち善とはいいがたく、高校にも大学にも行かないで、スペイン以前の生活を保持したまま生産活動に従事しているインディオは、必ずしも非文明的、すなわち悪ではない。お互いにお互いを布教する必要はない。同時に、外側がみすぼらしく見えようと、開けてみたらどんなものが発見できるか分からないこのエルサルバドルという国を、開けてみてもいいじゃないかと思ったのだ。

グラナディージャは開ける前にみすぼらしいけど食べてみようと、開ける前に受け入れたのだ。これで行こう、と私はやっと長い戸惑いの末にたどり着いたのである。

不正選挙

サンタアナに滞在していた1977年2月21日、エルサルバドルは大統領選挙で揺れていた。私事にかまけていた頃なので、私はそのことがどういう意味を持つのか追求する心の余裕を持ってはいなかった。日本から送った荷物がその頃になって続々と届き始め、私はその整理に追われていたし、本の匂いをかいだので、やっと自分は「本のあるいつもの生活」が取り戻せるかと思って、心理的にかなり落ち着きを取り戻そうとし始めていたときであった。

私は36歳になっていた。私は結婚するためにこの国にきた。結婚相手と出会う前に、私はこの国の存在さえ知らなかった。ましてや内戦の真っ最中の国だなんていう知識は一切持ち合わせていなかった。

子供のときから私は本の世界に生きていた。庭の木に座布団をくくりつけ、そこを「巣」と称して、登って本を読んだ。そのとき以来の自分の人生を振り返ってみても、他の不安定要因はもうある程度は当たり前だった人間だから、本さえあれば、日本にいたときとたいして変わりない日常を送れると思ってやっと「生きた心地」になり、本の世界に逃げ込む態勢になっていた。

その日はダヴィが投票から帰ってきて、いつもより早く下宿に姿を見せたので、荷物の整理を手伝ってもらおうかと思っていた。しかし彼は汗と埃にまみれ興奮し、ただならぬ雰囲気をたたえていた。まるで日常的な話題なんか受け付けそうもない。びっくりして、「どうしたの？」と聞いたら、なんだかサンサルバドルが異常事態になってきたということだった。「首都は緊張しているよ」とダヴィは言った。

「ここにいてよかった。首都はゴリラだらけだ。歩いているだけで、なんでもないのに尋問を受けて、まごまごしていると連行されるから、危険だからあんな所に住んでいられない」

軍隊に反感を持っている庶民は、軍隊のことを「ゴリラ」と呼んでいた。本物のゴリラは容貌の所為で強暴だと思われているが、エルサルバドルの軍隊ほどは凶暴ではない。ゴリラには気の毒な表現だな、と私は思っていた。

「バスは首都から逃れる人で鈴なりで、途中の幹線もゴリラがうじゃうじゃいたよ」

すごくこの国はゴリラに満ちているのだ。

首都サンサルバドルからバスに乗って、サンタアナの下宿まで苦労して戻ってきたらしかった。日ごろスマートな姿をしていた彼が、シャツはよれよれ、靴は踏まれて泥だらけである。はだけた胸は汗まみれだ。まるで乱闘の中から体を引き毟って遁れてきたみたいな状態だった。

次の日彼は遅く帰ってきた。

「今回の選挙は今までで一番最低だ。勝った勝ったと言っているけれど、政府は反対勢力の側の人々が田舎から投票場に行くのをゴリラを出して妨害して、投票場に行かせなかったんだ」

彼は興奮して言った。首都は抗議する群集の暴動が起きて、それを取り押さえるための軍隊の出動で片っ端からしょっ引かれるから、危険が多くて歩けないという。彼の体全体から、まるで怒りで湯気が立っているみたいだった。

「サンタアナにいる限り大丈夫だが、サンサルバドルとの行き帰りが危険なんだ。地方から投票に来ようとした村人たちの投票を妨害するために途中の道に軍隊を派遣したから、軍隊と揉みあって死者も出ている。村人を投票所に運ぼうとしていた神父さんが、車ごと軍隊の襲撃を受けて農民や子供も一緒に殺されたらしいよ」

「くそっ！」。ダヴィは怒りに燃えて舌打ちした。「政府は民衆の投票が怖いんだ」

村人が全部反対勢力って決まっているのだろうか、とのんきに私は考えた。雰囲気だけで「何か」をぼんやりと察することはできたが、実際には何が起きているのかわからなかった。テレビもラジオもその時はなかったし、スペイン語の新聞はまだ私には読めなかった。もっとも読めたとしても、「あんな報道はみな嘘八百だ」とダヴィは言っていたのだが。

結婚成立まで

そのころの私には、自分が仕事も家族も故国も投げ出して人生を賭けた男と結婚が成立するかどうか、ということのほうが重要な問題だった。その男の国の政情が不安定であろうと、農民が殺されようと、選挙が不正であろうと、自分の心象風景の中にそういう緊迫した事実は何も映らなかった。

私の目には、サンタアナの町は平和に見えた。「普段通りの」人々の平穏な生活が滞りなく続いているように見えた。

メルカード（中米の市場）はにぎわっており、おいしそうなメロンや西瓜を売る人々の呼び声に満ち溢れていた。日本では食べたこともない珍しい果物や野菜を見つけて試したり、必要な日常品を買ったりしながら、私はかなり自由に町を歩いた。メルカードには珍しい色や姿の野鳥まで売っていた。野山に行ってただ捕まえてきて、ペットとして売りに出しているのだろう。手にしたものはなんだって売っちまうんだ。インディオのおばさんが、その鳥にアグアカテ（アボカド）を食べさせていた。果肉がバターを思わせるような妙な木の実だった。アボカドなんてそのころ日本の市場に出回っていなかったから、バターみたいなものを食べる珍しい鳥だなと思って、そういう光景を眺めていた。

イグアナが、手足を縛った状態で売られていた。アルマジロも縛られた状態で市場に置いてあった。ペットとしてはなんていう扱いだ！　と思って見ていたが、イグアナもアルマジロも食用らしかった。

それらのものを私はものめずらしげに眺めながら歩いた。彼が首都で見たような危険な状況は、この町ではまだ肌では感じ取れないように思えた。

彼もこの町を歩く時は、1年前に日本にいた時に見せていたような、子供のような無邪気さであちこち私を連れ回り、値下げ交渉をしながら買い物をする方法を教えてくれた。屋台で売っている食べ物は一通り試してみた。彼の後にくっついて、妙なものばかり食べて歩きながら、私は心で納得した。何だ、日本で私が面白半分ゲテモノのつもりで彼に勧めた蛙の姿焼きなんか、彼には「常識的な」方の食べ物だったのだ。上品なマナーを要求するような西洋料理のほうが、非常識だったのかもしれないぞ。

ひょうたんの底の一部を切って作ったような野趣のあふれたお椀に、例のチュコと呼ばれる灰色の飲み物を入れたのを買って路上ですすって味わいながら、そういうとき私は実に平和で楽しかった。少なくとも自分たちの平和を乱すものがなかったから。

町を歩いていると、彼が貧しい生活者に対して柔和な表情を見せ、すぐに相手の好意を勝ち取る術に長けているのに私は気がついた。私が外国人だから法外な値段を吹っかけられないように、私をこの人たちに紹介してくれた。

彼は、物を売っているおばさんや少年少女にいちいち優しい声をかけ、彼らとはすぐに仲良くなった。二度目に同じところを私が一人で歩くと、店のおばさんや裸の子供たちがすぐに声をかけ、「インヘニエロは元気か?」などと言いながら寄ってきた。すごく親しそうに「インヘニエロは僕らの友達なんだ」というような表情で、彼のために店のものを少し多めに私にくれたりしたものだ。

インヘニエロ（英語ではengineer）というのは工学士の称号だが、この国では工学士の称号を持つものは大変尊敬を受けていて、名前ではなく称号で呼ぶのである。後でわかったことだけれども、日本と違ってこの国の大学制度では、簡単に入学できても学位を取るのはなかなか難しく、彼と一緒に卒業できた仲間はたったの9人だといっていた。100人近くで一緒に始めて学位を取れたのが9人なら、その9人は最高のインテリ階級になるだろう。日本のように学位取得者を大量生産する国からはまるで想像もつかないことだけど、下宿の仲間に聞いたことによると、インヘニエロは女性の結婚相手として第1位を占める憧れの的なのだそうだ。

そんなこととは露知らず、私は彼と付き合っていた。彼は日本で出遭った最初から自分の学歴について一言も言わなかったし、私の学歴についても家柄についても一言も訊ねなかった。私は、学歴と家柄に無頓着な彼の態度がうれしくて付き合い始めたようなものだった。

昭和30～40年代のころの日本はお見合い結婚全盛時代で、実は私の高学歴はお見合い結婚の障害になっていた。彼は彼で学歴に群がってくる女性たちにうんざりしていたのだ。

おまけに私は生まれて36年生きた日本で、いつも「異常な奴」と言われては苦しんだ。私は「普通の」人間になりたかった。彼は、どんなに努力しても「普通の」人間として認められなかった私に、「変える必要は何もない、そのままが良いから好きなんだ」と言ってくれた、実に最初の人間だった。

何も変えなくても受け入れてくれる人と出遭ったことを神の啓示のように感じて喜んだ私は、全てを投げ打ってついてきた。彼がどういう育ちのどういう身分の人間か、全く気にしなかった。実家の家族から「馬の骨」と言われようが、「ぼろぼろになって帰ってくるだけだぞ」と言われようが、何も聞こえなかった。

言われるように、彼は「馬の骨」だったし、私も「馬の骨」だった。二人とも家柄も学歴も不問だということに、無言の了解と連帯感があったのだから。

目に見え始めた内戦

町を歩くときは危ないから気をつけるようにと彼が注意を促すから、特に気をつけて歩いてみた。小さな町なのだけれど、東西南北の見当も付かない、自分のいる場所がどこかもはっきりしない外国人だから、「危ない」実感はなかった。

しかし、ことさらにそう思って見ていると、サンタアナにも変化が起きていた。町の角角に兵隊が目立つことが多くなった。そして、ちょっと2、3人でも集まっている若者を見つけると、兵隊は銃剣を突きつけて解散させていた。それはぼんやりとした私の目にも怖い光景に映った。特に兵隊は学生風の男たちが集まることに神経を立てているのである。

サンタアナには、首都にあるエルサルバドル国立大学の分校があった。後から知ったことだけれど、国立大学は反政府活動の温床で、血気盛んな学生が跋扈していたらしい。

ある時ダヴィが興奮して帰ってきて、私に言った。彼が物理学の教授として教壇に立っている首都のエルサルバドル国立大学本校の構内に集まっていた学生の列に、軍隊が発砲して何人も学生を殺したのだと。それは彼の教え子たちだった。そのとき学生たちは集会をしていたわけでもなく、別に武器を持っていたわけでもない、本と鉛筆を持っていただけだった。

彼は何度も何度も怒り狂って叫ぶように言った。

「学生はペンとノートと本しか持っていなかった。ただ、構内を歩いていただけだったんだ。それを軍隊が突入してきていきなり撃ち殺したんだ」

政府は大学を反政府組織の温床と見ていて、特にリベラルな国立大学の学生に目を光らせていたのである。学長が殺され、反政府運動に走る学生は次々と「行方不明」になっていた。

後に私は残留日本人のある人物から聞いたけれど、セントロ（町の中心街）の広場から、人間の死体を賭殺場の豚のようにトラックに投げ込んで軍人たちが運んでいくのを見たそうだ。死体は身元確認もされないまま海に投げ込まれ、それが浜に打ち上げられた。海水浴場には死体がぷかぷか浮いては打ち上げられ、惨殺体はハゲタカの餌食になった。そのような場所には恐怖で近寄れなかったが、後に日本に帰ってから、私はその証拠写真を長倉洋海の写真集『地を這うように』で確認した。

そんな情報を見聞きし始めると、自然に見えないものが見えるようになる。サンタアナの町にも、不穏な空気が漂い始めているように感じた。誰が見たって一目瞭然の貧富の差、貧しい子供は靴はおろか服も着ていない。メルカードは活気があり、品物は豊富で新鮮だが、それを売っている人々は地べたに座り、生まれて一度も風呂に入ったことがないように見える。そしてそのそばで、子供は埃にまみれ、籠の中に眠っていたりする。彼らはまさに動物以下で、買い物をする側の富める者はすべてを持っている。見てそれとすぐにわかる金持ちのおばさんが、泥だらけのおばさんの品物を意地悪く値下げさせて買う様子を見ていると、政治に関心があってもなくても思わず知らず、憎悪を喚起するような光景だ。

その中で、市場で物売りをしていて、親しくなったインディオたちの一人から、彼は私に革のサンダルを買ってくれた。日本を出るとき立ち寄った姉の暮らすアメリカを出るときも、もう夏ではなかったので私の靴は冬物だった。市場の光景に考えさせられてしまった私は、そのサンダルがとてもうれしかった。貧しい貧しいプレゼントだったが、貰ったことのないクリスマスプレゼントをはじめてもらった子供みたいに、そのサンダルの履き心地を試しては喜んだ。革製で手書きのような花が控えめについていているその感じが、やわらかく、まるでサンダルが呼吸をしているようだった。先住民の芸術だなと私は思った。

裸足にサンダル一足、空腹を抱える貧しい物売りに、豊かな人々はトルティージャ一枚譲ろうとはしないと、民衆の話になると彼が激昂して言う。私の新しいサンダルは、スペイン侵攻以来、虐げられてきた原住民の、明日を生きるための作品なのだ。

3月、とうとうLey Marcial（戒厳令）の発動となった。「Ley Marcialってなあに?」と私は無邪気に彼に尋ねた。彼の言うスペイン語が私にはわからなかったのである。私は院生時代、ベトナム反戦デモに参加したことがあったとはいえ、他国の戦争に反対しただけの、戦後50年平和な日本から来た、本格的な戦争体制に関しては健忘症で無知な日本人として、その言葉を辞書で調べてもそのときは何もピンとこなかった。

戒厳令って漢字に書いてみても、なんだか怖そうな感じは受けるが、それが数千人の死者につながるほどのすごい事件に発展する序章であったとは、そのときは夢にも思わなかった。

第2章　2つの文化のはざまで

日本人補習校

いろいろな出来事が目の前を過ぎていき、サンタアナの生活にもやっと慣れてきた。私は、日本から持ち込んだ本だけを読む生活に、そろそろ疑問を持ち始めた。18歳で苦学生になってから、仕事を持たない時はなかった。私は18歳以後、誰の被保護者でもなくなって、兄たちの独立後は母を支えて生きてきた。だから、いくら一人の男を慕ってすべてを放棄して地の果てまでやってきたとはいえ、ぼんやり暮らすことには耐えられなかった。

そこで私は、4月から自分の今までやってきた経験を生かそうと考え、日本大使館を訪ねた。日本人補習校という教育機関の一種があるはずだ。前職は帰国子女受入れ専門校で、在外日本人学校の事情を少し知っていた。

エルサルバドルの日本人補習校は小規模で、土曜だけ開校であり、教師はとりあえずエルサルバドルに滞在中の日本人というだけだった。そこでとりあえず臨時講師をしている人たちは、教師でもなんでもなかったから、私は資格を持って採用してもらおうと交渉したのである。

交渉はうまく行き、日本人補習校で国語を教えることになった。相手は小学生だったが、必要とされるのは国語の教科だけだったので、私には都合がよかった。

週に一度私はバスに乗ってサンタアナからサンサルバドルまでの道のりを、埃にまみれて通い始めた。私は東京で高校の教師をしていたが、小学生に教えるのは、学生時代の家庭教師生活で慣れていた。ただし小学生を相手に、個人ではなくて大勢一度に教えることは初めてだったから、念入りに授業の予習をした。それは、「することがなくて退屈していた」私には、適度の緊張感を刺激し、むしろ「楽しい」ことであった。

補習校から渡されたものは教科書しかなかった。教授資料は「幸いながら」なかったから、自分で補助教材を作ることができた。少し子供たちが興味を持てるように、1年生には、自分で童話などを作ってみた。3年生のためには小さな詩を書いた。9月に学芸会があるそうなので、脚本も作ってみようと思っていた。「何もない」ということは、「何でも可能だ」ということに他ならない。才能の有無にかかわらず、「試すこと」は無限だと考えた。それで、家事以外のすべての時間をこの補習校のために使おうと思った。

〝馬の骨〟との結婚を決意し、人生の進路を大きく変えて太平洋を越えてきたそれまでのいきさつから、あまりにも心が不安定だったから、この子供たちとの交流はうれしかった。

補習校を通じてだんだんと日本人社会と付き合いができて、いろいろな人を知ることができた。特に、私と同様の国際結婚組との出会いは、情報交換上うれしかったし、企業から派遣された日本人社会の人々よりもっとじかに庶民に接している青年海外協力隊との交流も始まって、人間関係が豊かになった。

2人の馬の骨、ついに結婚成功

30代までそれぞれの人生を生きてきた2人の人間関係や、書類上のさまざまな難問をかいくぐって、1977年5月、やっと正式に2人の馬の骨同士の結婚が成立した。それはサンタアナでもない、サンサルバドルでもない、小さなの村の古びた市役所だった。必要な2名の証人は、たまたま市役所に来ていた庭師の爺さんであり、2人とも顔も名前も記憶にない。

馬の骨2人には、東京で出遭って結婚の約束をした彼が日本を去るとき、お互いに確認した事項がある。それは、持ち金を無駄に使いたくないので、結婚式も指輪も要らないから、いつか必ずガラパゴス諸島に一緒に行こう、という約束だった。だから結婚の立ち会いに、私はともかく彼の親戚縁者も友人も誘わなかったのだ（ただし、ガラパゴス新婚旅行が実現したのは、結婚30年後だった）。

市役所で名ばかりの式をやり、届けを出したその足で、晴れて夫となった彼は、自分の友人の所有している海辺の別荘を借りて、簡単な「新婚旅行もどき」をした。新婚旅行というよりも、結婚式をやった村からサンタアナに帰る途中、ちょっと友人の別荘に寄って週末の休暇を過ごしたという、軽い骨休めの2日間だった。

別荘には管理人の家族だけがいて、私たちはのんびりとハンモックに揺れて太平洋を眺めたり、海に出て波に乗ったりして遊んだ。管理人の家族は素朴で気さくな人たちで、2人の子供と遊んだりしながら過ごしたやしの木陰の別荘は、その時はのどかで不穏な空気は感じられなかった。

管理人の子供たち。内戦の中で襲撃を受け命を失った

7月になってから、私たちはサンタアナを引き払って首都に小さなアパートを借り、いよいよ2人だけの新婚生活を始めた。そこはコロニアニカラグアといって、最高級でもなく最下層でもない、ほぼ中間の人々の住む町だった。かなり緑も多く、道路は現代的な舗装ではなくて石畳のある趣のある町だった。近くには小規模ながらメルカード（マーケット）もあり、動物園や、サブロウヒラオ公園という日本人の名前を冠した広大な庭園も歩いていけるところにあって、落ち着いた雰囲気のきれいなところだった。

大家は隣接して住んでいて、なかなか上品な老夫婦だった。電話はその夫婦のところにしかなかったが、電話がないことは、友人も知人も仕事もない私には大して苦にはならなかった。

家は二階建てで、下に大きなダイニングキッチンと、仕切りはなかったが客間の空間がついており、後ろにパティオもあって洗濯場と女中部屋も庭の隅にあった。二階は一部屋で、大きなベッドを2つ入れてもまだ6畳ぐらいの空間が残るほど大きかったし、二階にも一階にもトイレとシャワーがついていて、2人だけの生活にしては十分過ぎる大きさだった。事務机がないのが困ったが、それは下のダイニングテーブルで間に合うから、しばらく我慢しよう。

客間のセットといろいろな家具を、帰国する日本人会で知り合った日本人から安く譲り受け、冷蔵庫とオーブンレンジだけ新しく買って、ひとまず家としての体裁を整えて、私たちの生活は滑り出した。

後に、日本から持ってきた大事な父の絵（私が9歳のとき死んだ父は画家だった）を飾り、金属製の天井まであるものすごい書棚を4台買って私の書籍を収めたら、教師時代に住んでいた八王子のアパートの雰囲気が戻ってきた。「よしよし、これで私らしく生きる地盤が整った！」と私はすべての家具の位置を決めた後、腕組みをしてつぶやいた。

首都に引っ越してからは、日本人補習校の付き合いを通じて家庭教師を数件引き受けることにもなったので、出かけることも多くなった。家庭教師は小学校の全教科を引き受けた。それが私の唯一の心の安定要因になった。

彼らの多くはエスカロンという高級住宅街に住んでいて、車で送り迎えしてくれるので、まったく危険な目には遭わなかった。そして彼等日本人の家庭を数軒覗いて、この国の事情も少しずつ聞き出し、彼らの様子を知ることにもなったのである。

夫の出張とフランシスコ

10月になって、夫ダヴィは学会とかで2ヶ月ばかりイタリアに出張することになった。しかし、彼がその旅行のことを、はじめ学会とも出張とも言わず「自分の心の整理のため」と言ったことで、私はにわかに不安になった。危険だ危険だと言っているこの国に、方向音痴の私を置いて自分だけの「心の整理」に2ヶ月も出かけるとは何事だ……。

ダヴィは結婚前に、一人の女性との間に娘を持っていた。彼に言わせると騙されてできたということだが、騙されようが何が起きようが、娘というのは男女の行為なしにできないものだ。いくら女性が「ピルを飲んでいるから子供は作る気はない。遊びだ、遊びだ」と言ったからといって、それに乗って「騙されただけ」とはいっても、乗らなかったらできたりはしない。

私も女であり、一人の男を好きになって、野越え山越え太平洋を越えて一緒になる情熱を持って来たことを思えば、「騙して」子供を儲けるぐらいのことをする女だって、いておかしくない。

ところで、その子の母親という人については、彼自身からも聞いたし、エルサルバドルに来てからは、彼の友人からも、家族からもいろいろなうわさを聞いた。彼を「騙して」うまく妊娠し、彼に結婚を迫って大暴れを始めた女性だそうだ。「だませば妊娠できる」というのがどうも腑に落ちないいんだけど。まあ、女性側からしたら計画的なことだっただろう。

（この記述を推敲していた当時、娘がエルサルバドルで大学生活していたが、娘によると、かの国の女性は、男を獲得する手段として似たようなことをするのだそうである。テレビのドラマでも、日常的に女性が男を騙す手口は、すべてその手だそうだ。ドラマでは、生まれた赤ん坊のDNA操作までやっちゃうそうで、要は、どうやって誰の精子で生まれた赤ん坊でも、とにかく結婚したい相手の子に仕立てればいいのだと、娘が言っていた。育ちが違う私には疑問だけど、今の日本を見ていると、なるほどと思うこともある。）

ところで、夫の友人の話では、かのドラマチックな女性は彼を獲得するために、彼を自宅に監禁するやら、ピストルを使って脅すやら、やることが劇的でもあり、映画的でもあったらしい。果ては幼い自分の娘に致死量寸前の薬を飲ませて、病気だ病気だと大騒ぎをし、彼の勤める大学の講義室にぐったりした娘を放り込むやら、なんだかあまり当時の日本では聞いたこともないことをしでかして、彼の仕事先で勇名をはせていたらしい。

話がこれだけドラマチックだと、こっちはなんだか却って落ち着いてしまうから不思議だ。

恐怖にあおられた彼は、大学で就いていた役職も放り出し、たまたま募集していた日本の建設省の招きで、国費留学とはいえ逃げるように日本に避難留学をしていたのだ。他人の物語としてはかなり面白いが、傍から聴いているだけでも、そういうやりかたで到底「愛情」ある結婚が成立するわけがない、という感想を私は持ってしまったため、落ち着いていられた。「結婚」というものが経済的背景と社会的背景の確保なら、「愛情」などどうでもいいのかもしれないけどね。

彼自身からもそういう事情を聞かされていたし、その女性の襲撃に戦々恐々としていた彼の家族から、私はまさに息子の危難を救う「救いの女神」のように歓待を受けていた。だからそのとき私はその問題を、ほとんど気にしなくていいくらいに考えていたのである。

そんなわけで私は彼の旅行の理由としてあげた「心の整理」という言葉に戸惑った。そんなすごいのが相手でも、私との結婚後になって「整理」しなきゃいけないのか……。今60を過ぎて思えば、そりゃあ確かに「整理」が必要だったろうと思うのだが、そのとき若かった私は、「整理」を「未練」ととったから。

誰から話を聞いても、その相手は到底結婚の対象にならないと判断した夫の頭は正常だと私は思っていた。しかも、彼は「騙されて生まれた」娘への責任から、娘の名義で家を買い、カメラやその他の個人的な小物にいたるまで彼女に譲渡し、「物理的な責任」を果たしたつもりで、裸一貫で私との結婚生活に踏み切ったのだった。

裸一貫なんて、別にたいしたことじゃない。その頃の私は、何度も「裸一貫」をすでに経験していた。なんだか、先行き不安定になった心をもてあまして、私はがらんとした家で一人になった。500冊の本と補習校の教師の仕事が、当座の私に残された。

そんなとき、一人の人物が私の家を訪れた。彼は私たちがここに居を定めてから時々夫が招いていた教授仲間の一人で、彼の学生時代からの友人だった。物理学の学位を取るためのアメリカ留学も一緒だったし、大学の助教授としてもいつも一緒に歩いてきたという、ダヴィの最大の親友だった。私が出す日本料理や日本化した餃子などをこわごわ食べて、いろいろ日本のことにも興味を示し、案外親しくなっていた。名前をフランシスコという。ダヴィの言に従えば剛直な男だそうだ。

彼は私に言った。

「ダヴィが留守の間、あなたを守ってくれるようにと頼まれた。どんなことでも相談に乗るし、困ったことがあったら電話してくれればすぐに来る」

そうですか、ありがとう、と私は言ったのだが、フランシスコが暇そうだったので、少し話そうと思い中に入れた。私はこう切り出した。

「いったいなぜ30を過ぎた私を守ってくれなどと、主人はあなたに頼んだんでしょうねえ。買い物は近くでできるし、何とか言葉も通じるようになったし、日本語補習校の教師にもなって、その日本人の関係者もいろいろ助けてくれるので、私は主人の留守中なんとかやっていけますよ」

ところが、フランシスコは話し出した。

「実は自分の妻とダヴィの娘の母親モニカは友達同士なんだ。妻を通じていろいろなことをモニカが言ってきた。彼女はDEFENSAの秘書を味方にしているから、自分は必ずあなたをこの国から追い出して見せる。DEFENSAならどんなに頑張っても勝てるものはいないはずだと言って凄んでいる。彼女はその気になったらかなり危険な人だよ。DEFENSAは殺人集団だからね」

その話を聞いたとき、実は一種の快感を覚えた。自分は自分が恋に狂った相手を知っている。自分のライバルが、「まともな女」じゃなくてこういう「最低な」奴で却って良かった。今まで、話があまりに怪奇的なので、何が起きてもどうせ良いようになるさと信じ、すべてを夫任せで自分の意見を表明しなかった私が、初めて抱いたある感覚であった。

私は今まで、義母があまりに口汚くモニカのことを罵るのを聞いて、自分の息子に何も落ち度もなかったらこんなことにはならなかったじゃないかと、心の中で、いきまく義母を批判さえしていたのだ。私だって二十歳やそこらのうぶな女の子じゃない。なんだかすごい噂のあるあったこともない女性に、それほど対抗心など湧かなかった。

しかし私はその「DEFENSA」という言葉を聞いたときに初めて、夫が彼女を選ばなかった理由にはっきり気がついた。そうか、「DEFENSA」か。私はつぶやいた。「DEFENSA」というのはエルサルバドル政府の抱える国家警察である。アメリカのCIAの殺人部隊から軍事訓練を受け、政府に反する（つまりもちろん反米）と見たものに対する容赦ない殺戮集団として、内戦の全期間に実に20万人もの無辜の民を虐殺し、遺体を海に放り込んだり地下に埋めたりした、政府公認の殺人部隊だ（数字は確かなものではない。とにかく殺せば即、海に投じたり焼いたりするので、本当の人数など確認できないのだ）。

そのとき私はその事実をまだはっきりとは知らなかったが、「ＤＥＦＥＮＳＡ」の名前を聞いただけで、泣く子も黙る公安部隊であることだけは知っていた。日ごろ柔和な夫が、その名を聞いただけでいきり立ち、民衆を弾圧する組織として度々口にしていたからだ。

そうか、モニカは「ＤＥＦＥＮＳＡ」の仲間なのか。私は再びつぶやいた。私はサンタアナの町で見た夫の姿を思った。民衆の苦しみに対して見せるあの眼差しから、そしてボロを身につけた人々にも手を差し伸べて優しい言葉をかけ、同朋として接する態度から、そして、その民衆を弾圧する政府に対して心を痛め怒り狂っている態度から、私は彼がどれほど民衆を愛し、国難を憂えているかを知っていた。

モニカという女性は彼の愛してやまないその民衆を拉致し、監禁し、拷問の末殺し、死体を路傍に捨てる、そういうことをしている組織を「仲間」だと言い、それを自分のものにしたい男への脅しの道具として使う女性なのだな。一方に軍隊の暴力に苦しむ民衆がいて、一方でそれを利用し、優位に生きようとする腐った人間がいる。まるでナチに協力したドイツの民衆のような奴だ。低級な腐敗した奴！

私はそのとき、彼女を「恋のライバル」としてでなく、政府の弾圧に協力して自分の利害を守る人間として意識した。なんだ、そんな奴、男の愛情をまともに獲得できるわけないじゃないか。

私はこのとき、「私の心の内戦」を戦って生きようと思った。

「フランシスコ」と私は言った。

「モニカが『DEFENSA』を持ち出して私を追い出すというのなら、私は受けて立ちましょう。私は一人の男性と結婚しただけで、あなたの国の国家警察に狙われるような種類の行動は何もしていません。彼女に正義があるというなら、その『DEFENSA』とやらに頼らないで、正規の訴訟を起こして訴えればいい。それをしないで、自分たちの国の民衆を弾圧して裁判もせずに気に入らないものを殺す人殺し集団の『DEFENSA』を味方につけて私を脅すというのなら、自ら自分が正当でないことを認めていることでしょう。

それに、一人の人間から愛を勝ち取る手段として、武器を使い、殺人集団を味方にして脅迫し、自分の娘に薬を飲ませて囮として使うという神経の人間に、愛を語る資格はありません。主人は、実に私と彼女と自分の弟の前で、たとえ私と結婚をしなくても、モニカとは結婚の意志がないと宣言したのです。私が誰と結婚したくても、相手にその気がなければ結婚はできないのです。たとえ私を殺したって、モニカは思いを遂げられません。

そういう人間を相手に私は逃げる理由もないので、ここにいます。あなたはそんな人物から私を守る必要はありません。モニカはあなたの奥さんを通じて、わざわざ私に聞こえるように、そういう脅しを言って来ただけで、自分では何も出来ない腰抜けでしょう。本人がじきじき、その『DEFENSA』とやらの秘書を連れてくればいいのです。いくら『DEFENSA』が殺人集団といえども、自国の内乱とも政治とも無関係の外国人の個人の問題に関与し、正規のルートで入ってきて、あなたの国の法律に従って結婚をした私を追い出すというようなことをするとは信じられません。何が起きるか拝見しましょう。これは私の問題でなく、あなたの国の誇りの問題です」

フランシスコはあっけに取られていた。「DEFENSA」の名を聞いて逃げも隠れもしない人間を初めて見たというように。そして、心配そうに早口に言った。

「モニカという人は危険な人物なんだ。自分の意志を通そうと思ったらなんでもやる。ダヴィを引き寄せる為に、自分の娘に致死量寸前の薬を飲ませて、『病気だ、病気だ』と言って大学に駆け込んできたこともある。娘の首に縄をかけて、『殺すぞ、殺すぞ』と脅したこともあるんだよ」

そういう彼の言葉を聞いて私はますます冷ややかになった。

「それで、あなたはその人と、たとえダヴィでなくても誰か他の男性とでもいいけれど、いったい結婚というものが成立すると思いますか?」

彼は黙った。感嘆したように私を見、「自分はダヴィの友達として、あなたのことを心配している。ただそれだけだ」と言って、その日彼は帰っていった。

後で、私は大家のところに話しに行った。

「モニカという女性が電話をしてくるかもしれない。その女性は『DEFENSA』を使って私を追い出すといっているけれど、かまわないで私にも取り次がないでほしい。私はどこにもいかないし、法規に背いてこの国にいるわけではないのだから」

私は自分のパスポートに書かれた結婚証明の記事を見せた。

「あなたの国の政府から正式な結婚だと認められた証明です。これによって私はあなたの国から滞在許可ももらっています」

大家の老人はその書類に目を通さずに、押しもどして言った。

「私はモニカを知っていますよ。奥さん、何回も彼女は電話してきています。あんなみっともない脅し文句をあなたに知らせる必要ないと思って言わなかった。大丈夫、私はこの国も国家警察も男女の問題に首を突っ込んでくるような、そんな馬鹿じゃないことを知っています。私は退役軍人なのだ」

春秋一枝

イタリアに行ったダヴィからはほとんど毎日手紙が来た。まるで日本にいて彼の手紙を待っていた超遠距離離婚約時代のように、離れていたから味わえる、かぐわしい恋の気分に浸りながら、私は毎日手紙を書き、毎日手紙を待った。現実に余りにいろいろなことがありすぎて、遠距離恋愛のほうがむしろ心が安定するみたいだった。

そんなある時、本を読む目を休め、外をなんとなく見ていたら、面白い木を見つけた。日のあたるほうは緑が茂り、日陰のほうは紅葉して、その間には花が咲いている枝がある。ええ？　なんだこれ……。この木一本で春夏秋冬を演じている。東西南北に四季がある。「そうかあ、なるほど」と感心した。エルサルバドルは赤道に近い、気候の変化を余り肌に感じない国である。ちょっと高地に行けば一年中避暑地みたいな趣がある。寒暑の差は激しくないが、緩やかな温度の違い、雨や風の季節がある。

木はいっぺんに葉を落とさず、いっぺんに花を咲かせず、いっぺんに実りの季節を迎えない。木の周りをぐるぐる回ると、一本の木で春夏秋冬を見ることができるらしい。はじめこれを発見したとき、私はうれしくて歓声を挙げた。興奮のあまりこの発見を誰かに知らせようとあちこち見回して思ったけれど、誰もいなかった。そういえば、この国の人々にとっては、いちいち季節が変わるほうが珍しいのだ。

「赤い新芽、花、果物、紅葉すべて一本の木に」

面白い国に来たなあとそのとき初めて思って喜んだ。飽きもせず、ひまさえあればその木を眺め、ずいぶん長い間面白がっていた。その木一本のことだけでも、長いエッセイが書けそうだった。私はその木の枝をスケッチし、「春秋一枝」と名付けた。後に私が絵を描きはじめてから、ずっと私の絵の中に登場する植物である。その絵は実は売れてしまって手元にない。ここに載せたのはマラニョンという果物の絵だけど、これも芽も花も枯れ枝も一枝にある。コロニアニカラグアのそのあたりは緑が豊かだったから、これから暇つぶしに自然の観察もしようと思い、急に元気になった。

ダヴィの実家の家族たちがよく来てくれて、散歩やピクニックに連れ出してくれた。とても気遣って私のことを大事にしてくれる。タマルとか、ププサとかいうエルサルバドル料理を作って持ってきてくれるので、私もひまに任せて、本を見ながら作ったパンをみんなに配ったりして、親戚付き合いも軌道に乗り始めた。義弟のダリオがとても親切で、よくドライブにも誘ってくれた。彼の家族から親戚付き合いのノウハウも学んだ。私の実家は親戚付き合いをまったくしなかったから、これも新しい学習だった。

舅はいろいろの仕事を手がけた人で、季節労働者から身を起こして、最後は大使館勤めをして年金暮らしをしていたが、途中で覚えたテーラーの技術を生かして、人のものを縫ったりして稼いでいた。家族の衣類はみんな彼が作るらしい。ダヴィがはいていたズボンが格好よかったので、ちょっとお願いして私のズボンも作ってもらった。なんだか舅は緊張して、それでもうれしそうに作ってくれた。私は確かに、この人たちに愛されていた。

間の抜けた12月が来た。厳しさも張りもない、かつて東京の実家の物置に起居してストーブをじっと見つめて孤独にバッハを聴いたあの苦悩も緊張もない、真夏の国の12月だった。霜も降りず、花も枯れない12月。

町を歩いた。12月だけ臨時に立った膨大な市場に、所狭しとクリスマスの飾りが売られていた。地べたに敷いたシートの上に素朴な顔の泥人形が並んでいた。キリスト誕生の厩を模した泥人形はいかにもデフォルメで面白かった。巨大な赤ん坊のキリストの周りにその半分ぐらいの母マリアと養父のヨゼフが祈りの姿勢でたっていて、牛とロバが座っている。羊も羊飼いもデフォルメで妖怪みたいな人形や、なんと表現したらいいのだろう、日本のお雛様に相当するのか、そこには「DEFENSA

アントニオのテーブルクロスとダヴィが持ってきたイーゼル

雛」とでも呼べそうな、あの軍服姿で銃を構えた物騒な人形まである。

これがなんでクリスマスだ？　そう、内戦はクリスマスの飾り人形にまで入り込んでいた。

ダヴィが、12月3日になってやっと帰ってきた。彼はすごいお土産をイタリアから買ってきた。折畳式のイーゼルと画材道具一式。当時私は絵を描いてはいなかったが、ほとんど何もしないで家にいなければならない私を気遣って、主人が買ってきてくれたのだ。

それから、もっとうれしいことがあった。彼はイタリアの帰りにスペインを回り、当地で結婚して医者をやっている自分の長兄を訪問して、ついでに私の知人のアントニオに会ってきた。

アントニオ！　院生時代の23歳のときに暮していた女子寮で出会い、苦悩の中にいた私を救った一人のスペイン人のシスターがいた。彼女が日本を去ってから、私は彼女を慕ってスペインまで会いに行った。アントニオは彼女のお兄さんで、私が1年もスペインに遊学していたとき、アントニオには世話になった。彼等と別れて日本に戻ってから十数年、私は数奇の運命を生きた。人生のある一時期、私を救ってくれた彼等のことを忘れたことはなかった。アントニオも私を覚えていてくれた。彼は結婚祝にスペイン刺繍のテーブルクロスをくれた。繊細な美しいアラブの影響を受けたスペイン刺繍だった。

うれしかった。世界でたった一人、私たちの結婚を祝ってくれた人がいる、それを知ることができたことが、そのときの私を幸福にした。すべての人の反対を押し切って勝手に選んだ道とはいえ、私は余りに孤独だった。アントニオのテーブルクロスをひざにおいて、万感の思いが体中を巡り、随喜の涙をこぼした。

本格的な新婚旅行

「新婚旅行をしようよ」とダヴィが言い出した。今でも名前もわからないあの小さな地方の役場で貧しい結婚式をあげた後、私たちは何度か「新婚旅行」と称する小旅行をやった。リベルタの海岸に別荘を持つ友達の好意で数日海に遊んだことを皮切りに、グイハ湖という古代の遺跡のある場所を訪れて丸出しの石器を拾って楽しんだこともあったが、なんだかひまを見て遊びに行くピクニックの域を出なかったから、あまり新婚旅行という気分にはなれなかった。

12月には学校もクリスマス休みになり、新学期は2月からなので、出張から帰ってやっと彼は時間が取れたのだ。それで今度は2週間ぐらいグアテマラ旅行をしようと言い始めたのである。

日本でこの手の旅行をするには準備にものすごく時間をかけ、練りに練って計画するのを知っている私にとって、これは今日考えて明日出発というような、また型破りの常識はずれの旅行だった。それがエルサルバドル式かどうかは知らない。少なくともそれは主人のやり方だった。

「じゃ、決めた！」とか言って、12月24日のクリスマスイヴの朝、サンサルバドルからテイカブスという小型のバスでグアテマラシティに到着し、その足でアンティグアに行ったら町中は化け物だらけだった。さまざまな化け物のお面をつけた仮装舞踊風の祭りで、これはどう見たって、どこにもキリスト教的要素なんかない異教徒の祭りだ。

エロティックでもあり、グロテスクの極地ともいえるお面の渦にかなり腰をぬかし、次の日のクリスマスにはアンティグアの廃墟を見学。すごい強行軍でグアテマラシティに逆戻りして、早朝たたき起こされて、いったいこれからどこになにしに行くのか知らされないまま観光客を満載したバスに詰め込まれ、フローレスというところにむかって走った。

密林は、ヤシの木の群生地みたいでやたらにヤシが目に付く。種類もいろいろの、ヤシ、ヤシ、ヤシ。色も違う。黄色の、緑の、茶色の、紫がかったの。窓にかじりついて、後から後から飛んでいく車窓の景色に食い入った。あっちのヤシも姿がいいなあ、こっちのヤシもきれいだなあ。途中の農家で食事をしたが、まるでレストランという感じではない。なんだかそこに農家があったから、ちょっと食事でもお世話になろうみたいな感じである。

トイレはどこかと聞いたら、そこいらでしろと言われて、それがここのしきたりかと観念して自分

「筏で渡ったアティトラン湖」（８号油絵：自作）

も急遽自然人になった。ジャングルの旅なんだから、何でもありだ。湖水があったけどワニにお尻を食われやしないかと心配しながら、おしっこをした。

飛行機なら1時間という距離をわざわざバスで1日がかりというのも新婚旅行らしくないが、密林の中をこんな調子で走るのはむしろ私たちらしくて気に入った。

途中フェリー（鉄のいかだ）に乗って、まったく手付かずの自然の中にある大きな湖を渡ったけれど、湖の名前なんかあったかどうだか、とにかくあんなジャングルの中のものにいちいち名前なんかなかったのかもしれない。かなり疲れていて記憶が薄れている。

夜の11時という時刻にダヴィのひざにだらしなく寝ていたのを起こされて、やっと目的地のフローレスに着いた。ちょっと出発のときから体に異常があったので、せめて温かい水の出るホテルに泊まりたいとダヴィに言ったのだけれど、せめて湯の出るホテルどころか、ホテルそのものがありそうもない、徹底的に自然そのままのジャングルの中の湿地帯である。真っ暗の中をやっと目が慣れて見つけた小屋みたいなホテルは満員で断られ、そのホテルの男の案内でたどり着いたのが、電気もない木賃宿だった。

クリスマスにホテルを断られたなんて、マリアとヨゼフみたいだなんて思いながら、寝ている枕元近くで、湖水の波音がザザーザザーと聞こえる。日本国内の旅行で感じる旅情とはちと違う。猿人になったみたいな気分。フローレスに何しにいくんだろう。ジャングルだけでも十分すごい旅だった。

くたびれきって次の朝は寝坊し、始発のバスが間に合わず、やっと2番バスに乗り込む。バスに乗って初めてティカルの遺跡に行くということがわかった。彼と出会ったときから中米の歴史に興味を持って本をかき集めて読んだから、ティカルの遺跡を知識としては知っている。ああ、そうかとはじめて納得した。バスに乗っている人は全部白人で、英語なまりのスペイン語を話していた。当時流行ったヒッピー風のぼろぼろのパンツ姿だからアメリカ人だろう。

やっとティカル国立公園の入り口に着いたら、むすっとした男が、むすっとして言った。「アメリカ人は入場料を払え」。え？　一瞬まごついた。私もアメリカ人の一種かいな。ここでアメリカ人というのは「外国人」のことらしいと気がついた。

ホテルを確保しようと思ったが、それこそ本物の「アメリカ人」が占領していて、やっぱり私たちみたいな宙ぶらりんの人種は泊まるところがなかった。仕方ないから主人がホテルに交渉してやっとハンモックを二人分借り、それを空いていた東屋みたいなところに吊って、その晩はハンモックで寝ることになった。ありったけの衣類を着込み、蓑虫みたいになってハンモックに身を横たえ、耳元でぶんぶん言っている虫の声に苦しめられ、ジャングルの中の怪しい動物の咆哮を聞きながら、本来の意味のきわめてromantic（伝奇的）な夜を過ごした。

隣で主人が、ハンモックの網の隙間から目だけ出して面白そうにうっきうっきと笑っている。まるで

「ティカル展望」（上は自作、下は写真）
（写真はティカル全景を、パノラマ写真が撮れない当時のカメラで、一コマ一コマ映してつないだもの。現在の家の居間の一角に飾ってある）

「主人」なんて言う言葉に合わない人物なのだ。

それにしても、エルサルバドルの人はみなものすごく好奇心が強く、歩いていると寄ってきてにこにこしながら親しげに話し掛けてくるのに対して、グアテマラの人はどうしてこんなに無愛想で、外国人に対して冷ややかなのだろう。何を聞いても声を出さず指をさすだけ。しかもひょっと気が付いてみると、彼らの底意地悪そうな猜疑心に満ちた視線がこちらを見ているのに合う。そのとき私は、彼らグアテマラの先住民が、アメリカの軍事援助を後ろ盾にした政府の弾圧にさらされ、殲滅の危機にあっていることなど知る由もなかった。写真を撮ろうとしてもすっと後ろを向いてしまい、視線が合ってもにこりともしない。自分に誇りを持っているのだろうなあと私は解釈し、建物以外は写真を撮らず、ひどく遠慮深くなった。

ティカルの遺跡は壮大で、申し分なく立派だった。

勾配の急な、歩幅がものすごく広くないと上れない階段を股が裂けるような思いで上って神殿の頂上にたどり着くと、目の前に同じ形の神殿がどーんと建ち並んでいる。その圧巻にウワッと思わず声を発し、呆然として眺める。

見晴らす限りある秩序だった神殿群が雲にそびえている。当時のこの神殿はまだ内乱のためか修復もしていなかったから、階段は磨り減っていて上りにくかったし、コンクリートで固めたりしていなかったので苔むしていて、古代のロマンを満喫するに十分だった。

しかし計画を立てずに強行軍で旅をしてきて、トイレの設備もなく、もちろんシャワーも浴びず、満足なホテルにも泊まらなかったことがたたって、私が出発のときから抱えていた病気が悪化した。何が起きたのだと思うほどの激痛を下腹部に感じてどうにも我慢ができなくなり、少し日にちを繰り上げて、「緊急の場合だ、お願いお願い」と言って旅行客を押しのけ、予約もしていなかった飛行機に跳び乗って、グアテマラシティの病院に駆け込んだ。

1週間の不潔がたたって膀胱炎になっていた。ロマンも糸瓜もありゃしない。飲み薬で何とか収まったが、4日間もグアテマラシティにくぎ付けになってしまった。

くぎ付けになりながらも、もったいないから歩き回る。ポポルブフ博物館、国立博物館、動物園、自然博物館、美術館などを、薬を飲み飲み見学して回った。ポポルブフというのは、古代マヤの神話伝説を書いた書物である。聖書みたいなものらしい。マヤを征服したスペイン人が後に布教のために送り込んできたカトリックの神父さんがいた。彼は布教の邪魔だと考えて、古代からの歴史をマヤ文字で記した書物を収めた図書館を、悪魔の書籍と称して焼いてしまった後、多分マヤの生き残りの神官から口述筆記したものである。だから博物館はマヤの古代にかかわるものを集めたものだ。面白いものをたくさん見たが、何しろ強い薬を飲んで朦朧としていたり、吐き気を催していたりしながらだったので、残念ながら何を見たか覚えていない。

それからカミナルフユという、古代遺跡の発掘現場を見学した。そこは市の中心から少し離れていて、外見だけ見ると、古墳みたいなものがそこここにあるだけで、見るべきものがないかなと思った。しかし、そこになんとなく立っていた男に、カミナルフユはこれだけかと聞いたら、例のむっつりしたグアテマラ的な無表情な顔をして、黙ってある方向を指さした。

トタン屋根が見える。とにかく近づいてみたら、すばらしい住居跡があった。部屋がたくさんあって、トンネルもある。神殿の跡だろうか、ミダス王のラビリンスを想起させる興味深い遺跡だった。

帰りは健康のために、飛行機を使ってエルサルバドルに帰ったが、あの空港はまったく世界でも数少ないほどの、おんぼろ飛行場だったろう。飛行そのものもアクロバットじゃあるまいし、生きた心地もないほどのゆれで、到着したエルサルバドルがなんと文明国に見えたことだろう。

こうして私たちのきわめて野蛮な新婚旅行は終わった。新年は7日から補習校が始まる。延びに延びた学芸会の脚本を書こうと、薬で朦朧とした頭で思った。

低開発国に滞在する日本人の実態

以下は、1970年代、私がエルサルバドルに滞在していた時代、当時のエルサルバドル日本人会の会報『ベラネラ』に載ったある日本人のドイツ文学者と称する人物の記事の要約である。

「ドイツにいたときは日本人がいかにドイツ人と違うかということを考えたけれど、この国に来たら逆に、日本人とドイツ人はどんなに共通点を持っているかということに気がついた。

この国の人々は平気で路上につばを吐き、音楽会場ではお互いにおしゃべりし、物を食べて楽しんでいる。ドイツ人は町を清潔にするという公共心、音楽会場では音楽を聞くことを楽しむことに徹底する精神を有するが、この国にはそれがない。規律も礼儀も公共心もない。そしてこれはラテン人の特徴である。

日本人も音楽会場では生真面目で規律を守ることにおいてはドイツ人と共通点がある」

この記事に出会ったとき、私は複雑な気分を感じた。私の知っている「日本人」、そんなに「ドイツ人」に似ていたっけ？

私は家族がカトリック信者で、子供のときから教会に行っていた。その教会は歴代の主任司祭が「ドイツ人」だったから、かなり「ドイツ人」との付き合いがあった。第二次世界大戦のとき、ドイツは日本と同盟国だった関係で、大戦中に追放されたり抑留されたりしなかった外国人の神父さんは、ドイツ人とイタリア人だけだったから。

私の知っている日本人は、町をきれいにするという公共心なんか持っていない。つばも立小便も日本人はもともと平気で町でやっていた。人前で手も当てずせきやくしゃみをして平気だし、ところ嫌わず煙草の吸殻を捨てるし、人が見ていないところには家庭用のごみが散乱している。団地の植え込みの裏側なんか見てごらん。人気のない公園の隅とか行楽地はごみの山だ。

ドイツ人はあんなことしないよ。日本人はエルサルバドルの民衆と大して変わらない。

もっと言わせてもらえば、日本人は高い水準の学校教育と文化を十二分に受けられる環境にあり、エルサルバドルは、教育の恩恵にあずかっていない、日本人となんか比べようのない貧困層を人口の50％も抱えた国なのだ。

日本人は確かにまじめで、「人が見ているところでは」規律を守る民族かもしれないが、規律に対する考えかたはドイツ人とは違うはずだ。日本人はもともと伝統的に劇場でも相撲の見物でも、桟敷席を設けて物を食べ、談笑しながら雰囲気を楽しむ民族だ。だから強力な規制さえなければ、花見の席みたいに朗らかにげらげら笑いながら、本来の目的なんかそっちのけに、周りの人たちと手拍子打って飲んで騒ぐ民族である（別にそれが悪いと言っているんじゃなくて、わが民族はとても愛すべき民族だと思うよ）。

日本人は決してドイツ人のように、深刻に規律を守ることを人類の義務みたいに考えて行動をすることはないだろう。

なお、付け加えれば、音楽会の切符は日本では高くて、誰でもが行ける場所ではない。エルサルバドルのように1枚500円にしてごらん、あらゆる客層が現れて、どの国よりもものすごくなるから。

また、もう一言付け加えるならば、日本人の「教養ある」人が、ところきらわずあたりに痰を吐かないと同様、エルサルバドル人のうち「教養ある」人もところ嫌わずあたりに痰を吐いたり立小便をしたりしない。痰を吐くのは「ラテン的」だからではなく、それは教養の如何によるのである。

なお、中米人をラテン人と称するのは間違いである。彼らはヨーロッパとは独立した独自の伝統を持ったアメリカ先住民、もしくは先住民と征服民のスペイン人との混血である。ラテン人と呼べるのは、ラテン語を母体とした言語族で、それはスペイン、ポルトガル、フランス、イタリア、ルーマニア人である。その5ヶ国の人々を、この筆者は、このように公然と「規律を守らない民族」として侮辱の対象にする勇気があるの？

公の場に発表して、これだけ一民族を侮辱できるのは、相手が「白人」ではないからではないの？「ドイツ人」と日本人が「似ている」と思いたがっているのは、なぜなのだ？

私は日本人で日本人であることをやめようと思ったことはない。母は自分を武士の子と呼んで誇りにしていた。母が武士の子なら私は武士の孫で、遠い祖先の系図の中に西行が載っていることを誇りと考えていた母から馬の骨とののしられたアメリカ土人の妻となっても、別に国籍を捨てなかった。アメリカ土人にはアメリカ土人の誇りがあり、アメリカ土人の日本土人妻にはアメリカ土人の日本土人妻としての誇りがある（「土人」ていう言葉わかる？ これは後に日本に帰化して日本企業に勤めた主人が、同僚または上司から、からかい半分に言われた日本語だ。ダヴィはニコニコしながら「僕、土人です」と言っていた。卑屈になって言ったのでなくて、面白がって遊んでいたのだ。それで、以後私は自分を「日本土人」と呼んでいる）。

エルサルバドルに来ていた日本企業の人々と、補習校を通じてお付き合いをはじめてから、しばしば私はこの低開発国でのみ「誇り高い」同国人から「土人と結婚した二流の日本人」として、たまげた待遇を受けた。そしてその手の意識は、言っている本人が気づかないという、それほど自然な形で、あらゆる言葉、あらゆる動作の中に表れていた。

初対面で、何も私の個人的事情を知っていたわけでもないある生徒の母親は、「まあ、先生、もったいない、こんな学歴があるのに、原住民と一緒になるなんて。早く目を覚まして日本に帰りなさいよ！」と親切な忠告をしてくれたりするのだ。なんか初体験なので、私はそういうとき、ただ呆然としてしまったのだけれど。別のやっぱり生徒の母親だけれど、私にハンドバッグをくれた。そのとき言った言葉。「パナマに遊びに行って、革だとだまされてビニールのハンドバッグつかまされたの。あなたならいいわね、原住民だから。原住民ってこんなものでも喜ぶから、あなたにあげる」。はてさて、私はここの原住民だったたっけ。見ればすぐ材質がわかる「だまされた」ビニールのハンドバッグを見て、当惑した。

私はアホだから、何故こんな扱いを「生徒の母親」から受けるのか、まるで見当がつかなかった。

私が家庭教師をしていたある女の子の家まで主人が車で私を迎えにきたときに、「ねえ、ねえ、黒いのが来たよ。あれ運転手?」と言った。「黒いの」ですよ！「黒いの」。母親には私は主人を紹介してあったのだけれど、彼女はそれを聞いて高らかに笑い、まったく子供をたしなめなかった。いくら何でもと思って私が子供に説明したしなめても、母親は笑うばかりだった。

ある日本人が別の人物を通じて、私に自分の電話番号を知らせてきて、用事があるから電話をしてこいという伝言を伝えた。自分の用事でなんだろね、赤の他人にこの態度。ぶぜんとしてとりあえず電話をすると、自分の子の家庭教師をしなさいということだった。家庭教師頼むのになんだいと、内心思いながら、料金の交渉をしようと思ったら、「アメリカ人は1時間15コロンですが、原住民は10コロンです。だから10コロンでお願いします」だって。

じゃあ、アメリカ人から国語（日本語）を習えよ、と、私はこっそり思った。

「あさ黒い原住民の妻」である私が、給料交渉の時「アメリカ人扱い」されなかったのを「屈辱」と感じることに躊躇し、だからといって、そういう言い方ってあるのかいと苦笑しながら、日本人会との交流を大切に思った私は「原住民値段で」引き受けた。

ある海外青年協力隊の一人の男性が、エルサルバドル国立大学で日本語の講師をしていた。その男、別に悪い男だと私は思ったことはない。その彼が雑談の中で、「現地人が日本語話すとなんだか犬が日本語話したみたいにびっくりするよな」と言って笑っていた。そして、書類に目を通しながら、「あ、俺、間違えちゃった。現地人って書いたつもりで、原始人って書いちゃった。うっかり間違えるんだよな！」と、それがいつものことであると思わせるような発言を繰り返していた。

私は洗濯機がほしかった。帰国する日本人に、古いのでも置いていく人がいないかと思って日本人会のある奥さんに尋ねたら、こう言った。「あら、洗濯機を買うよりも、女中雇いなさいよ。女中はほんの少しのお金で、家事のすべてをしてくれるのよ。朝6時から夜10時まで働かせて、食べ物は残り物でもやっておけば、洗濯機買うよりずっと安いのよ。洗濯どころか、子守りも食事も掃除も片付けも家事の一切をやらせて、ひと月20コロンもやっておけば、それですむのよ。洗濯機なんかいいのは1000コロンもするからもったいないわよ。女中よ、女中！」

この話を聞いた私は女中も雇えなかったし、洗濯機も買えなかった。洗濯機より安い女中も、女中より高い洗濯機も、愛してやまない先住民の誇りに生きるダヴィに対する侮辱だと私は思ってしまったからである。

（コロン：私が滞在当時のエルサルバドルの通貨。当時1コロン100円。二度の大地震と内戦終結後、アメリカにのっとられたのか、現在通貨はドルになっている。）

ある奥さんとメルカードにいって一緒に買い物をしたことがある。そのとき肉を買っていた彼女は、別の肉屋にいって、女中用の肉を買わなきゃ、同じ高いものはもったいない、とわざわざつぶやいて、「女中用の」肉を買っていた。わざわざ言わなければ気がつかないものを、彼女はそれを私に親しげに言って、同意をするものと信じていた。ああ！　私はかくも差別を受けている悲しい民族の男の妻なのだ。そのことを気遣う人は、知り合いの日本人の中にたった一人しかいなかった。

これも私が家庭教師をしていたうちのことだけれど、子供が自分のうちに雇っていた女中の腹を蹴っ飛ばして、流産させてしまった。私はそのうちの3人の子を教えていたけれど、3人ともいい子である。さして問題のある子供たちではなかった。しかしそのことは、いくらなんでも日本人社会を緊張させた事件であったが、彼らは問題を明るみに出す前に、お金で解決したらしい。

なんだか「日本人」って、無礼で下品で教養がないね。

補習校の学芸会

補習校の学芸会が迫っていた。小学1、2年生のため、全員を劇に出して全員にせりふを語らせるため、一人ひとりの子供の役割を考えながら、「赤頭巾ちゃん」の脚本を書いた。チューリップにせりふをつけたり、おしゃべり小鳥を登場させたり、その辺は、みんなのせりふの量が同じになるように、自分も楽しんでかなり興奮状態でおかしな脚本を書いた。

ところが役割選びが大変だった。赤頭巾ちゃんは主役であることは誰が見ても明らかで、言葉を話すチューリップやおしゃべり小鳥が子供にとってかなり魅力ある役割でも、親たちの目には、役がないから困った挙句、とりあえず私が作った端役であるという風に見えてしまう。この親たちを納得させなければ、この劇は不成功に終わりそうな雰囲気だった。仕方ない。「民主的」にしよう、と私は思った。小学1年生に「民主的」なのは却って危険なのだけど、親たちが自分の子はどういう扱いを受けるのか、傍らでじーっと見ているので怖かった。

学芸会の劇であろうとなんであろうと、本来の目的は教育にある。元気のない子が元気になり、協力しなかった子が協力し、気の弱い子が自信をつけ、みんながひとつの仕事を完成させることができれば学校劇の目的は達成だ。

しかし、私はそのころ、自分の子供というものを持っていなかった所為か、低学年の子を持つ世の母親たちの気持ちがわからなかった。お母さんという種族は自分の子供しか見えないから、こちらの思惑を考えず、自分の子だけはいつも主役に向いているはずだと思っている。自分の子がどのような役割を与えられるかで、教師に対する評価が決まってしまうらしい。

脚本を作るとき、私はこの子には赤頭巾ちゃんを、この子には狼を、この子はおばあさん役でもやってくれるだろう、などと思い浮かべながらせりふを書いていた。しかし母親たちの、こわ〜い雰囲気を感じた私は、急遽考えを変更して、やりたい役に手を上げさせて決めることにした。自分で決めたことを最後までやるということも必要か！　と自分に言い聞かせ、お母さんたちに公開の場で、それをみんなに決めさせたのである。

それも一案、いい結果が出た。いつも一人で孤立して、誰の言うことも聞かなかったあーちゃんが、みなが嫌がるおばあさん役を引き受けた。しかもなんだかすごく意気込んで。ゆう君はこのごろしょんぼりしていたのに、急に元気になって蛇の役を買って出た（蛇もいるんです、この芝居には）。さて、主役。赤頭巾ちゃんは育ちがいいけど、親があまりに自分の子と一般の子を差別するため嫌われていたれいちゃんにやらせないと、お高い大使館員親のプライドに触れてまずいかなと思っていたら、うれしいことに今までものも言わなかったえみちゃんが、はーいと元気に手を上げて、引き受けた。

れいちゃんは小鳥になって、親が思いっきりかわいい衣装を作ってくれた。狼はちびで引っ込み思案のかつ君が一度ひきうけたが、2年生のとも君が、狼役を取られたからもう僕どれもやらないとすねていたとき、狼をとも君に譲って、自分は熊の役をやることにしてくれた。花は歌をせりふの中に入れたので、歌が好きな子が手をつないで合唱することになった。こうして、うんざりするほど気を遣いながら役割が決まった。

それからみんなを集めて、発声練習をした。一年前まで高校の教師だったときに、演劇部の顧問をおおせつかって、経験上指導の仕方を教えてくれた先輩先生仕込みのやり方で、大げさな身振りの練習をするため、とりわけ大きな家にすんでいる一家の協力を頼んで、かなり大掛かりな練習をした。

子供劇に発声練習から始める先生はじめて見たといって評価してくれる親もいたが、後からうわさを聞いてがっくりした事実もある。ある親たちはあの民主的公開役割分担さえ、私の贔屓目による意図が見えるといって、協力を拒んだのである。すぐに役割を覚えて飲み込みの早い子をさておいて、なかなか思い通りにせりふをこなせない子に一生懸命教えていたら、自分の子はほうっておいてあの子ばかりひいきするということになってしまったらしい。

教師だって人間の感情を持っているから、大方の人に嫌われている子が特別かわいく見えたりしない。嫌われるには嫌われる理由があって嫌われているのだから、人間として、そういうことはわかるのである。いつもみんなに嫌われているけれど、今回積極的におばあさん役を引き受けたあーちゃんを、この際いい機会だからと思って、私は特別指導していたのだ。それを特別その子ばかりかわいがっているという見方をされたのである。

冗談じゃない、かわいいもんか、あんなに非協力的で、いつも冷たい表情をして、言うことを聞かない子。かわいくないからといって皆と一緒になって嫌っていたら、その子はずっと嫌われて社会に適応できない子に育ってしまう。あの子をそういう状態から引っ張り出して、社会に通用するようにしてあげるのが教育じゃないか、ばかめ。内心カッカと怒っていたが、黙っていた。

苦労して劇を作り上げ、学芸会は成功した。しかし、日本人会の間で、人間関係はなんだかどろどろし始めた。私は練習場として場を提供してくれた家族と仲良くなっていったし、一度あの先生は自分の子を愛さなかったと思ってしまった家族は私から離れていった。こういう親の感情は、後に私が自分の子を持って、幼稚園に入れ、小学校に入れ、人間関係を観察しながら悔しがったり、怒ったりしているうちに理解するようになったが、あのころの私には理解できなかったから、うまく対応しなかったのだ。

当時のあの国の日本人会は、圧倒的に関西出身者が多かった。私の母は東北に根拠地を持つ伊達藩出身だから、遺伝的に無骨な東北武士の気質を持っている。遠まわしにものを言ったり、洗練された言葉で、抜け道を考えながら表面的にうまくなあなあで人付き合いをしたりしない。関西の人は、その点巧みである。その巧みな言葉は関東人の私には、良い悪いはともかくとして、言っていることと内心が違うように聞こえる。「いらっしゃい」と言うから行ってみると誰もいなかったりするような事態はまったく理解できない。「いらっしゃい」の中身は「来るな」という意味だったなどということは、私のメンタリティでは通用しない。それは「不実」としかみえない。そのことは関西人同士では以心伝心で理解し合える文化圏にいるから、問題ないらしい。

ところで、日本人の好きな「以心伝心」という人間関係が成立するのは、同じ文化圏に育ったもの同士に限られている。関東人と関西人が理解しあえないのは、お互いに違う文化圏に育って、以心伝心の手段となる言語習慣が違うからである。

子供の作文に関西弁が入っていて、私は理解できなかったから母親に意味を尋ねたら、大騒ぎになった。私の質問には何も答えないで、彼女はいきなり大勢のお母さんたちにその作文を持っていって、「ねえねえ、わかるよねえ。この言葉普通の言葉でしょ。あの先生、へんてこでわからへん言うけど、先生のほうが変と違う?」

私はこう言ったのである。「方言は大切にしたいし、子供にとって普通の言葉を私が関東人だからわからないだけで、間違った評価をしたくないから、この言葉の意味を教えてくださいませんか」

私としてはもう完璧に気を遣ったつもりであった。そこにである。大使館員で関東人のれいちゃんの親が加わった。「学校教育は標準語に決まっているでしょう。方言を国語教育で扱うのはおかしいですよ」

ぎょぎょ！　出てくるなよ、お偉い人は……。私は慌てた。「いえ、子供の方言は生活言語だから、これは大切にしようという考えはもう学校教育の中に定着していますよ」

しかしあれよあれよというちに、私は子供を贔屓したり差別したりする、官権寄りの、自分の知識より上の知識を持った子供を扱えない、とんでもない先生という評価を受けることになったのである。その結果、事実の確認作業に過ぎなかったつもりの親への質問を子供への非難と受け取った、論理よりも雰囲気を大切にする「なあなあ社会」から、ほとんど総すかんを食ってしまったのだ。

東洋文化とエルサルバドル文化の間で

日本人は何でも作る。うどんも作るし、豆腐も作るし、こんにゃくも作る。しょうゆも味噌も作っちゃうし、インディカ米をジャポニカ米と変わらぬ柔らかさで炊く方法まで編み出していた。日本人の家庭に行くと、日本に帰ったみたいな日本料理がどんどん後から後から出てくる。そうか、と私は感心し、これは取り入れようと考えた。

昔、戦後何十年かたってから、グアム島の山奥から横井庄一さんという元日本兵の生き残りが出てきた。彼は兵隊として召集される前、仕立て屋をやっていたそうだが、その腕は布もなければ針も糸もない山の中で生きていた。草の繊維を使って、ズボンや上着や靴を作っていたのである。写真で見ただけだけれど、その出来は日本中が感嘆するほどの出来栄えであって、グアム島の山の中で、彼は生活に必要なすべてを作っていたのである。

そのことをふと思い出してしまうほど、当時エルサルバドルにいた日本人の腕もすごかった。ない、ということはすごいことなのだ。戦後、私の家族も「ない状態」から出発した。あの状態の中で、子供だった私はジャガイモの植え方を覚え、とうもろこしの世話を覚え、サツマイモの蔓もかぼちゃの葉っぱも食べ、どれが食べられる草でどれが食べられない草かを学び、卵を産まなくなった鶏をつぶしてさばく方法を覚え、蜂の巣からはちの子を取って食べ、板切れも棒切れも布切れも紙切れも保存しておき、それをつかってあらゆる物を作った。爆撃で井戸も水道も使えなくなったあのころ、うまい具合によく雨が降り、雨のたびにすべての入れ物に水をため、庭に出て体を洗った。それが私の子供時代である。

「学校で習う生活に必要なことを全部忘れるな、学校以外で習わせてあげられないから」と、母は口癖のように言って、小学校のとき私が家庭科で作った基礎縫いの見本を20年以上も取っておいた。私はその20数年前の基礎縫いと、まだ尺貫法で記した料理のレシピの書かれた家庭科のノートを、エルサルバドルに持ってきていた。私は母の気持ちと過去に対するノスタルジアから、その黄ばんだノートを持ってきていたに過ぎなかったのだけど、日本人が何でも作るのを見ていて、あれが役に立つぞと思った。

町に出ると私は必ずフェレテリア（金物屋）に入って、使えそうな道具を買い込んだ。面白そうで、使い道のわからないものは、店の人にこれは何に使うのかと聞いて、使い方を理解してから買い込む。釘や鋸やペンチや金槌、そういう基本的な大工道具に台所で使えそうな珍しい道具。それらを買い込むと、なんだか落ち着くのである。これで何が起きてもやっていける。

後で日本人が引き上げるとき、いろいろ便利な道具を残して行ってくれたので、内乱の全期間、私は道具を使うサルとなって生き延びることができた。

グアテマラにはもう3回行っている。私はそのたびに、グアテマラの原住民たちが織った手織りの布地を買い込んできた。特に何を作ろうという気持ちがあったわけではないが、あまりにきれいだったし、中米はまだ穴居生活をしているに違いないと思っている母、洋裁が好きで、町で生地を見かけては買い集めて、自分のものを縫って暮らしていた母へのプレゼントにもいいと思っていた。

いつかダヴィの学会にアンティグアまでついていって、一日ホテルにいるのもつまらないから町で布を見ていたら、それは100ケッツァルだといわれた。(当時1ケッツァル＝1ドルの時代である。)高いよ、あそこでは25で売っていたよ、とはったりをかけたら、いきなり18ケッツァルにまけちゃって、素敵な布地を手に入れた。

そのころ私はそんな深刻な思いで内戦を生き抜こうと用意していたわけではないのだが、なんだかんだといろいろ買い物をしたので、自活ができそうなものがたまっていった。

エルサルバドルは食器類が貧弱である。不ぞろいなプラスチック容器で、何でもかでもごっちゃにして食べている。日本の陶器文化で育った者にとって、それはいかにも悲しかった。まともな店には、陶器でできているものはあることはあるが、すごく高価な品しかなくて、庶民はうんざりするほど貧しい食器を使っている。私だって使ったことのない王侯貴族が持つような贅沢品に手をつける気はないし、だからといって、模様も飾りもないまるで実用本位のプラスチックの食器は味気ない。

この国本来の食器は土器である。それもすごくいいものがあるにはあるのだが、焼く温度が弱いのか、すぐ壊れる。特に素焼きの水差しはまだかなり一般的に使われていてとても形が面白い。何個か買ってきて水を入れておいたが、素焼きが弱いせいか水がじわじわと漏るのである。そのことをいつかダヴィの友人が集まったとき話題にしていたら、彼らはこう言うのだ。

自宅の一隅の壺、その他いろいろ

「この素焼きのつぼの中に入れておいた水はうまいんだ。つぼがフィルターの役割をして、中にたまった水はきれいになる、だからしばらくこの中に入れておいた水はすごくおいしくなるんだよ」

変だなあと私は思った。常識に横槍を入れる私の癖が始まった。

「つぼがフィルターの役割をしているというのなら、フィルターを通して出るほうの水がきれいで残る水は汚れているんじゃないの？　だとしたら、外にじわじわ染み出している水を飲むほうが正しいと思うけど」

彼らは先祖伝来のフィルター説を信じ込んでいるから、私の論理がなかなかわからなかった。それで私はコーヒーのフィルターを出してきて彼らの前で実験して見せ、「ほら、つぼがこのフィルターの役割なら、つぼを通して下に落ちたコーヒーを飲むのが普通で、紙の中に残ったコーヒーのくずを普通は飲まないでしょ」

彼らはみんな大学の工学部の先生たちだった。フィルターの原理がわからないはずがない。コーヒーのフィルターを見て、みんな暫く顔を突然見合わせて笑い出し、俺たち何を信じていたんだと言いあった。かわいそうだったので、また私が助け舟を出した。

「これでもなお中の水がうまいというのが本当なら、それはこの素焼きが持っているミネラルのせいかもしれないですよ。ほら、見えるでしょう、素焼きのつぼの表面にきらきらしている異物が」

「ほ〜〜」

これ以来主人の友達の間で、彼は日本からすごい学者の嫁さんを連れてきたという評判になった。本当はミネラルなんて見えやしない。

それはともかく、私はまともな食器がほしかった。中間がないかと町中を探し回り、とうとう見つけたのが中華食器だった。柄は中華だけど形は西洋料理を意識しているようなものだったので、好都合だ。全部バラで売っているから買いやすい。マリポッサ（蝶々の意味）という名の店である。そこには食器ばかりでなく、東洋文化がかなりそろっていた。花火、扇子、手芸に使えそうなもの、糸も布地も、かなりいいのがある。その店を偶然見つけてから、私はその店の常連になった。お金がなくて買えないときでも、目を楽しませるためにそこの店を覗いていれば心が落ち着いた。

私は東洋文化とエルサルバドルの土着の文化の間を、いつもさまよっていた。

第3章　内戦下の日常

合弁会社の日本人社長の死

エルサルバドルで暮らしていた日本人の主婦たちにとって、この国はその国民の大半の意識とは逆に「この世の天国」だった。気候は一定していてしのぎやすいし、邸宅は日本では考えられないほどの広さの空間を確保できるし、あくせくと働く必要はまったくなくて、家事のすべてを数人の女中に任せ、子供は運転手の送り迎えつきで学校に行き、後いったい奥様たちは何をしているのかと思うと、彼女たちはマージャンにうち興じて遊んでいたらしい（私はマージャンをしたことがないので、その面白さは知らない）。

ご主人たちの仕事は日本みたいにきつくないらしく、この国の習慣に合わせて昼食にも夕食にも帰ってきて家族とともに過ごすことができ、その分ストレスがなくて気が楽だから、不妊症の女性は子供に恵まれ、もう我が世の春を楽しんでいたのである。

個人でこの国にやってきて、個人的にいろいろと問題を抱えた私みたいなケースは問題外だし、私はもともとかなり政治問題に興味を持っていた人間だったから、彼らに見えないものが私には見える。そんなわけで、彼らと私とは目の付け所がはじめから違っていた。

私はこの国の庶民とともに庶民の一人として生活し、彼らとはまったく別の国にいたようなきらいがある。つまり私はあの国にいて、ただの一度も、「この世の天国」と感じたことはなかった。ある世界に住んで何を見、何を感じ、何を考えるか、それは置かれた各人の立場によるだろう。彼らが見たもの、私が見たものは、その立場によって違うのは当然だったかもしれない。

エルサルバドルはスペイン人侵入以後カトリック国になった。当時その頂点に立つ指導者になったのが、ロメロ大司教という人物だった。彼は温厚な本の虫で、問題を起こさない人物として選ばれたという噂だったが、大司教として就任してから自国の民衆の置かれた状況に気づく機会を得、自国の状況を憂い、説教壇の上から痛烈な政府批判を繰り返していた。

彼のメッセージを私はいつもラジオを通して聴いていたし、何よりもダヴィは大学の助教授として政府の攻撃の矛先にいるような存在だったから、緊張は彼を通して伝わってきた。だからエルサルバドルが国民にとって、「この世の天国」のはずがなかった。主人の愛するその庶民は、どんな暮らしをしていたのかということ、それは私が会社の派遣で来た一般の日本人と住む場所が違ったからかもしれないが、触れる機会が多かった。

ある朝のことである。私はいつものように所定の場所にごみを出して家に入ってから、まもなく、通りからザザーザザーという、何かを引きずるような変な音が聞こえてきた。小窓をあけてちょっと覗いて見た私は、見えた光景にかなりショックを覚えた。

私はエルサルバドルに来る前、東京に住んでいた。私が住んでいたころの東京は、すでにごみ問題で悩んでいた。朝ごみを出すと、カラスや犬が群がってきて、町中にごみを散乱させてしまう。東京都がカラス対策に頭を悩ませていた時代である。すでに日本は戦後の復興期を脱出してモノが氾濫し、その処分に困っていた。東京に住んでいて、それを「豊かさ」のせいと思ったことはなかったが、その朝、私は東京のあの「豊かさ」を彷彿として思い起こし、その「豊かさ」に罪悪感さえ覚えるようなことを目にしたのである。

私が今出したごみの袋に群がってきたのは、カラスでも犬でもなかった。そこに群がり、喧嘩をしながら袋ごと引きずっていたのは、半裸の子供たちであった。身は洗ったこともないほど汚れ、髪はすいたこともないほどもつれていた。ある子はパンツもはいていない全裸の状態で、袋から、まだ食べられそうなものをあさっていた。栄養失調か、腹は膨れ、私がごみ袋に入れた鶏の骨をその手にしっかり握っていた。

私は今、あの時代を生きてから20数年を経てこの文を書いているが、その光景を思い出して涙を禁じえない。一日中たらふく食べて、遊んで暮らしていられる階級がいるそのすぐ隣で、その人々の捨てたものを争って食べる飢餓に苦しむ人々がいる。その子供たちの姿を見て、私は腹のそこから嗚咽が出るほどのショックを受けた。

そんな時に事件が起きた。

１９７８年５月、エルサルバドルの日本人社会は騒然とした。17日の夜、合弁会社ＩＮＣＩＮＣＡの社長が反政府ゲリラに拉致されたというニュースが入り、にわかに日本人社会は緊張したのである。

日本人補習校の私の生徒はほとんどＩＮＣＩＮＣＡの関係者である。大使館は即座に、日本人に外出することを控えるようにという通達を出したらしい。私は個人で来ていたから知らせはなかったが、生徒の親を通じて知った。だから事態があまりよく伝わらず、意味がよく把握できなかった。私に関係ある知らせは、補習校が万が一の事態を警戒して休校になるということだけだった。企業から派遣されてきている日本人のすべてが関係者だったため、みんな身内だけでひそひそ話し合うだけで、無関係の個人には情報が伝わらなかった。

それまで、エルサルバドルは天国だといって、家事のすべてを女中に任せ、マージャンして遊んで暮らしていた政治には無関心な主婦たちは、みんなものもいわず蒼白になっていた。

ラジオは一日中、松本社長のニュースを流していた。スペイン語のＪの発音は、日本語の「は行」である。だからMATSUMOTO FUJIOさんの名前は「ふひお」と放送していたので、はじめは全く気がつかずに聞き流していた。反政府ゲリラとの交渉が失敗に終わって、銃撃戦になった後、日本人たちはもう声を潜め、ものをいわなくなった。

ただ心配そうに顔を見合わせて黙ったまま誰も言わなかったけれど、誰もが、松本社長はもうすでに死んでいると推察していた。学芸会の練習に場所を貸してくれた奥さんが、沈うつな面持ちで情報を伝えてくれた。警察側が毎日松本さんの家族を連れまわして、あちこちの穴を見せ、死体の検証をさせているという。警察はそれが松本さんの遺体でないことを承知しながら、死体を見せて歩いているらしい。

怪しい話だなあ、と私は思った。警察は一体なぜそのように毎日見せられるほどのたくさんの死体のありかを知っているのだ？　私はそのころうわさを聞いていた。カテドラルのある広場から、大型のトラックがまるで豚の死骸を運ぶように毎日死体の山を載せて走り去っているといううわさである。その死体はいったい何処に行ってしまったのか、誰もその時は知らなかった。

5月20日の補習校は休校になった。そして5月27日の補習校も休校になった。松本さんは見つからず、日本人は恐怖のあまり、まったく外出しなかったから、私も家庭教師に行かなくていいことになった。これは人種の問題ではないことを私は知っていたが、彼らは日本人だけが狙われていると思っていた。そして私はもう知っていた。この国は家に閉じこもっていさえすれば安全が保証されるわけではなくて、貧富の差という問題が解決されない限り、用心棒も警察も家の囲いも何もかも信用できないということを。

飢餓状態の人間に武士道や騎士道を期待することはできないのだ。パン1枚、30コロンのお金で簡単に寝返りを打つ。だから家の中だって安全ではないのだ。

解放の神学

町を歩いていても家にいても、私はよく物乞いに会った。初めの頃私はお金を乞われても物を乞われても、あげることに抵抗を感じ断っていた。これは国家の問題で、国家が対策を講じるべきだと思っていたし、物やお金をあげることが、物乞いの問題の解決にはならないと思っていた。

しかし私はあの朝、ごみに群がる子供たちの光景を見てから、考えが変わったのである。貧富の差や飢餓の問題の解決にはつながらないかもしれないが、彼らは少なくとも今日生き延びられるかもしれない、私が断れば、今日行き倒れになって、かばねを野にさらすかもしれない。自分だって、戦争直後人様の助けで生き延びてきた。下の兄弟4人とテーブルの下に落ちた一粒の米粒を争って生きた時代を知っている。あの時人様からそっともらった食べ物を私は決して忘れていない。あの時ものをくれた人は、お前たちがお腹がすいているのは国家の問題だとは言わなかった。自分だって決して豊かではなかっただろうに、わざわざ私たちのため作ったらしい鍋いっぱいのイーストパンを、誰にもわからないように包んで、物陰に呼んでくれたのだ。あのパンが一家のおなかを2日間に渡って満たしたのであって、国家の政策が一家を救ったのではなかった。

朝、何か食べ物の残りはないかといって戸をたたくおじいさんに、ちょっと待っていれば温かいものを作るからと待たして鶏のものから揚げとパンケーキを作ってあげたら、まるで一週間何も食べていなかったように、がつがつと食べていた。私は小学時代、あの給食係のおばさんが鍋丸ごとのパンをそのままくれたのを覚えている限り、残り物をあげる気がしなかった。これは施しでなくて、分かち合いなのだ。私が食べるつもりだった鶏の足を2本でなく1本にすればそれですむことだ。この人はイエス様の言う「小さき人」なのだ。お腹をすかせたイエス様にパンを差し上げ、鶏のから揚げを召し上がっていただくのだ。

むしゃむしゃと満足そうに物乞いの男が私の貧しいご馳走を食べるのを見て、私も心から満足した。ありがとう。食べてくれてありがとう。その行為は、ただの私の自己満足かもしれなかった。私は乞う側でなく乞われる側としての、余裕のある安全な立場の人間として、善意とか慈善とかいう言葉が恥ずかしい、むしろ偽善に近い行為かもしれなかった。

でも私にはそれしかできなかったし、政治の問題は首を突っ込むには危険過ぎた。私はあなたと同じ庶民として、ほんの少しの今日の自分の食べ物を分かち合うということしかできなかった。私はそう思ったから、いらなくなった残り物でなく、努めて、自分が食べたいほうの食べ物を彼らに上げた。

しかしその行為は、周りの人々の猜疑心を刺激した。おまえは共産主義者かというのである。あのころ貧者の側に立つものは、全部「共産主義者」の烙印を押された。

教会の指導者であったロメロ大司教をはじめとして、カトリック教会は貧者の側に立って、「解放の神学」なるものを掲げていた。教会の歴史は、決して「善」なるものの歴史ではなかった。遠いローマ時代のキリスト教徒の迫害の時代を経て、キリスト教会は為政者の側に立つ宗教のごとく変質していた。ヨーロッパの諸国がキリスト教を「国教」に指定するということ自体、すでに、教会は支配者の側に立っていた。

しかしキリスト自身は支配者としてこの世に生まれたのではなかった。彼は常に苦しむもの、抑圧を受けるものの立場に立って、常識的な律法の解釈を覆して愛の息吹を吹き込んだ。ラテンアメリカのカトリックの神父さんたちは、抑圧に苦しむ庶民の実情を見、過去のカトリックの姿勢に反省を促した。それが「解放の神学」である。民衆の側に立って、その代弁者となった彼らは、次第次第に支配階級の側から敵視される立場に追い込まれていった。貧者に施しをする者は胡散臭い目で見られ、おまえは「共産主義者」のようだといわれるようになった。教会の神父さんたちはみな「共産主義者」と呼ばれた。総本山のローマ教皇でさえ、彼らを受け入れなかった。「共産主義」は唯物論であって、神を信じるカトリックの神父さんが「共産主義者」のわけがない。

今、アメリカがイスラムの陣営を圧迫すると、メディアはこぞって宗教戦争と騒ぐ。しかしそれはまったくのデマゴーグである。宗教が嫌いな連中が、問題の本質を見て見ぬ振りするために、すべてを宗教のせいにする。彼らは真の原因を隠すため、そういう誤解を全世界にばら撒くのだ。アメリカは彼らの分類の仕方からすれば、キリスト教の陣営に属する。エルサルバドルはカトリック国である。アメリカの軍事援助を受けてエルサルバドル政府の弾圧の対象になったのは、カトリック教会の神父たちである。貧者の側に立つものを支配者の側に立つものが弾圧したのであって、そこに宗教は介在していなかった。キリストに忠実であったのは弾圧を受けたカトリック教会であって、キリスト教陣営の代表のように言われているアメリカ政府は、あの時代、意図的にたしかにカトリック教会を迫害したのである。

そのときも今も、戦争の原因は変わっていない。それは宗教戦争でなくて、利権獲得または利権保護の争い以外の理由はないのだ。だから彼らはカトリック教会に「共産主義者」のレッテルを貼ることによって、真の原因をごまかしたのである。

ゲリラにせよ、地方の農民にせよ、彼らは資本主義の弊害がすでに発達していたヨーロッパで生まれた高度な哲学思想である「共産主義」を理解するほど、基礎的な「教育」を受けていなかった。彼らは「共産主義」以前の「資本主義」の恩恵も弊害も受けていなかった。彼らは「農奴」または「家畜」であった。文字も読めず、学校教育も受けなかった裸足で半裸の農民が、ほんの少しの「共同体意識」（その内容はいっしょに畑を耕し、収穫を分け合うというだけの小さな隣組みたいなもの）を持っただけで、または道にうずくまっている死にかかった人にパンをあげ、一緒に仕事をしようと誘っただけで、彼らは「共産主義」のレッテルを貼られた。人は人を助けてはいけなかった。それは「共産主義」につながる行為だったから。

「あなたは共産主義者か」といわれたとき、私は単に「いや、私はカトリック信者だ」と答えたに過ぎなかったが、そのとき私はこのカトリック信者が「共産主義者」と同義語であることを知らなかった。

後に多くの貧者の側に立って働く神父たちが拉致され監禁され過酷な拷問の末、死体を路傍にさらされ、かのロメロ大司教がミサ中に狙撃によって暗殺され、アメリカから来た4人の修道女が空港から拉致されレイプされて木の上にその死体が引っ掛けられて発見され、駄目押しのように、イエズス会の6人の神父と使用人の女性が、秘密裏の暗殺部隊ではなく正規の軍隊の襲撃を受けて惨殺されたのを知ったとき、私はやっと、政府が弾圧して攻撃の矛先にしていたのは、ソ連に後押しされた反政府軍よりもむしろ、武器の代わりに愛と勇気とペンと言葉を持って戦った丸腰の「キリストの兵士」たちだったのだということに気がついた。

（「キリストの兵士」とは十字軍のような軍隊のことではなくて、キリストの意思を受けて働く信徒に対する伝統的な「表現」。修道女も、神父もそして一般信徒も、別れた兄弟達であるカトリック以外のキリスト教徒もあくまでもこの意味でのキリストの兵士。）

記録が少なくて時期的に正確ではないが、7月になって補習校は再開された。しかし、今考えてみれば当然のことと思うが、日本人はこの国が「天国」ではないことにやっと気づき始めており、もう浮き足立っていて補習校どころではなかった。家庭教師も再開していたが、ＩＮＣＩＮＣＡの関係者はそろそろ引き上げを検討していたらしく、だんだん生徒のメンバーも代わっていった。

私がサンタアナにいたときに、不正選挙によって政権を取った政府は、政情不安定を理由に虐殺を繰り返し、その後クーデターによって新たな軍事政権が誕生した。アメリカの後押しによるお家芸みたいなクーデターで、アメリカだけは即座に承認したその政府の大統領は、皮肉なことにあのロメロ大司教と同姓のロメロ大統領という。人々は、この国には悪魔と天使がロメロと名乗っている。悪魔のほうが大統領だと揶揄した。

ＩＮＣＩＮＣＡは資料によると、中米最大規模の合繊企業会社である。その活動は軍事政権と経済的・政治的に癒着して初めて可能という現実を、反政府組織は松本さん釈放の交渉中に暴露した。私は深くこの事実関係を知らない。政治犯の釈放、身代金の要求を通して、反政府組織は自分たちの立場の説明を世界の主な各新聞に載せることも要求してきた。今それを読んでも、彼らの難解な、そしてあの闘争に特有の用語に抵抗感を感じるが、この国に進出していた日本の企業にこの国の政府との背後関係が全くなかったというとすれば、それは現実的ではないとは思っている。

犠牲となった人は別に悪人ではないだろう。両国の国家の政策の犠牲になっただけで、本人は個人として、その仕事についていただけなのだ。松本さんは遺体で発見された。当時交流のあった日本人によると、ビニールに包まれたきれいな遺体だったらしい。

政府は拉致された直後にゲリラに刺されたと発表しているが、発見された8月は拉致された5月から3ヶ月も経っている。常夏の国にビニールの中に包まれて発見された遺体が、腐敗もせず、損傷もなくきれいだったとすれば、政府軍に発見されてゲリラが後退するときに銃撃戦になった8月、政府軍の銃弾にあたって死んだというゲリラ側の説明のほうが整合性があるだろう。しかも、その遺体は発見まもなく、エルサルバドルの習慣に反して荼毘に付され、すべての証拠はなくなってしまった。土葬が当たり前のカトリック国エルサルバドルの人々は、そのときすでにこの死に関する政府の関与を疑っていたのである。

マルタとの出会い

フランシスコの家でパーティーがあった。夕方7時というから日本人の感覚で時間どおり行ってみると、彼らはこれからメルカードに行って、食料の買い物をすると言っている。家で待っていてくれてもいいし、一緒に買い物に行ってもいいということだ。

同じエルサルバドル人のダヴィはいったいこのことをどう思って7時きっかりに来たんだろう。7時に開催という意味が、「7時に用意をはじめるからその後適当な時間に自己判断でくるように」ということなど、時間厳守を学校教育で叩き込まれた日本民族の私にわかるわけがない。それなのに彼は私に合わせて7時きっかりにフランシスコの家に行ったのだ。彼ならはじめからそういう事情には通じていたはずなのに。もっと後になって私は、自分のうちでパーティーをやったとき、その日に来ないで次の日に来た人を知っているが、いくらなんでもこれは非常識だったと見えて、ダヴィも対応に困っていた。

彼は時間厳守をどこで学んだんだろう。時間通りに行ったときのフランシスコの対応に少しうんざりしていたダヴィは、買い物など彼のやり方にあわせるのを断って、私たちはそこいらをぶらぶら歩き回ることにした。それから何とか頃おいを見て再び彼のうちに行ったら、もう数人集まっていた。

だいたい、エルサルバドルで育ったわけではない私には、その「頃おい」というのがわからない。いくら時間に緩やかな国民性でも、人を大勢「ある特定の時間」に呼んでおいて、主催者がその時間を守らないなどという「国民性」にはついていけない。客が勝手な時間に来ることに対して鷹揚なのは赦せる。でも7時にこいと言っておいて、7時に行ったらこれから買い物というのは、いくらなんでもねえ。

私は今でもパーティーというやつは苦手なのだけれど、そのときは言葉も流暢ではなくて、おまけにダヴィの人間関係のごたごたを全員知っている人たちの集まりだということもあって、緊張してこの集まりに臨んだ。ダヴィの友人たちはよく家にも来ていたのだけれど、私はその奥さんたちを知らなかったから、内心怖かったのだ。女性は他人の人間関係に敏感で、しかも面白がる人種だ。私と主人とモニカとの三角関係は、そういう女性陣の格好のネタのはずだ。

私にとっては最悪のパーティーで、ただでさえパーティー慣れしていない私はひどく居心地が悪かった。大体私の昔の付き合いの集まりというのは教師仲間だったし、特に私と馬が合った仲間は、あまりこういった社会通念に長けているとはいえない仲間だった。昔の仲間の集まりは気楽な集まりだったから、集まれば必ず夫婦で来るパーティーなどという代物は、どう対処したらいいかわからなかったのだ。どうもよそ行きを着ていかなければならないような種類のパーティーというものは、うさんくさくていけない。うっかりするとダンスとかいう変な運動をさせられる。

しかし実際は、エルサルバドル人の大学の教授仲間という人種は、とても朗らかでにぎやかであまり物事を真剣に捕らえたりしない連中だった。

町に出てもいろいろある。未知の人でも興味ありげに不躾にこちらを見ていて、実はかなり気分悪いが、一声かけると喜んで話しだす。ぶらぶらと家の近くの動物園を散歩していても、彼らは動物を見ないで私を見、赤ん坊の顔をわざわざこちらに向けて、「ほらほらＣＨＩＮＡだよ、見てごらん」とか言っている。

「コラッ！　ただで見るな」、とおどけて見せると、彼らはすぐ親しげにやってきて、何だスペイン語できるのか、といって話をし始める。考えてみればあちらのほうが、珍しい東洋人の私を不思議がっているのは当然かもしれないのだ。

このパーティーは思ったより心配するほどのこともなくて、案外みんなに迎えられ、２、３人の奥さんたちと仲良くなった。ぶるぶる震えていないで、こちらから人間表明をすればいいのだ。

その中にマルタという名の奥さんがいた。おおらかで優しい気遣いのある人であった。私がこれまで出会った一般のエルサルバドル人と比べても、かなり教養が高く、若かったけれども気品があった。彼女の気遣いは、個人的に事情を抱えた私がこのパーティーに集まった人々の中に溶け込むことができるように色々配慮してくれ、日本人会のほうにばかり向いていた私の心を、この国の方向に向ける助けをしてくれた。

彼女のご主人はちょっと中東系の顔をしたハンサムな男で、奥さんの明るさに反して暗い感じはしたけれど、かなりの論客で面白かった。政治に対して深い考察をしているらしい。奥さんは彼を尊敬し、誇りにしていた。マルタには5人の男ばかりの兄弟がいて、みんな歌が上手で、兄弟でバンドを組んでいたから、仲間内のパーティーなどでは兄弟全員が招かれた。ギターを抱いて、彼らはよく歌った。きれいなハーモニーで、あまりそれまでラテン音楽が好きではなかった私も十分楽しめるほどうまかった。声のハーモニーだけでなく仲のよい、素敵な家族だったから。

この会合で思いなしか楽しいひと時を持ち、その後もよくマルタとこのグループとで行動をともにすることになった。

日本人総引き揚げ

その年の12月、再びINCINCAの一人の役員が拉致される事件があった。はじめの拉致で人質に死なれ、交渉の道具を失った反政府組織の、再度の試みであった。あれ以後大使館は日本人全体に通達を出して、同じ時間同じ道を通うことはゲリラの目標になりやすいから避けるようにという忠告を出していたが、前例をなかなか変えない几帳面な日本人の癖はゲリラに知られていたらしい。彼は私の生徒の父親だった。この2度目の拉致事件は、決して真相を明かされることはなかったが裏取引によって交渉が成立し、彼は生きて返された。これによってINCINCAの日本人は全員引き上げを決定した。

当然のことながら、補習校は閉鎖され、私は職を失った。いろいろ問題もあった人間関係だったけれど、日本人がすべて引き上げるとなったら、私はさびしかった。彼らはたくさんの日本の食器だとか生活必需品を私の家に残して去っていった。まるで鬼界が島の俊寛よろしく、私は日本人と日本文化を背負った集団を見送った。

私は日本人を批判しながら、日本文化から離れられない自分のことを知っていた。これから全面的に向き合わなければならない異文化の渦の中で、自分がどのようになっていくのか自信がなかった。愛する相手はダヴィしかいなかった。ダヴィ一人を見つめて生きてきた今までのエルサルバドルの暮らしで、仕事もなくほかに人間関係もない状態で、平和に長続きするはずがなかった。

以前触れたことのある、エルサルバドル大学で日本語を教えていた日本人講師の後を何とか受けて、自分にその仕事ができないか交渉しようと思った。こういうときのことを予測して私は昔教えた高校から紹介状を頼んでおいた。教頭の日本語の紹介状とそれを英語に翻訳してくれたU先生の文とが送られてきていた。私は自分の経歴と教員免許状などの資格をそれにつけてその講師に渡し、大学で仕事を斡旋してくれないかと頼んだ。

しかし大学もゆれていた。大学は反政府運動の温床と見られていたから、軍隊がいつも大学の周りに配置されていた。日本人の講師も、大学で授業ができなくて、自宅を開放して学生に日本語を教えていた。スペイン語と日本語は母音の数が同じだから、若い彼らは非常に早く上手に日本語を習得し、それを続けたがっていた。私はその後を引き受けたかったのである。

日本人たちがいなくなった12月、私は去年買った幼子イエスの像を部屋の隅に飾った。ゆりの花とカーネーションをいけて、厩で生まれたイエスを模して籠に草を敷き詰め、柔らかい布を毛布のよう

において その中に幼子を寝かした。主人がそれを見て、「きれいなバラだね」と言ったが、彼はゆりのことをマーガレットと言っていて、いつものことなので、「そうそう、きれいなバラでしょ」と言って知らぬ顔をしていた。彼は今でもチューリップのことをカーネーションと言っている物理学者である。

その年はお付き合いのあったすべての日本人が引き上げ、仕事も失って孤独がひとしおだった。残るは、海外青年協力隊の一団と、私のように国際結婚した日本人女性だけだった。

当時の日本の法律ではおなじ国際結婚でも男性が日本人の場合は、問題なくエルサルバドル人の妻に日本国ヴィザが出るが、女性が日本人で相手がエルサルバドル人の場合は、日本人の妻がどんなに億万長者でもエルサルバドル人の夫にヴィザを出さないのが日本国の方針だと、当時の日本領事が「普通の顔で」言っていた。だから、「現地人」と結婚した日本人妻は、どんなに内戦が激しくて身に危険がせまっても、現地に残らなければならなかった（その後しばらくしてから、私の帰国後の話だけど、国際結婚をして現地に残った友人の一人が、内戦の中でご主人を殺され、3人の子供と残されてからやっと日本に帰国することができた）。

知り合いを一挙に失った私は、勢い残留日本人と付き合い始めたが、だんなさん同士には接点がなくて、住んでいる地域もばらばらだったから、出合えるのはまれだった。

それで私は初めて、せめて自分の分身がほしいと思った。子供がほしいと、私は心から思った。そのため、その年の幼子イエスはなんだかひどく意味があるように思えて、じっと見て暮らした。ある朝その幼子イエスの像の入った籠のふちに緑色の葉っぱのような物がついていた。あんなところに葉っぱを飾った覚えがないのになあと思って近づいてみると、それはエスペランサという名の虫だった。「うまおい」である。日本の秋の虫と同じ物に初めて出合って、ちょっと喜んだ私は、ダヴィに見せた。彼はその虫を見てにこにこして言った。「いいことが起きるぞ！」

エスペランサとはスペイン語で「希望」という意味だった。私はそのエスペランサに希望を託した。

町は軍隊だらけだった。住んでいる場所のそばに軍隊の駐屯地があったから、毎日撃ち合いの音が聞こえた。町には死体が転がり、その光景がもうすでにショックを感じないほどに馴れたころ、大司教の説教する場所であったカテドラルも、治安の為と称して軍隊に占拠された。明らかに、大司教の政府批判と民衆擁護の説教を阻止する為だった。

当時そのカテドラルは再建中であり、コンクリートの地肌が見えていたが、その地肌は弾痕で穴だらけになった。ゲリラの温床と見なされた国立大学も軍隊に占拠される事態となった。ダヴィも講義ができなくなったのだ。私の日本語の授業の望みも当然断たれた。事実上町を自由に歩くことができなくなった。

日本人がいなくなり、友人であろうとなかろうと、話のできる人間関係を失い、することをすべて失った私は、書物を読み漁り、教師時代から持ち越していた「記紀神話」の研究に戻っていった。日本の古典の研究をエルサルバドルで続ける、そっちのほうが異常事態だったけど。そのころ住んでいたアパートは、夫婦が2人で住むには十分だったが、私が日本から送ってきた500冊の本を収めるための本棚を買い、本棚で12畳ほどのスペースがあったリビングダイニングを分けたので、両方とも

4畳半ほどの暗い部屋になった。かくしてそこは、八王子以来の本に埋もれた、私の「巣」になったのだ。

エスペランサがたまにコロコロと鳴く、隅のかごに入った幼子キリストの像に願いを込めて、時々それをじっと見つめながら、エルサルバドルという不似合いな国で、「記紀神話考」の筆録をし続けた。

水を求めて

エルサルバドルの現代史の中で、内戦と呼ばれるものがいったいいつ始まったのか、私は正確には知らない。ただひたすらにダヴィを慕い恋の遂行のためあの国にいた私は、ただ毎日起きる混乱の中を無知なる庶民として生きていただけである。

主婦として家事をこなしていただけの私にも、混乱は肌身に迫って感じられるようになった。1970年代後半のことである。あの国の水道のシステムがどうなっているのか知らなかったが、水はほとんど午前中しか出なかった。安全と水はタダの国から来た私には、この水との格闘が一番ものすごいことだった。高級住宅街エスカロンに住む種族は、広大な家の敷地いっぱいに自家発電設備のある貯水設備を持っていたから、水に関する問題はいつも、そういった設備のない中流以下の庶民を苦しめた。

そういう状況の中で暮らしていた私は水道の音に神経を立てるようになった。遠くの山のほうから聞こえてくる、水道管に水が流れる音、かすかなかすかなカラカラカラカラという音は、どんなに熟睡している間でも私の神経が反応し、暗闇の中をバケツとありったけの鍋をもって水集めに走った。それはその家に住んでいた間のほとんど毎日の日課であった。

しかし、同じ時間に同じことをやっている人々の競争はエスカレートしていたから、水は20分と続いて流れなかった。これでは洗濯機なんかあったって役に立たない。この国の伝統的なピラと呼ばれる洗濯用に水をためる貯水槽があって、それはちょうど、日本の独身用のマンションに付属した小さな風呂桶ぐらいの大きさだったが、そのピラを洗ってしまうといつまた満たすことができるかが不安だったから、下のほうに水垢がたまっているのを知りながら、私はほとんどピラを洗ったことがなかった。上のごみが沈むのを待って上澄みをすくって、沸騰させ、それを調理用に使うという仕事を毎日私は繰り返した。

町は時を追って危険になり、軍隊は毎日殺戮を繰り返していた。死体が転がっている町の情景は「常識的な」光景だった。私たちの友人、知り合いの中にも、あるいは拉致され、あるいは投獄され、あるいは撲殺され、行方不明者が続出した。

ある時メルカード（中米の市場）に食料を買出しに行ったが、町には人間がゴロゴロ転がっていた。私はそこいらに野宿している浮浪者が泥酔しているのだと思って、えい面倒だとばかり、ぴょんぴょんと何人かを飛び越えていった。

メルカードに着いたとき、いつも懇意にしている店のおばさんたちが、「奥さん、大丈夫だった？怪我しないでよく来られたねえ」と言って集まってきた。「え？　なにかあったの？」と言ったら、

「エーッ！」と彼女たちは叫び、考えられないという風に私を見た。

「市街戦が今すぐそこであったんだよ。軍隊とゲリラが撃ち合いをしていたんだよ。みんな怖くてメルカードから出られなかったんだ」

「エーッ！」と叫び返したのは私である。町はそのとき静かになっていたから直前に撃ち合いがあったなんて気がつかなかった。それで私は買い物を済ますと、また一目散に家に向かって駆け出した。そして何気なくさっき来た時に飛び越えた人間を見たとき、私はギョッとしたのである。

その腰には銃弾のずらりと並んだベルトが目に付いた。そして、反対側の今越えようとしていた人間も、同じ物をつけていた。私は知らずに死体をとび越えてメルカードを往復したのだった。その死体はそのまま放置されていた。そして毎日その死体から服がはがされ、下着がはがされ、靴と靴下がはがされ、それは文字通り「物体」となっていった。その「物体」を目にすることをさほど珍しいとは思わず、毎日私は平気で物を食べていた。その「物体」に野良犬が食いつき、ぼろ布のようになっていった。

それは静かではあったが、羅生門の世界、阿鼻叫喚の地獄絵図だった。と、そう思うのは、今日本に帰国して時間を経てこの文を書いている今の感情である。当時はそのことを普通の光景と感じるほどに、私の神経は異常さに慣れていった。

正確にはいつのことだか覚えていない。ある時、ただでさえ水の事情の悪いこの国は、ストライキの為、水も電気も来ないという事態になった。すでに述べたように、ストライキのあるなしにかかわらず、住む所によっては慢性的に水が不足している国である。余裕のある家には必ず地下水層があって、いざという時には水道が切り替わる装置がついている。ストライキが誰の為のストライキであれ、目的が何であれ、打撃を受けるのは、そのような設備もなく、村の共同水道でわずかな水を分け合っている最下層の人々だ。不潔でもなんでも私たちにはピラがあったが、共同水道を使っていた最下層の人々には、ピラさえもなかった。ストライキで水を絶たれた人々は、大人も子供も、やっと立ちあがって歩き始めたばかりの幼児にいたるまで、手に手に鍋や洗面器のようなものを持って、水を求めて町に繰り出すという事態になった。人々はどこに水があるかを知っていた。それは豊かな家の地下にある。

「水を下さい、水を下さい」。人々は家々のドアをたたいて、水を求めて歩き回った。しかし、この国中の異常事態の中で、信用できない他人のためにドアをあけるものはほとんどなかった。

人々は私たちの家のドアもたたいた。どんどんどん。「アグア、アグア、ポルファボール！（お願いだから水をくださ い）」

たまりかねたダヴィがドアを開けた。「家には水槽はない。でもあれで良いなら少しわけてあげよう」。ダヴィは洗濯用の水槽の水を1人の子供の器に入れた。最初の子供に水をあげたから、家の前には水を求めてあとからあとから列ができた。

私は心配した。自分の家の水がなくなる。これではだめだ。私がストップをかけなければならない。

私はダヴィに小声で言った。

「もう、うちのための水がなくなります。昼食も洗濯もできなくなります」

その時、ダヴィが言った。

「彼らは昼食や洗濯の水を求めているのではない。朝起きて、飲む一杯の水もないのだ。生きるためのたった一滴の水もないのだ」

「でも」と私は言った。

「あなたはオフィスに行けば水もあるし、オフィスには自家発電の電気もあります。私は何も水がないうちでどうすれば良いのですか。ストライキはいつまで続くかわかりません。この後水がくる保証がありません」

私の平凡な心は、安全地帯にいるダヴィだけが理想論をたたいて平気でいられるということに不満だった。しかしダヴィは私の目をまっすぐ見て静かにいった。

「私の同朋が水を求めているのだ。求めるものには水をあげなさい。水をあげれば必ず水は来る」

ダヴィの命令は威厳に満ち、そして決してほかの選択を許さなかった。彼は言い残して仕事に行った。

「ばかな!!」と、それでも私は心に思い、ダヴィを見送った。不満だった。こんな理想主義についていけないと思った。もうピラの底に水垢のどんよりとした水以外何もなくなったから、私はドアを閉め、それからどんなにドアをたたかれても理由も言わずに戸を開けなかった。

子供たちはドアにばらばらと石を投げ、「CHINA TACAÑA（けちのシナ人）」と叫んで消えていった。

昼だった。ぼんやりしていると、聞き覚えのある、ある音がかすかに聞こえてきた。カラカラカラ。カラカラ。ストライキなんかなくても、水が慢性的に不足している中で生活してきた私の神経が記憶している音だった。カラカラカラ。カラカラカラ。生命の音、水の音、遠くの水道管から伝わってくる懐かしい響きだった。

私は耳を疑った。ストライキは終わっていない。水が来るわけがない。しかし私は、ためしに小さな手鍋を水道の蛇口にあてがってひねった。ちょろちょろちょろ、と水が出た。最後の水滴がぽつんと落ちて輪を描き、小さな手鍋を満たして、止まった。

手鍋にゆれるたった一杯のその水を私はじっと眺めた。心は感動に震え、涙さえにじんだ。それはこれから昼食に帰ってくるだろう主人と私2人ぶんの水だった。

「水をあげなさい、あげれば必ず水は来る」。その水は手鍋一杯の水だった。

出エジプト記の物語がふと頭を掠めた。砂漠をさまようイスラエルの民に与えられたマンナは、1人分、1回分しか採取が許されなかった。自分のために多くを取ればほかの人が1人死ぬ。2人分の水を、手鍋に入った来るはずもないたった2人分の水を見て、私はダヴィが言い残していった言葉をつぶやいた。

「水をあげなさい。人にあげれば必ず水は来る」

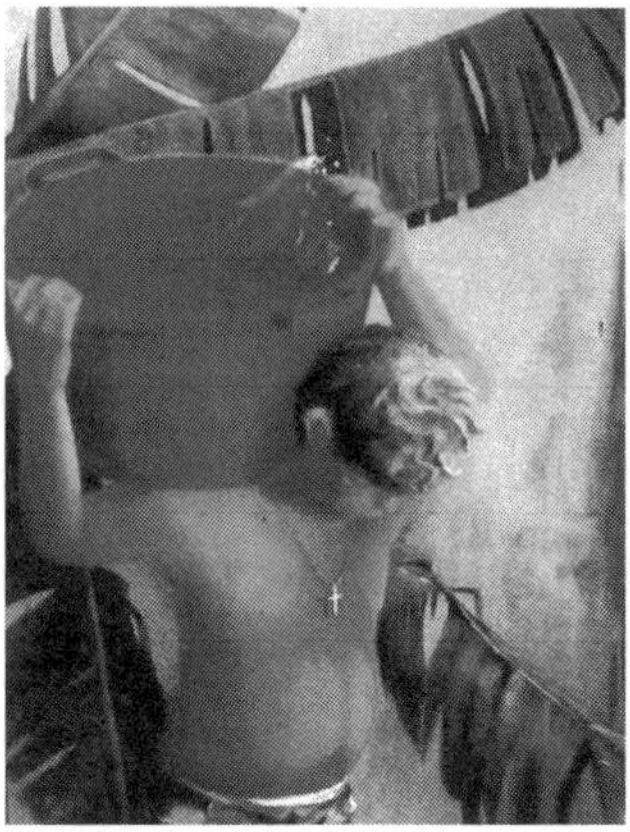
「水を求めて」

ああ、開眼。ああ、開眼。光は闇の中でしか見えぬものだ。巷はあの阿鼻叫喚の地獄絵図を繰り返していた。宇宙は闇に覆われているかのように感じられた。しかし私は闇の中で光を見た。ああ、開眼！

神経症になったらしい

エルサルバドル人はそれが民族性なのか、どんな事態の中でも陽気で明るくあまり深刻になったり悲壮になったりしない。もしかしたら、もう内戦という事態に慣れているのかもしれない。私は何が起きても深刻になりやすい日本人で、死体を飛び越えて買い物に行くような状態に「慣れた」からといって何も感じなかったわけではなくて、激しく深刻に考えを深め、人との付き合いがない状態がそれに拍車をかけて、心は異常事態に飛び込んでしまっていた。だから私が死ぬほど深刻になっているかたわらで、「今まで神様が守ってくれたのだから、これからも守って下さるさ」と言って平気な顔をしている「何とかなるさ民族」のダヴィの言葉にいつも救われていた。

彼の楽観主義に会うと、私の心は子守唄を聴いて眠る子供のように安らぎ、心の緊張がすーっと消えていくのを感じた。自分は「とんでもない」生活をしているという意識を感じない為の安定剤の役割を、ダヴィの言葉は担っていた。

私はこの家で暇にまかせて「記紀の研究」を再開し、同時にこの際絵を描いてみようと、ダヴィがイタリア土産に持ってきたイーゼルに、町で大きな文房具屋を見つけて買った画帳を載せた。文房具屋では、いろいろ絵に必要かなと思われるものをめくら滅法に買ってきて、いつものとおり何もしないくせに準備だけして満足して心の安定を保っていた。

研究材料があり、本があり、家の中を自分の思うように整理し、そして絵が描ける環境が整えば、私は私の世界に生きているような気分になる。電話があるからその気になれば電話もかけられる。実は電話をかける相手なんかいなかったのだけれど、「ある」ということはともかくポジティブなことなのだ。それでやっと自分らしい生活を満喫できるかもしれない。私はいつもこういうロマンを心に描き、現実を離れて落ち着こう落ち着こうと努力した。

私の記紀神話の研究のきっかけとなった昔の教え子の崔さんが「記紀の研究」に協力を惜しまず、よく新聞の切り抜きだの新刊図書だのを送ってくれたので、ロビンソン園の夢に失敗した私は、昼夜を分かたず「記紀神話研究」に没頭し始めた。そのうち原稿用紙がなくなり、困った。しかしそんなつまらないものをわざわざ日本から送ってもらうのは面白くなかったから、ダヴィに頼んでたまたま持ってきた日本の原稿用紙を大量にコピーしてもらった。紙の質が悪くてインクがにじんだが、ひとまず原稿用紙の問題は解決した。原稿用紙にこだわったのは、私はこの研究をどこか日本の雑誌社に送って出版しようともくろんでいたからである。

私の熱中振りを見てダヴィが言った。

「そんなまとまった研究があるのなら、僕が大学の仲間を集めてやるから、スペイン語で講義をしないか。パネルも使って、表なども作ってそれだけの講義やったら面白いよ」

うれしかった。しかし私は大学で講義ができるほど、スペイン語には自信がなかった。ダヴィに何回かスペイン語の学校に通わせてくれるように頼んだが、日中危険地帯をバスを使っていかなければならないので、なかなか実現しなかった。

私のスペイン語歴は浅い。大学の第2外国語はフランス語だった。私に当時よくアルバイトを斡旋してくれた恩師が、東京にオリンピックが来た年に、スペイン語の通訳の口があるからスペイン語をやれと言い出して、「あいよ！」といって始めたものの、当然のことながらものにならなかった。しかし、そのときスペイン語を学び始めたのがきっかけで、私の人生は大きく変わったのだ。あるスペイン人のシスターと出会い、彼女に命を救われる経験までして、その後スペインに任地が変わった彼女をしたってスペインに行き、1年間遊学した経験を持つ。しかし私のスペイン語力は、独学時代と大して変わらず、当時はまだ日本の上智大学が出している「スペイン語1年」という教科書から、一歩も出ない語学力だった。

まだ語彙が少なくて新聞も読めず、議論なんかに参加するほど日常会話もできなかった。この計画は今でも惜しいと思っているのだけど、大学が軍隊に占拠されたままだったのと、私の神経症が理由となって友人たちが家に集まらなくなったのとで、この千載一遇のチャンスは実現しなかった。

家が広くなったせいか、または私の接待が日本的で、ものも言わずに食事を出しつづけるあの大和民族の奥さん族の特性を生きていたからか、ほとんど毎週主人の友人がこの家に集まってきて、わいわい騒いでいた。フランシスコのパーティーもそうだったが、こちらの奥さんは台所に引っ込んでせっせと食物を生産している日本の奥さんとは正反対で、パーティーの中心にでんと構えてまったく動かず、ご主人たちがバーテンになって忙しくラム酒の調合をしている。

食事が出るとご主人が我先にお皿を持って飛んでいって、自分の奥さんの好きなものを取ってきて、自分たちは食事をせずに奥さんの傍らで飲んでいる。何かある種の動物がメスに餌を運んで好意を得ようとする行動に似ている。私はそれが恥ずかしくて、初めの頃ダヴィに「お願いだから私のために食べ物を取ってくるのはやめて」と言ったのだけれど、それを聞いていたほかの客が「ここじゃ、早く食べないと誰も遠慮しないから何も食べられないよ」と言っていた。これがお国の習慣である。

8年いるうちに慣れてきて、私も最後は真中にでんと座って動かなくなったけれど、ラビダに越してきたころはまだ私は日本的な奥さんだった。彼らはよく歌い、よくふざけ、よく議論をし、よく食べてよく飲んだ。マルタの兄弟がギターを持ち込んで歌い、そういう時間は内戦なんかどこ吹く風と生きていることを楽しんだ。

しかし母国語をまったく話せない状態で、国の家族とも連絡がなく、仕事もなく、本と植物を相手にしていた私の神経は、日に日に病んでいった。毎月毎月からだの調子が緊張状態になると、私の神経も極度に緊張状態になって、彼らの笑い声さえ気に障り、ちょっと品のない冗談にも激しく反応し、すぐに怒りとなって爆発した。

彼らの一人が私が日本から持ってきた昭玉の遺作の日本人形を見て、品のない戯言を言って笑ったとき、私は彼にものすごく激しく抗議した。「日本文化を侮辱するな、この野蛮人め！」と叫んだのである。その人形は、普通外国人が日本文化の紹介のときに目にするような、藤娘のような類の人形ではなくて、多分、彼らにはわからない、芸術的に高度な作品だった。古典的な雛人形がほしかった私が日本を出るときに探し回って、男女一対の古風な人形を見つけたのだ。母がそれを見て、「立派なものをよく見つけたのね」と感心してくれた逸品である。芸術性のほとんどない内戦の中の荒れた中米で暮らしていた私の、心のよりどころであった。

私の怒りに驚いたダヴィの友人は、そのときは彼のほうから謝ってちょっとしらけただけだったが、彼らは私の神経の状態を当然のことながら知らなかった。そうしたある日やってきた彼らは、再び酔っ払って家中を勝手に探索し、私が描きかけていたダヴィの肖像画にひげを描いていたずらした。

そのとき、私の怒りは頂点に達した。逆上した私はつかつかと筆を持っている男の前に行き、筆をもぎ取って叫んだ。

「この絵に触るな、あなたみたいな人にこの絵を触る権利はない。すぐにこの家から出て行け!」

私は多分そのとき、結婚以来我慢しつづけていたこれまでのすべての問題や、寂しさに耐えてきた神経の緊張が一度に沸騰して、それほどたいした問題でもないことをきっかけに爆発したのだろう。その形相を見て驚いた彼らは急いで引き上げ、それ以来ほとんどこの家に来なくなった。

この国の人々は愉快で愛情深い人々だったが神経が粗雑で、芸術を愛するほどには心に余裕がない時代を生きていた。一方私のほうは、芸術家の家庭に生まれ、この国に来てから美に飢えていたから、日本から持ってきたものをとりわけ大切にしていたのである。日本の陶器、日本の人形、日本の食器、そして着物、それらはまるで私の心の日本を祭った祭壇であった。ましてや、私はダヴィが買ってきたイーゼルに向かってざれ絵を描いていたのでなく、素人芸とはいえ、自分が心の支えにしている主人の肖像画を描いていたのだ。下手であろうと上手であろうと、その絵に触れられることは土足で祭壇を駆け上がられることと同じであった。

しかし私の言い分がどうあろうと、私はこの家を楽しい家だと思って集まってきていた主人の友人を全部追い出してしまった。彼の愛する人々を、こともあろうに私が「野蛮人」とののしった。こうなったらダヴィは私を赦さないだろう。みんな本当は朗らかで無邪気な連中である。しかし私は彼らの無邪気な行動にいちいち日本文化への侮辱、芸術への侮辱、無理解、文化程度の低さというような、彼らが考えてもいなかったすごい課題を突きつけて怒り狂ったのだから。

彼らが帰ってから、かなり私は落ち込んで、ダヴィに日本に帰れなんて言われたらどうしようと考え始めて苦しんでいた。考えてみれば、私は日本人に自分の主人の愛する民衆を原始人と呼ばれて傷ついていたくせに、結局自分は彼らのことを野蛮人と心に思っている、その内面の矛盾を暴露してしまったのだ。取り返しがつかない。もう後に引けず、言い訳もできず、どんな奇麗事も通用しないことを私は自ら犯してしまった。

真夜中、私はダヴィがどこかで鼻歌を歌っている声に目を覚ました。恐る恐る出ていってみると、彼はイーゼルの前で、何かをやっている。見ると彼はさっき彼の友達がいたずらして描いたひげを一生懸命消そうとしていた。私をちらと見て、彼は言った。

「悪かったなあ。こんなことしているのを止めもしないで、いっしょに笑っていたりして、彼らは絵なんてわからないんだよ。酔っ払ったら本当にただの餓鬼なのさ」

「ええ?」。私はいぶかしく思った。

「お友達を追い出してしまって、もう取り返しがつかないかと思ったけど……」

私は、友人を見送ってから怒り狂って帰る主人を想定していたのだ。しかし彼は言った。

「君はここの女主人だよ。酔っ払いのことは気にしなくていいんだ。この家では君が一番えらいんだ。直らないかなあ、新しく描きなおさなければだめかもしれない」

そう言って、彼は木炭の使い方を知らないものだから、余計ひどく画面を真っ黒に汚していた。野蛮人発言のことは気がついていないみたいだった。気がついていたとしても、酔っ払いの所為にしてそのことに触れなかった。そのことに触れないことが彼の優しさだったのだろう。彼はいつも私が謝らなければいけないときに、自分から話し掛けてきて、神経を病んだ私の心を癒した。

腸チフス、アメーバー赤痢、デング熱

私は神経病みのせいで、ダヴィの姉とも仲たがいをした。エルサルバドルの家族というものは独立しても、家族で個人的に来た手紙を回し読みするし、兄弟の家なんか行き来自由なのである。そういう事情がわからないから、私は彼の姉の態度に腹を立てた。

ある晩ダヴィが出張中でいなかったとき、夜も12時を過ぎて、彼女は見知らぬ男性と2人で私の家にやってきた。連れてきた男は彼女の亭主ではない。彼女の夫はすでに紹介を受けていたから知っている。彼女は酔っていて、連れてきた相手がちょっと気味が悪かったので、ダヴィは出張中でいないからといって断ろうと思ってドアを開けた。ところが彼女はドアを押して入ってきて、その見知らぬ男性に、「ここはあなたのうちだからどうぞどうぞ」と言って椅子を薦める。

「あなたの家」というのは親しい人に対する、「くつろいでください」というような意味合いを込めた表現なのだけれど、私はそのときそういうことを知らず、とんでもないずうずうしい女だと思った。

私は自分の弟の留守中に見知らぬ酔っ払い男を夜中に連れ込むこの姉の神経に逆上し、強引にドアのほうに押し返して追い出した。彼女は押し出されながら抵抗して騒いでいたが、私は力ずくで追い出した。外で彼女は怒っていたが、私の方も毛を逆立てて彼女よりももっと怒っていた。

それからしばらくしたある日、ダヴィの誕生日がきた。私は腕によりをかけて夕食を特別に用意し、彼を待っていた。このときも私はこの国の誕生日というものの扱いの知識がなかった。まさか、誕生日という日が、独立した息子を一生涯その実家で大騒ぎをしてまで祝ったりするような日だということには気がつかなかった。だから私は誰も呼ばなかった。そもそも私は実家で自分の誕生日など祝ってもらったことがないのだ。だから家族の誕生日なんか書類を書くときしか思い出さない。でもこの国で独りぼっちになってみると、誕生日のお祝いがなんだかとても特別な日のように思われた。だからかなり心をこめ、手の込んだ料理をしたのだ。

ところがダヴィが帰ってきたとき、それを待ち伏せしていたように、彼の姉が「用事がある」と言って彼を連れて行った。家に入ったわけでなく、外で待ち伏せしていて連れて行ったのである。夜も明ける頃帰ってきたダヴィに聞いたところ、彼女は自分の家に実家の家族を全部呼んで、ダヴィの誕生祝をしたのである。

私の怒りは頂点に達した。この場合は怒りはもちろん、姉だけでなく、家族も友人も知り合いもなく、すべての人間関係から閉ざされ、ただひたすらに夫の帰りだけを待っている私を一人残して、私が用意した祝いの食事をすっぽかして、実家の家族が用意した自分の誕生祝の席に行ったダヴィに向けられた。私は逆上したあまり、病気になった。

私は支えであった夫の神経を疑った。やさしさも愛情も疑った。急に私から力がなくなり、私の体は今まで知らなかった病気の巣になった。ある日私は自分が高熱に侵されていることに気がついた。背中はベッドに張り付いたまま起き上がれない。燃える釜の中に入っているみたいで、ただただ熱い。肩で息をし、はあはあと言うだけだった。何事だろうと鏡を見ると顔は真っ赤である。ダヴィがあわてて私を車に乗せ、医者に連れていった。それは病院ではなく、個人の医者だった。

医者はじっと私を見つめ、何も診察らしいことをせずに、「これはチフスだ」と言った。氷のツラを思わせるような鋭い目つきのなんだか曰くありげな医者だった。薬をもらい、帰りの車の中でダヴィに聞いた。

「あれ、何者？　普通の人間じゃない」

「うん。わかるか？」

ダヴィは私の眼力にちょっと驚いて言った。

「ゲリラ側で従軍していた医者だ。国家警察につかまって拷問を受けた。金玉をつぶされ大腿部は火で焼かれて骨しかないんだ。今も医療活動が制限されているけど、いい腕を持っている」

普通の顔をしてこういうことを言う。

2、3度私はそこに通い、その医者の出す薬の力で治った。彼は限界状態の中で、いくらでも死にそうな病人を治してきたベテランの医師だったのだ。

それが治ってしばらくして、私は久しぶりに大好物の牡蠣を食べた。そうしたらその日のうちに激しい腹痛を起こし、立て続けの下痢のため体は消耗し、もうだめかと思った。高熱に侵され体が火照り、あえいで水ばかりがぶがぶ飲んだ。きれいな水どころではない。そんなものはあの国になかったから、洗濯場の溜め桶の水でなくて、水道の水が飲めるだけ幸いだった（ただし、ある日本人から聞いたけれど、水道水から糸ミミズが出てくることがあったらしい）。

またあの医者のところに行った。彼はまたじろりと一瞥を送り、「ふん！」と言った。何も検査したわけではない。問診もせず、触りもしない。何人もその死を見送り、何人も助けてきたものの眼力のみで、診断したのだ。今度はただの牡蠣あたりではなく、アメーバー赤痢だった。

それもまた1ヶ月ほど寝込んで治った。日本ではもっと早く治せるのかもしれない。しかしここはまさに野戦病院だった。病人を侵しているのがどういう菌であり、何をすれば治るということを経験によって知っている医者がいるだけで、ありがたい世界なのだ。ろくすっぽ、薬なんかないのだ。

その後のことだったが、私は、ダヴィが学会でアメリカのバークレーに出張だというので、連れていってもらった。一人じゃもうおいていけなかったのだろう。どんな出張にも連れていってくれた。しかしまた、そのホテルでも私は健康ではなかった。バークレーに着いたその夜、私の頭はがんがん痛みはじめ、頭が割れないように両手で押さえて転げまわって苦しんだ。

また来たな！　今度はなんだ？

デング熱だった。さすがアメリカはすぐにまともな医者に診てもらうことができ、適切で迅速な処置で頭痛が引いていき、深い眠りに落ちていった。

今まで、エルサルバドルで、洗濯場の泥水を飲もうと、生の野菜を食べようと、海岸で取り立ての生きた貝を食べようと、元気で抵抗力のあった体は、支えのすべてであった夫に対し、わずかな一瞬疑って支えを失ったと思った途端にがらがらとくずれ、エルサルバドル中にある病原菌を一手に引き受けることになったのだ。

それからも倒れては熱を出し、医者に行ってはほんの少しの間持ち直し、体はやせて、貧血ばかり起こし、ぼんやりとベッドの上に座って暮した。もうだめだな、と何度思ったかわからない。

ポンチンと初めての使用人

「日本の嫁がへたばっている」。何かを察した舅が、食物を運んで来たり、私が好きそうな珍しい植物を持ってきてくれたりして、気を遣ってくれた。彼は「原住民の勘」で、私が好きなものを知っていた。この舅の「勘」は、かなり霊感に近いことを私はそのうち知るようになる。あるとき、舅は、家に飛び込んできたという小さなスズメを持ってきた。そのスズメは面白いことに雛鳥ではなかったのに、初めからよく懐き、ぜんぜん逃げようとしないで、外に飛んで出てもすぐに帰ってきた。飼うでもなく放すでもなく、しばらくその雀と付き合って暮らした。名前をポンチンと名付けた。

私はポンチンの動きに釣られて、ベッドからだんだんと起き上がり、いすに腰掛け、庭に出て、植物の成長に目をやり、心からその小さな生き物に愛情が沸いてくるのを感じた。ポンチンはひらひらと家の中を舞っては、私の肩に止まり、手に止まり、餌をねだり、チイチイと鳴いて、生きる希望をほとんどなくしていた私を慰めるようにして、生き返らせてくれたのである。

私の体が著しく弱くなってから、ダヴィは一人のお手伝いさんを雇った。食事だけは自分で作ったが、買い物、掃除、後片付け、洗濯などの家事のため、人の助けが必要だった。パティオのはずれにある女中部屋は一般の家で見たことのある女中部屋よりまともで、ベッドがひとつ備えられているだけだったが採光もよく、自分でも一人なら住んでもいいような部屋だった。

前住んでいたコロニアニカラグアの通りの知り合いの家で、私は女中部屋と称する場所を見てショックを受けたことがあった。庭の隅に犬も住まわせたくないような屋根の崩れた物置小屋があって、電灯はもちろん、ベッドもない。藁みたいな物やぼろを積み上げて、寝るための空間を動物の巣のようにこしらえているだけで、あれを見た時は、この国の使用人に対する扱いにギョッとしてしまったのだ。

私はすでに去っていった日本人から女中のことを聞いていたし、彼らは往々にして、この国の女中なんだから、私たちだってこの国の女中扱いのやり方に準じてもいいと思っていたらしいことを知っている。それを批判することもないのだろうけど、相手も「一応人間」のこととして聞けば心が痛んだ。

それで、私はこの初めての使用人の経験にかなり気を遣い、食事も同じものを同じ量だけ3人で分けるようにしたし、家に帰るときは古着でもなんでも欲しがるものを持たせた。休憩時間も十分与え、乞われるままに夜学にも通わせた。日本人から、「女中は目を離していると、隙を狙って家の中のものを持っていくので、下着にも靴にも、すべて番号をつけておくようにしている」というすごい話を聞いたからだ。

あの日本人たち、毎日たんすを調べて「パンツ1号がない」「ブラジャー3号はどこに行った」なんて苦しんでいたのだと思うとひどく滑稽だが、盗られる前に一枚も持っていない人に古着の一枚くらいあげればいいのだという考えは湧かなかったらしい。

ダヴィの実家では、身寄りのない、まだ学齢にある子供を使い走りに使って、その代わり学校に行かせたり、衣食住の面倒を見たりするという方法をとっていた。あの家に身分の不明な子供が時々いるのを不思議がっていたが、そういう事情の子供たちで、養子にしているわけではなかったが、子供たちは姑を「お母さん」と呼んでいた。私はそういうことなら親のいない子を預かって教育などをしてみたかったが、当時は体が言うことを聞かなかった。

初めの女中は丈夫でよく働いたが、何が気に入らなかったか3ヶ月もすると別の仕事を見つけて出ていった。ところで彼女はうわさどおり、うちの古着を洗いざらい全部持っていった。彼女を迎えるために特別きれいにして備えてあげたシーツも毛布も、もともと家に備えられていた小さな備品も全部持っていった。それでうちが特別困るわけではなかったので、いいや、どうぞ、と思って私は彼女を見送った。基本的に、私はどうも善人の一種らしい。ってか、馬鹿かな……やれやれ。

それでダヴィは姑のところにいたマリという12歳の女の子を連れてきた。年端の行かぬ子供なので、私は喜んで彼女に学校の勉強も少しずつ教えてやった。学校を卒業させるのが目的でなく、電話の応対ができて、文字が書けて、メモが取れるだけで女中の給料が上がるので、職業訓練のつもりだった。

しかし12歳にもなって文字に触れたこともなく、数字も読めないとなると、もう頭は勉強を受け付けないらしい。おまけに家族扱いにして食事をいっしょにしているうちにわがままになって、ダヴィが帰らないうちに自分の分を食べてダヴィが帰るとまたダヴィに甘えてもっとせがむようになった。ダヴィはそういう事情を知らずに自分の分を与え、関係がまずくなってきたところに、その子は男を作って出ていった（と、紹介してきた姑が言っていたけど）。やれやれ。

私にはやっぱり人使いは無理なのだ。すべての善意が裏目に出る。昔ここで暮らした日本人たちのように、賢くずるく、この地にいたらこの地の習慣に従い、何も疑問を感じないで、普通に振る舞っていられなかった私は、やっぱり敗北してしまった。何事によらず常識を欠いていたから、なんでも片端から失敗した。でも、こっそり考えると、常識って、従わなきゃいけないかね……。

私が指さしている前の額縁に留まるのがポンチン

自分のそばには、再びポンチンだけが残った。ポンチンを手に乗せていると、なんだか体の奥のほうから不思議な愛情が沸いてきた。まったく何も気遣いも必要のない、ただ一方的にかわいいだけの関係が、この10センチに満たない小鳥を相手に生まれていた。

生きているなあ、ポンチンよ。ただかわいいだけの小さな命よ。ただ存在するだけで、お前はなんて私を平和にするのだろう。かわいいだけの、ほかに取り柄のない小さな命が私の心と体を癒してくれた。

何気なく日本人が置いていってくれたミシンに向かった。グアテマラで買った布地を仕立てて、少し気分を引き立ててみたかった。ポンチンがミシンの動きを見ていた。チイチイと鳴いて頭に止まったり布に止まったりした。なんだか出来上がるのを待っているみたいだった。二日かけてパンタロンスーツを作った。赤がベースで白と黒の横糸を織り込んだすごく派手な衣装だった。この国に来て初めて作った衣装だ。

ポンチンや、できたよ。私はその服をきてポンチンに見せた。ポンチンは私の周りをくるくる舞って、うまいよ、きれいだよ、よくできたね、というようにチイチイ鳴いて、外に出ていった。

1979年11月30日、私は自分の体の中に、生命が誕生したのを異様にはっきりと感じた。何度も大病を患い、子供がほしくて見てもらった産婦人科の医者は「もう子供はできるまい」といっていた。でも、私は確かに自分の体内に生命の躍動を感じたのだ。生命をもたらすのは医者でもないし、コウノトリでもない。検診もしなかったし、その当時のエルサルバドルの医学で、決して反応の出ないはずの日に、私は生命の誕生を確信した。

今日がこの子の誕生日、私は日記にその日を書きとめた。

そしてその日、私のポンチンは外に出て、もう帰ってこなかった。私はポンチンを見送ってなぜだか知らないけれど、「ありがとう」とつぶやいた。

教え子の来訪

その冬（エルサルバドルでは「夏」と呼んでいたけど、つまり年末のころ）、東京のはずれのある高校教師時代の教え子が私を訪ねてきた。それはうれしいことではあったが、毎日毎時間人の死と向き合う内戦というものに対してまったく無知の日本の若い子を引き受けるのは、不安の多いことでもあった。

しかも、おなかの中に子供がいることを確信していたのは私だけの勘であって、当時の医学ではまだ妊娠の可能性が判断できなかった初期の頃だったのと、数回の病気で体が正常じゃないと思われていたし、おまけに医者からは、もう妊娠できないはずだとさえ言われていたので、女の勘より医学を信じるダヴィに、妊娠の予兆を納得させられないでいた。

とにかく彼は、遠く日本からこの内戦の地まで訪ねてくるという教え子の気持ちがうれしくて、できるだけの歓待をしようと張り切ってしまった。彼はすごく嬉々としてグアテマラに彼女を案内することに決めたのである。今度はバス旅行ではなくて、帰国した日本人から買ったポンコツ車で旅行することになった。その車はすごくよく故障を起こす車で、故障のたび主人が車の下にもぐりこんで直していた。

グアテマラはエルサルバドルと違って地勢の高低の激しい国だから、冬の高地は霜が降りる。だからグアテマラ製品の中に、現地人向きでさえ毛皮のポンチョや毛皮のブーツが売られている。利用価値のないものを売りはしない。言いたいことは、いくら中米だって、旅行をするなら夏物だけではなくて冬物が必要だということだ。

高地で車の故障を起こしたりしたら、かなり危険だ。自分の体を思って私はかなり抵抗の末、しぶしぶ一緒に行くことに同意した。

教え子Mちゃんには、寒いところに旅をするから冬の衣類を持ってくるように、現地の医療事情が悪いから、いざというときの為に薬の用意をしてくるように、さらに、水の事情も内戦下の国外旅行の危険さも何度も何度も言い含め、おまけに言いたくもない自分の体の事情まで言っておいて、自分は自分の体を最優先させる旨、知らせておいた。水に関しては、水質を論じる前にそもそも水が不足している事情も説明したし、パスポートも携行せずにうっかりもたもたしていると、有無を言わせず連行されるというおっかない事情も、こと細かく書き送った。私としては、万全の配慮をしたつもりだった。

彼女は、それでも怖いもの見たさかなにか知らないけれど、内戦下の中米にやってきた。彼女が来てからすぐに私たちはグアテマラに向けて出発した。車は大して大きくないし、荷はなるたけ軽くしたほうがいいと思ったから、私は最低限の衣類を自分のカバンに詰め込んで、いざというときの為、車内をゆったりと大きくとろうと考えた。

エルサル国境からグアテマラに進入して、車は高地に入っていった。しかし、私たちのポンコツ車は、とてつもない山脈地帯の霜の降りる人里離れた山の中で、予想通りにエンコした。技術者はダヴィしかいない。彼が車の下にもぐりこんでから随分時間がかかる。その間外に出なければならないので、私は袖なしのブラウスを着ていただけのMちゃんに「ジャケットでも着ないとしのげませんよ」と言った。そうしたら「あら、そんな物持ってこなかった」と彼女が言う。「赤道に近いんだから夏服でかまわないと、マリさんが言ったもん」と、中米に住んだことのない人から聞いて、日本から着てきた冬服を途中寄ったロスアンジェルスの、やっぱり私の教え子だったマリという友人のところに全部預けてきて、袖なしの夏服だけ持ってやってきたのだ。

「赤道に近い」という言葉に、日本人はすぐに、真っ裸でも生きていられるほど暑いと思い込んでしまう。寒暑の差は高低できまる。中南米諸国にまっ平らなところなんかない。特に中南米と呼ばれる太平洋側の地域は、時には呼吸困難に落ちるほど高地にある。高地で飲まれているある種の飲み物は、その呼吸困難を避けるための飲み物だが、平地に持っていくと「麻薬」と呼ばれる。コカインだからね。私は、この麻薬と呼ばれる「お茶」を、マチュピチュのホテルで飲んだことがある。平地から来た観光客に強制的に飲まされるのでちょっと抵抗したんだけど、飲まずに10分歩いて、ふらふらになり、やっぱりそれを飲みにホテルに戻った。高地で生きるため、必要なこの物質を称して、中南米の人々はこの麻薬ばかり飲みあさっていると誤解されているが、それは平地から国を乗っ取るために攻めてきた白人たちの言い分である。平地に持って行って、ふらふらになって楽しいわいなとがぶがぶコカインを飲みあさっているのは、アメリカの白人たちなんだけどね。

で、そのMちゃん、おまけに、あれほど医療事情が悪いから自分で使う薬は必ず持ってくるように言ったのに、「あら、保険に入っているから薬なんか現地調達でいいと思って持ってこなかった」と言うのである。ああ！　こちらの事情をあんなに言ったのに！「保険」なんて、内戦の国で意味ない制度なのに！　内戦って殺し合いなのよ、殺し合い！　大体、どの内戦の「現地」で、無い薬を調達するのよ！　赤道に近いって、その「赤道」に行ったことあるの？　地球儀に書いてある赤い1本の線が、全ての気候を表現していると思うの？　地球儀の赤い線に触ったら熱かった？　ばか！

現地で彼女を引き受ける私が、彼女に直接書き送ったことは信用せずに、なんで、他国の内戦を造成しては悠々と暮らしているアメリカの、ロスアンジェルスでのうのうと暮らしている世間知らずの間抜けを信用するんだ！

私はそんなこととはつゆ知らず、いくら教え子といったって、今すでに成人した彼女の個人的な荷物なんか、まさか点検しないで出発した。私は自家用車の旅行で荷物を少なくするため、自分の衣類しか持ってこなかった。自分の体を守らなければならないのに、頼みのダヴィは私が妊娠していることを頭っから信じようとはしない。遠い日本からわざわざ来てくれた生徒だから、おまえが犠牲になるのは当たり前だとか言う。犠牲ったって、何も現地にいる私の言うことを信じない、現地に来たこともない平地に住んでいる人間のいうことを聞いて、裸同然で来た人間の世話するために、私が裸になれっていうの？

Mちゃんは Mちゃんで、「先生が貸してくれさえすればすむことじゃない」などといって平気な顔をしている。凍てつく山の中で、私は内心怒り狂っていたが仕方ないから彼女に自分のコートを貸し与え、ダヴィが車の下で故障を直している間中、足踏みしながら寒さに耐えた。

やっとのことたどり着いたソロラの村は、村中の男女が制服みたいに着ている民族衣装のせいで、赤い村のように見えた。ところで、その当時のソロラの村人たちは、ほとんどスペイン語ができなかった。ラテンアメリカといえばスペイン語が通じると単純に思っていた私にとって、それはショックな経験だった。メルカードは赤い衣装の人々に覆われ、言葉をかけるとはにかんだように目を伏せ、なにも通じなくてオレンジのひとつも買えなかった。私にとっては部族の言葉しか話さないこの民族

メルカードを描いた絵（二科展受賞作）

がすごく高貴で誇り高い人たちのように思えたが、その当時彼らはこの通じない言葉と彼らの当たり前の通常服ゆえに、軍事政権から迫害を受け、民族が半減するような恐怖の時代を生きていたのだ。違いが一目見ればわかるからね。

外からやってきた観光客がさぞ怖かったのだろう。彼らは私たちの目を見なかった。私はなんだか遠慮してメルカードの写真はたった2枚、遠景からしか撮らなかった。

グアテマラシティとアンティグアではいろいろ買い物をしたり観光もしたけれど、私にはもう、そのときは1週間が限度で、早く帰りたかった。Mちゃんは始めから終わりまで自分のことしか考えないで勝手なことばかりしていたから、こんなやつに付き合っていれば私の体が持たないと思ったのだ。そこで私はダヴィに「後はサンサルバドルで、いろいろ案内すればいいじゃないの」と主張して、とうとうダヴィを説得し、ポンコツに乗ってグアテマラを後にした。

体の調子が、まずいぞと思うような状態になっていた。

家に戻って倒れる

家に戻ってから、まだMちゃんはいたけれど、私はもう誰が何を言おうと動かないぞと思っていた。

疲労も手伝って体をいたわるのは自分だけしかないと思ったから、暇を見てはベッドやソファの上に横になっていた。それを見たMちゃんが、「家庭のことなにもしないで家でごろごろしている」と言うのだ。これ、教え子なんだけれど、なんだか小姑みたいだよ。

ダヴィのほうは、エルサルバドルに帰ってくれば自分の仕事の準備をしなければならないから、そうそうMちゃんの相手をしていられない。ある晩彼はレポートを書かなければならないから、今晩お酒は飲めないと彼女に言った。ところがMちゃんエルサルバドルにきてロン（ラム酒）の味を覚えたものだから、「ねえねえ、ダヴィちゃあん、ロン飲もうよう」とか言ってしつこくべったりんこ甘えて主人にせがむ。この教え子、私のだんなを「ダヴィちゃん」などと呼ぶんだ。げろ吐きそう！ちょっと私のメンタリティでは考えられない。想像を絶する有様にあきれてしまった私は、それでも、ここに来ている以上そう簡単に追い返すわけにいかない。つとめて冷静にダヴィの仕事の状態を説明して、「今晩は忙しいと言っているから、飲みたいなら一人で飲みなさい」と言った。ところが彼女はあろうことか、主人の手にぶら下がり、甘ったれて誘う。

「ねえ、ねえ、ダヴィちゃあん、お酒飲もうよう」

それを見た私は、突然怒りがこみあげ、爆発した。

「いい加減にやめなさい！」

私の剣幕におったまげた彼女は今度は都合よく腹痛を起こし、主人にすがり付いて「お医者さんに連れてってえ」という。仕方なくダヴィが連れていった。ところが今度は、その医者の医療が気に入らないと、彼女は医者の前で奇声を上げ、まるでその医者が殺そうとでもしているみたいにぎゃあぎゃあ泣き出し、もう手がつけられない。これほど無遠慮な人間、今まで行ったどの国でも見たことがないので、私は茫然と立ち往生する以外になかった。

断っておくが、ダヴィが連れて行ったのはあのゲリラ従軍医ではなくて、国際的な医療保険を受け付ける、日本人好みのまともな病院の医者だった。彼女、いい年してお医者さんの手を振りほどいて大声で泣くんだからね。

「いやーー！　いやーー！　こんなのいやーー!!　ぎゃああああん」

なだめすかして我慢の限界を超えたので、やっとの思いで彼女を日本に送り返し、やれやれと思っていたら、かつて4年間全くの音信不通だった日本の家族からものすごい便りがきた。

彼女、日本に帰って、私の家族に会いに行ったのだ。家族の手紙によると彼女はこう言ったらしい。

「先生は家庭の仕事は何もしないで、ひまさえあれば家でごろごろしている。自分はせっかく訪ねて行ったのに、ほったらかされて、相手してくれる人もいないので、どうしてよいかわからなかった。おまけにエルサルバドルの医療は原始時代のままで、近代的な医療は何もないので、自分は死にそうな目にあった。だんなさんは先生が妊娠しているのに医者にも連れても行かない。ほっておいたら先生は死んでしまう。自分は先生に死んでほしくないからこのことをご家族に知らせようと思ってきた」

恐れ入った。本当に恐れ入った。私はこの4年間、心配しているであろう音信不通の母の心を何とか慰めようと、ほとんど毎日手紙を書いた。こちらの事情を話し、写真も送ったし、民芸品なども送った。それらのことがすべて水泡に帰した。

私は彼女の言うことが正しくないことを証明するため、躍起になって、グアテマラ旅行に使った出入国の書類やら、ホテルの滞在記録やら、医者の証明などをコピーし、家でごろごろしていたと言うけれど、彼女がこの家で食べた食事はすべて私の手料理で、ここの国は出来合いのものを買ってきて食べるような状態ではないこと等を書いて、母に送った。

疲れた。神経が疲れ、私は起き上がらなくなった。ダヴィが私を「原始人向きの病院」に連れて行き、私は初めて妊娠していることが認められた。

しかし、自分が、以前に「あなたはもう妊娠できない」と言ってしまった医者は、何しろ「原始的」なので、「子供が生まれても奇形児が生まれる可能性が90％だ」と付け加えるのを忘れなかった。

私はこう言う彼を信用しなかった。それで主人にしつこく主張して医者を代え、クルビーナという名前のばあさんの医者にご厄介になることになった。彼女は知的でぶっきらぼうで、余計なことは一切言わない正直者だった。だから私は彼女を信じた。

どんな国のどんな文化を持ったどんな伝統のある国でも、知的でぶっきらぼうで余計なことを言わない正直な人間は、社交的で言葉巧みでその場限りのお世辞のうまい人間より実があるのだ。

ラビダの生活

コロニアニカラグアの家が軍隊の駐屯地に近いことから、町が物騒で買い物に出て行くのも危険だった。情報がほとんどなくて、今出ていくのが安全か危険かを、いちいち自分の耳をそば立てて町から聞こえてくる音を聞いて判断するしか方法がなかった。そこで私たちはもう少し安全なところに家を探して引っ越すことになった。

引っ越した家はラビダという町にあって、ダヴィの実姉の家も歩いていけるところにあった。メルカードは少し遠くなり、歩けないこともないが、主人が帰国する日本人から中古車を買ったので、いっしょに買い物に行けばなんとかやっていけるだろうと考えて決めた。

家は部屋数が多くなって、電話もある。広い客間があって、今までみたいに壁が剥き出しのコンクリートではなくて白かったから絵を飾っても映える。壁にはグアテマラのインテリアをあしらったら、趣のあるきれいな家になった。奥には中庭があり、洗濯場と女中部屋がついている。台所も広く明るい。

うれしいことに家の前に小さな庭があって、植物が植えられる。人が長いこと住んでいなかったと見えて荒れていたが、とにかく使える土がある。前住んでいたうちは堅固だったが庭はコンクリートだらけで、鉢植えしか楽しめなかった。帰国した日本人が大きなサボテンの鉢を置いていってくれたが、前の家は屋内の採光が悪かったので表玄関の入り口に置いておいたら、夜の間に盗まれてしまって、それ以後緑のない生活をしていた。

広さ3坪ほどだが土のある庭だ。日当たりのいい通りに面しているが、通りから一段高くなっていて、ブロックの囲いもある。そのあたりは中流の屋敷が多くみな同じような形の家が並んでいる。貧富の差が激しいと、いろいろと近所と摩擦があって面倒なことになるが、危険な軍事施設や貧民窟も近くにはない。

せっかくできた初めての人間関係がなくなった私は、この土の存在に大いに喜び、土をいじって楽しめると思い、手に入ったありとあらゆる種を植えた。この国の料理には欠かせないクラントロ（香菜、コリアンダー、パクチ）という一見パセリみたいな野菜、カシューナッツの実がなるマラニョンという果物の種、アボカドの種。メルカードで仕入れてきたいろいろの野菜の種、それからいろいろな草花。

日本では見られない珍しい植物は芽が出るのが楽しみだった。毎日毎日庭に出て、蒔いたところに水をやり、芽が出ていないか確認した。

マラニョンの芽を見たときはうれしくて、周りに穴を掘ってどんな芽の出方かを見て、スケッチをしておいた。クラントロは栽培の仕方が悪いのか芽が弱々しく、囲いをしておかなかったので、鳥についばまれてしまった。これは何度試しても失敗したので、多分この土地では栽培できないのだろうとあきらめた。

アボカドのことをここではアグアカテという。日本に住んでいた当時、日本では見られない植物だったので、この国に来た当初は、気持ち悪くて食べられなかった。塩とレモンをかけてそのまま食べるのだが、ラム酒のつまみにして少しずつ慣れていくうちに大好きになり、手で触って食べごろをはかって買う方法も覚えた。そのアボカドのつやつやとした紫がかった新芽を見たとき、うれしくて歓声を上げげた。でもこれは木が大きくなり、実が成るまでに日本の枇杷みたいに何年もかかりそうだった。

農具を買ってきて、毎日耕した。生ごみを埋めてミミズを呼ぼうと思った。ミミズによい土を作ってもらおう。これも母の見よう見真似である。とにかく土があるといろいろなことができる。大地は人間を健康にする。

戦後、父の趣味で作ったきれいな庭をつぶして畑にしたから、私は家庭菜園のノウハウを見よう見真似で覚えた。ジャガイモを芽に合わせて切って、その切り口に灰を塗り、雑菌がジャガイモを壊さないようにする方法も、昔畑で兄がやっていた。あぜを作る方法も植え替えたときの水の世話も、ただジャージャー流せばいいのではないことも、私は子供のとき覚えた。どんな体験も使おうと思えば使えるものだ。困窮していた子供のころのあの経験をフルに生かすことができる。そのことに気付いたとき私はすごくうれしかった。貧乏と、貧乏の中でおぼえた工夫が今生きる。子供のとき、苦労してよかった！

そんなことをしながら、私は子供のころ愛読した分厚い明治時代の初版の『ロビンソン漂流記』を思い出した。あの本は特に好きで何度も何度も読んだから。昔の本は漢字すべてにルビがついていたから、小学校に上がる前から読めた。あの『ロビンソン漂流記』は高学年になるまでの愛読書で、本当は兄の所有物だったが、自分の本棚に入れてあった。

無人島のロビンソンの生きるための工夫。動物から身を守りながら、その動物を馴らして囲いの中に入れていったロビンソン。鳥が食べない木の実と食べる木の実を観察して、何が食べられるか何に毒が入っているかを分類しながら、それを採取して畑を作って行ったロビンソン。

そうだ。私はロビンソンなのだ。土を見て子供の時の夢を楽しみながら、私はこの困難な時代を乗り切る自信が沸いて来るのを感じた。だから私はこの庭を子供のころのロマンを胸に「ロビンソン園」と名付けた。

しかしロビンソン園は成功しなかった。日本の友人たちに頼んで、日本の草花の種を送ってもらい、シソのような日本独特のものを植えたら、花が見頃になり、楽しもうと思うころには何者かが畑を荒らして、きれいな花を根っこごと盗んでいった。私が楽しみにしていたマラニョンやアグアカテさえ、ある程度伸びると根こそぎ持っていかれた。

多分メルカードで売ったのだろう。ここに引っ越してきたとき、庭が荒れているのは人が長いこと住んでいなかったせいだろうと思っていた。しかしそうではなかった。お金になるものは何でも持っていくほど、民心は荒れていたのだ。私は買った農具を恨めしく眺め、自分のロマンがほんの一時で終わったことを知った。

第４章　激動の中での出産

大司教暗殺

１９８０年３月24日、エルサルバドルの大司教、オスカル・アルヌルフォ・ロメロが、友人の追悼ミサ中に狙撃を受け、倒れた。サンサルバドル市のはずれにある癌病院の付属の小さな聖堂の中だった。

LA PRENSA GRAFICA 30 Ctvs.
MONS. ROMERO ASESINADO
3 días de duelo muerte de arzobispo

その時の現地の新聞記事

１９７８年、合弁会社ＩＮＣＩＮＣＡの日本人社長マツモトフジオ氏が反政府組織に拉致され遺体で見つかって以来、日本人は引き上げてしまって、エルサルバドルにはもう私のような個人的な事情で来ている者か、ＪＩＣＡ派遣の協力隊の若者しかいなかった。

言葉がそれほど流暢だったわけではなかったけれど、４年間を政情不安定な国に暮らした結果、かなりのことは肌で感じ取る習慣が身についていた。私はこの報道をラジオやテレビで知ったのではなかった。

ロメロ大司教、右はやはり犠牲になったルッテイリオ神父

彼は時のカトリック教会の司教区から、学者肌で最も政治に疎く、従って政府との摩擦を起こさないであろう人物として推薦され、ローマの本部から大司教として任命された人物だった。カトリックの総本部は、内戦下の中米でカトリックの急進派の神父たちが、ラテンアメリカの政治にかかわることを恐れていた。ラテンアメリカで生まれた、「抑圧されたものの味方である教会」という考えから出発した「解放の神学」なる神学は、総本部からは胡散臭い目で見られ、理解されていなかった。

つまり彼は、政治にかかわる恐れのない、世界情勢に対しても自国の政治に対しても全く疎い男だったから、「無難な」大司教として選ばれたらしい。人は往々にして、「学者肌で世事に疎く、純粋な人間」を「ただの馬鹿」だと思う。その彼はまさしく「うぶで純粋で、事を起こさないはずの馬鹿」だと思われたから、困難な時代に困難な情勢下で、事を起こすのを恐れた任命者から選ばれた。

しかし彼は、「うぶで純粋」だったから、自分が選ばれて大司教の座に就いたことの意味を、「うぶに純粋に」考えてしまった。実際に抑圧された人々の声を聞き、その生活の悲惨さを目の当たりにしている神父たちが急進的にならざるを得なかったことの本質を、彼は自分の目で確認してしまったのだ。

「世辞に長け、狡猾に自己保全を考えている」人間のほうが、むしろ「事を起こさない」だろうことを、任命者が気づかなかったのは、皮肉なことであった。実に司祭職の本来のあり方から見れば、「愛を説いて十字架にかけられたキリスト」の生き方に殉ずるべく、天与の使命を受けて神父になったはずであった。つまり、本来彼らの仕事は、キリストの愛に反する社会から目をそむけず戦わねばならなかったのに、「事を起こさない人間」と想定した人物を故意に大司教に任命したとすれば、それはむしろ、反キリスト的であることを、本部は悟っていなかったと思うしかない。

しかし、任命を受けたロメロは本気で「純粋」であった。彼の「純粋な」目は、本部の思惑に反して「純粋な目にしか見えない真実」を捉えたのだ。民衆のために働く彼の仲間の神父たちが、毎日危険にさらされながら、国家警察によって拉致されたり拘束されたり、行方不明になったりしている者の続出する家族を見舞い、彼らも弾の下をかいくぐって生きていたことを。

「急進的」と本部から呼ばれる仲間の行動を抑えようと、彼らの後をついていったロメロ大司教は、だんだん自国の民衆の置かれた現状に気づき、無視できなくなった。彼らの後を追ううちに、書斎の本の山から目を離して、自分の「本来の」職責を果たす為に、抑圧に苦しむ人々と直に接することになったのだ。「抑圧に苦しむ人々」とは、彼が主とあがめるイエス・キリストが、誰よりも相手にした人々だったから。

彼はそのとき初めて、教会の机上の理想主義が通じない今まで知らなかった世界を見た。人々は、さしたる理由があって、逮捕され、裁判を受けて判決の結果死刑になるわけではない。ある日突然付けねらわれ、拉致され、監禁され、レイプされ、舌を抜かれ、さんざん陵辱されて最後にゴミの山で銃殺されるのだ。行方不明になって彼が探していた、そういう一人の女性の惨殺体を、彼は実際にごみの集積所で自分の目で見たのである。

その家族を訪ねれば、彼らの住んでいるところを見なければならない。拾ったダンボールを集めて張り合わせて造った小屋に住む人々、ほとんど裸同然の格好で朝から働き、ゴミをあさって食べる子供たち、動物以下のおぞましさ。路上に投げ出された変死体、海水浴場に流れ着くばらばらの遺体、抑圧された人々の側に立って戦ったため、逮捕、監禁、拷問に会う仲間の神父の変わり果てた姿。

それらの自国の中で起きている事実を、本の虫と言われていた彼は「自分の目で見るまで」知らなかった。「知らなかった」ことは、天与の職として心から自覚し、その職務に忠実だった「純粋」な彼にとってどんなにショックだっただろう。大司教の任命を受けて、本来まじめだった彼の目に映ったものが、このような同胞の苦しむ様だったことに、彼は呆然とした。「本の虫だった」彼の心の奥に、本来自らが司祭となり、任命を受けて最高責任者となった自分の使命が何なのか激しく問いかける声を聞いた。彼はその問いかけを神の啓示として聞いた。彼は突き動かされるように立ちあがった。世間に無頓着に書斎に閉じこもっていた彼は、そのとき初めて自分の使命に目覚めたのだ。彼は文字通り「純粋」だった。権力争いとか競争心とかに無縁の人物だったからこそ、彼の目は真実の姿を見つめることができたのだ。

大司教ロメロは、始め政府と直接対決の姿勢をとることに消極的だった。彼が変わったのは、私がサンタアナにいたころに挙行された、77年の大統領選挙以来のことだった。投票に行こうとする農民たちが政府軍により妨害を受けたとき、彼はたまたまその場に居合わせ、民衆の足であったバスが襲撃されて、投票場まで歩くことを余儀なくされた民衆と行動をともにした。

総面積は日本の四国程度の小国エルサルバドルの公共交通手段はバスのみであった。真に民衆のためを思う政権を期待している人々は、自家用車などを持たない、タクシーも自転車も持たない、半裸で裸足の農奴としか呼べないような民衆だった。投票行動をするとすれば、彼らはバスで町まで行かなければならず、政権を守りたい政府は、田舎から都会の投票場に走るバスを、出発直前に破壊さえすればよかった。

民衆の為に積極的に働いていた彼の友人ルティィリオ・グランデ神父は、車を運転中、いっしょに乗せていた老人と子供とともに銃撃を受け殺された。大司教はその真相を究明しようとしているうちに、自分自身も投獄されるという現実に直面した。

彼はその立場上、大統領に直に会うことのできる身分であり、衣食住に事欠くスラムにも足を運ぶことができる立場でもあった。つまり彼は、弾圧に苦しむ貧民の訴えを支配層に伝え、支配層の言い分を貧民に伝える役を担うことになったのである。彼は国をまとめる仲介者の役割を担っていたから、ゲリラの側とも会っていた。お互いに話し合いの席に着くことを拒む極右極左の言い分を聞いて、自分の考えで解決策を練り、双方に伝えることができたのだ。

これが、民衆が彼をエルサルバドルの本当の指導者と呼ぶ所以であり、同時に政府の側から猜疑心をもって見られる原因でもあった。民衆が彼を慕えば慕うほど、政府は彼を疎んじた。彼はまさにあの時代の預言者であった。

私の耳に残っている大司教の言葉は、一般民衆に対するよりも、むしろ支配層の人々への呼びかけだった。彼は大国が自国の国軍に対して行う武器の援助やゲリラ掃討作戦の訓練が、罪無き民衆を苦しめることを憂えた。彼はそこで時のアメリカ大統領カーター宛に書簡を送った。「我々の政府に武器の援助をしないで下さい。あなたの国の武器が多くの罪なき民を殺しています」と。

世界の覇者を任ずるアメリカに対してさえ、彼は預言者として自分の命を盾にして言葉を発したのだ。国中を荒れ狂う弾圧の嵐のなかで、彼は丸腰であった。路傍には拷問の末虐殺された死体が転がっていて、私はそれを飛び越えて買い物に行った、そういう国で、彼はマイクのみを握っていた。

脅迫は彼にとって日常茶飯事であった。しかし彼はマイクの前で叫び続けた。

「殺すぞという脅しを私は何度も何度も受けている。しかし私を殺しても、私はエルサルバドルの民衆の中に甦り、彼らと共にあるだろう」

政府に対して、時には友人に呼びかけるような説得の言葉を彼は続けた。相変わらず彼は、僧服スータン（カトリックの司祭が普段身につけている、白または黒の僧服）一張羅で、マイク一本で戦いつづけた。死の前日、1980年3月23日、彼は説教で語った。

「私は今日、特に、国軍の兵士の皆さんと国家警察のかたがたに呼びかけたい。私の愛する兄弟たち、あなたがたが毎日殺している人々は、あなたたちの仲間、血を分けたあなたたちの兄弟姉妹です。兄弟姉妹を殺せという上官の命令に従う前に、神の掟を思い出しなさい。神は言われます。『汝、人を殺すなかれ』と。

どんな兵士も、この神の掟に逆らうような命令に従う必要はありません。あなたの良心にそむくような命令に誰も従ってはいけません。今は邪悪な命令に従う前に、自分自身の良心の声に耳を傾ける時なのです。

教会は神の正義を実現させ、人々の尊厳を守り導く使命を持っている以上、このような残虐行為を前に沈黙しているわけにはいきません。私たちは政府にこのような大量の流血と、拷問と、虐殺によって、得られるものは何もないということを真剣に考えてほしいと願ってやみません。そこで私は訴えます。神の名において訴えます。日々ますます激しくその訴えを天に向かって叫んでいるこの苦しむ民衆の名において、私はあなたがたに懇願します。私はあなたがたにお願いします。そして私は、神の名において、あなた方に命令します。

『弾圧を、やめよーーーーーッ！』」

それは絶叫であった。彼の命をかけた、彼が確かに聴いた神の声を、邪悪な支配者に伝えようという使命に駆られた現代の「預言者」の、決死の呼びかけであった。彼のこの最後の絶叫は、ラジオを通して全国に響いた。ラジオの音はビリビリと鳴り、人々はラジオにしがみついた。人々は彼の絶叫に震え、胸に十字を切り祈った。そして人々はお互いに言った。

「この大司教こそ、吾らの代弁者、吾らの心、この国のたった一つの良心だ！」

彼は、あの説教の翌日の24日、彼が事務所（実は彼は「大司教館」と呼ばれるホワイトハウスみたいな公的住居に入ることを拒んで、6畳ぐらいの事務所に起居していたのである）を構える癌病院の小さな聖堂で、友人の追悼ミサを行った。

その時、一発の銃声がとどろき、大司教ロメロは倒れた。高々と捧げていたカリス（聖体を入れる容器）が吹っ飛び、鮮血がほとばしり、床が赤く染まった。

ロメロが倒れたという報道は、ラジオでもテレビでもなく、人々の口を通して一瞬のうちに全国をかけめぐった。私も蒼白になって外から帰ってきた主人の口から聞いた。

彼の最後のミサはプライベートなものだったので、参列者は少なく、説教も放送されなかった。だから、彼の説教は記録のみで伝えられている。その記録によると、彼は最後に自分の死を予感していたとしか思えない言葉を残していた。

「人は生命の危険から全く自分を保護し、安住するほど自分を愛してはいけません。安住するものはこの世に生き長らえることができますが、自分をなげうって隣人に奉仕するものはキリストのうちに生きるのです。地に蒔かれた麦の種は死なず、作物を通して永遠に生きるのです」

彼の死から29年経った大統領選挙で、野党ＦＭＬＮが勝利した。新大統領となったマウリシオが初めに言った言葉は、「やっとロメロ大司教が望んだ国づくりができる」という言葉だったそうだ。アメリカに支えられた前政権は、ロメロ大司教を共産主義者と呼んだ、暗殺の黒幕ダヴィッドソンの樹立したアメリカの傀儡政権であった。

「大司教暗殺」二科展初入選作。2005年、エルサルバドルロメロ大司教財団に寄贈

「一粒の麦の」エルサルバドルのロメロ大司教が亡くなった病院に寄贈

4度目の引越し

大司教の葬儀の混乱によって、どのくらいの人が死に、どのくらいの人がトラックで運ばれて、闇に葬られたか知らない。あの時代、リベルタの海水浴場に行けば、何体も何体も惨殺された人間の体の一部が漂着してきたらしいから、「左翼」は、よほどたくさんの人肉を切り刻んだのだろう。これは「左翼」か「右翼」かはともかくとして、所謂「アメリカの裏庭」で起きた、嘘偽りのない歴史的真実である。私は、惨殺現場を見たわけでもなく、死体を海に投じる現場を見たわけでもないから、実際は誰が真犯人かは知らない。この様子は、先に紹介した写真集『地を這うように――長倉洋海全写真1980-95』（新潮社）に実録が出ているが、決して世界に公表されなかった嘘みたいな本当の話である。

ダヴィは赤ん坊を迎えるのに、あまりにも無防備な家に住みつづけることが、みたび心配になったらしい。もっと堅固で、通りから家の中が遮断されている要塞のような壁のある家を物色し始めた。彼は偶然、もといた家の近くのコロニアアニカラグアに、かなり堅固な城塞を見つけた。通りに面した壁は高くそびえていて、外から中の様子がまったく見えない。ドアは黒い鉄格子で押してもたたいてもびくともしない。戦車で乗り込んだり爆弾を仕掛けたり空からアメリカの好きな「誤爆」でもしない限り、つぶれそうにない。

実は以前にも書いたが、このコロニアは退役軍人が多いし、軍隊の駐屯地があることで、かなり危険地帯に思えたが、逆にここは決して「誤爆」されることのない地帯でもあったのだ。

その家は日本青年海外協力隊員が利用していたかなり大きな家で、4月15日に引っ越しを完了した時、一人の協力隊員と日エル国際結婚のカップルがまだ一組住んでいた。直接通りに面した階下は車がかなりたくさん収容できるガレージだけで、住処は二階になっていた。だから、鉄格子の入り口から住まいに入るには階段があり、外部から中が見えなかった。二階は食堂も台所も客間もベッドルームもみなばらばらに分かれていて、中庭もかなり広く、真中に大きなマンゴの大木があった。周りの木々はみな大きくて、屋根も屋上もすっぽり隠している。

家主だった女主人は亡くなったばかりで、家主はその女主人にゆかりのある人らしい。裏の通りに住んでいる。女主人に仕えていた原住民のばあさんが、「どこにも行く場所ないから使ってくれ」と言って、屋上にあった自分用の小屋から立ち退かなかった。大きな息子も一緒に独立せずに住んでいるのが気になったが、人がいるほうが何かと便利でいざというときに役に立つかと思って、雇う契約をした。

ばあさんは古典的原住民で、生まれたときから靴をはかないから、足が靴のように硬くなっている。長い辮髪を一本三つ網にしてたらしている。ここに暮らしていた青年協力隊の日本人たちが、彼女を「チカさん」と呼んでいた。私たちもずっとその名で通したが、彼女の本名はフランチェスカらしい。伝統的な原住民の名前ではなかった。

引越しは体に負担がかかる。時々下腹部にちくちく痛みが走るのを、もう流産もしないだろうと思って我慢して、部屋の整理をした。本を並べないと気がすまない性格である。本を並べ、絵を飾り、食堂の棚に食器を並べ、家具をどこに配置するかを指示し、さて、ベッドに横になった。そしてそれからまた起きられなくなった。ベッドは今まで見たことないほど大きい。だあーっと四肢を伸ばすと、畳を思い出すほど気持ちがいい。

人付き合いの下手な私にとって都合のよいことに、夫婦のベッドルームは他のどの部屋からも遮断されていて、その部屋にいると屋上にいる女中にも、ほかの部屋にいる日エル夫婦にも、まったく連絡が取れない。大声を出してもとどかない。電話はベッドルームから出て2メートル先の廊下にある。これが後で大変なことになることはそのとき予想もせず、静かな環境に安心して、久しぶりに体を伸ばし、よかったあと思っていた。

物を作る猿として

日本の友人が、私が妊娠したと聞いて、まるで男が妊娠したかのようにものすごく大げさにびっくりして、「えええーーっ！　あなたでも妊娠できるのお？」とか手紙をくれ、絶対無知に違いない私の理解を助けてくれようと、いろいろ本を送ってきた。その中に新生児を迎えるための衣類の作り方などが書いてある本があった。

引越しで無理をして、また体が怪しい反応を示し始めたので、自分で買い物に行くことも禁じられてできなくなり、私はダヴィに頼んで、布地をたくさん買ってきてもらった。それで同じ型紙で、色を変えて片っ端から服を作った。エルサルバドルは気温の変化のほとんどない国だから、新生児から大体1歳になるまでの服を何枚かずつ作っておけば、季節の変化で無駄になるということがない。

お手伝いのばあさんがいるし、買い物掃除洗濯任せておけばいいので、家事はすることがないから、猛烈な勢いでミシンを踏んで、衣類を大量生産したら、また体が怪しくなり、とうとう足踏みミシンも禁じられてしまった。それで今度は作った衣類に手で刺繍をし始めた。

手縫いで作れるものは皆作ってやれと思って、ダヴィに綿《わた》がほしいと頼んだら、どこからか仕入れてきた。その「綿」、確かに綿には違いない。しかし、精製されていない、畑からつんだばかりの萼《がく》も蔕《へた》も枝もついた、いかにも「純粋の」おかしくなっちゃうほどの本物の綿だった。彼、そういう精製されていない摘んだばかりの綿を袋いっぱいに持ってきて、「ほら、綿だよ、くれた人が何をするんだといっていたけれど、何するの？」と言う。

う！　私は赤ん坊の布団を作りたかったんだ。実家にいたときから、私は母を手伝って、自家用の布団ぐらい作っていた。だから、布団の作り方を知っていたのだ。まさか、摘んだばかりの綿の「花」が来るとは想像もしていなかった。でも私はそれを見て、すごく喜んだ。こりゃあ、ロビンソンの次は、アンクル・トムス・ケビンだ。

私はその「綿」には違いない塊から本気で布団を作ろうと思い、萼や枝を取り除いてマシュマロのような綿の花を伸ばし、つなぎ始めた。しかし、これだけ小さなものを赤ん坊用の半畳ほどの布団にするには、かなり根を詰めなければいけない。で、今度はダヴィに、薬局から脱脂綿を買ってきてほしいと頼んだ。脱脂綿をベースにして、その上にこの綿を伸ばせば、布団の形に落ち着くだろうと考えたのだ。

それでやっと布団は完成し、綿が残ったので、象と熊のぬいぐるみをこしらえた。赤ん坊の誕生を祝ってくれる人はいないから、生まれたときに数々の用意したもので飾り、写真を撮っておいて、誕

多分、娘が１歳の時の写真。日本人形も、クマも馬も赤ん坊の衣類も、生まれる前に私が作ったもの。全部手製

生を待ち望んだ母がいたことを、子供が大きくなったときの証拠品として残しておこうと思ったのだ。父の命も、母の命も、いつ消えるかわからない情勢の中での、生まれ来る命に対する思いだった。

それから、引っ越したばかりでまだ窓が丸裸でさびしかったからカーテンも作った。ミシンが使えないからすべて手縫いである。そのカーテンを若いころテーラーをしたことがあるという舅が見て、すごい技術だと感嘆していたが、小学校で運針を習った日本人なら全員できることだよと言って、澄ましていた。日本の義務教育をしっかり身につけておけば、世界のどこでも生きていけるんですよ、私は舅に誇らしげに言った。読み書きそろばん、歴史に科学を手始めに、料理も裁縫も、美術の基礎も音楽の基礎も、スポーツの基礎にいたるまで、当時の日本は、小学校教育で身につけることができたのだ。私はそのとき、自分が受けた日本の教育がかなり誇らしかった。

手縫いのついでに、できた衣類にはすべてアップリケだの刺繍だのをしまくり、時を過ごした。この刺繍も、小学校のときに習ったものである。私は小学校時代、実は月謝滞納で追い出されちゃったけれども、スペイン系のシスターが経営するミッションスクールだった。私はそこで、正規の授業でスペイン刺繍を学んだのである。当時はへたくそだったし、モノがなかったからまともな練習ができなかったが、手はしっかり学んだことを覚えていた。12歳のとき以来刺繍なんかしたことない。しかし手というものはすごいもので、再度始めたらしっかりと思い出すものらしい。

私は暇にまかせて、もっぱら道具を作る猿を演じつづけた。もう日常茶飯事になっている市街戦の音など、怖いとも悲しいとも感じなくなっていた。

死ぬかと思った出来事

この家に来てから、何回か水飢饉に悩んだ。人が集中的に使わない深夜にしか水が出ない。出てもちょろちょろという程度だ。ストライキではないから、多分地域のせいだろう。原住民のばあさんはよく働き、ダヴィもよく働いて、深夜の水集めをやってくれた。しかし、こういうときの水洗トイレの掃除は、人にやってもらう気がどうしてもしなくて自分でやったのだが、そのために疲れて昼間は眠っていることが多かった。疲れているし体の調子も磐石ではなかったけど、体もだんだんこの状況に慣れてきて、横になればすぐに眠れた。

そんなある日、ダヴィはコスタリカに出張になった。この国の出張はほんの数日でも奥さん同伴が普通なのだけれど、大事を取って私は行かなかった。夫はチカさんを頼りにしていたし、日エル夫婦が、ダヴィの留守中私に万が一のことがあったらと、立ち退きを数日伸ばしてくれた。といってもこの夫婦は深夜にしか家にいないから当てにならない。

5月20日、予告されたゲリラの攻勢は不発に終わり、案外平穏だったが、ダヴィはくれぐれも家内を頼むとチカさんに言って出かけた。定期検診のとき私の体はむくんでいた。しかし自分では何も感じなかったので、特に何もしなかった。夜中、私は家中の物音の聞こえない、世界から遮断されたあの立派な寝室で、一人で怪しげな腹痛を覚えた。眠ってしまえばいいかなと思って、我慢して眠り始めた。しかし痛みは激痛に変わり、ベッドのふちにしがみついて耐えたが、とても耐えられるような痛みではない。うめき、絶叫し、壁をたたいて、誰かに知らせようと試みた。

その壁、日本の安普請のアパートの壁とは違うのである。打ってもたたいても響きさえしない。昔スペインの北部を旅したときに見た堅固な城砦を思わせる、何が崩れてもこの壁だけは残りそうな代物である。汗をかき、声もかすれ、何とか這いずって電話のところまで行こうと思ったが、これも堅固な立派な扉を私が寝る前に閉めてしまったから、立つこともできないのにノブまで手が届かない。痛むおなかを何とかマッサージしてみようかと、昔母から習ったマッサージを試みた。おなかはかちんかちんに固まっていて押してもへこみさえしない。なぜ人間のおなかがこんなに硬いのだ、と思うほど、壁やドアと同じように硬く感じた。もうだめだ、死ぬかもしれないと思った。

チカさん、チカさん、とお手伝いのばあさんを呼んだ。しかし彼女は屋上の自分の小屋に入ったまま朝の6時まで起きないだろう。そんなところまで声が届くような家の造りじゃなかった。布団を噛みベッドのふちを握り締めてうなっていたとき、ほんのり白んできた夜明け前近く、外に人の気配がした。多分あの日エル夫婦が帰ってきたのだ。「池田さん！」と私は呼んだ。返事がない。「シルヴィア！」と私は奥さんのほうを呼んだ。やっぱり返事がない。うめいた。叫んだ。壁をたたいた。あのドアと壁はそれほど堅固で、どんな物音も聞こえないようにできていた。2人とも私の声に気がつかなかった。

しかし、シルヴィアは、ベッドから出てこない人間に常識的に声をかけてもいい時間になって、多分朝8時ごろ、私の様子を見に来てくれた。

「大至急、電話を頼む！」。戦時下のこの国の救急活動なんか当てにならなかった。私はダヴィの同僚の奥さんであるマルタの電話番号を覚えていた。あのバンドを結成してパーティーなどで音楽を引き受ける6人兄弟の中の唯一の女性である。あの人なら親切だ。シルヴィアにマルタに電話をしてもらって助けを求めた。彼女は飛んできて自分の運転する車で自分のかかり付けの産科に運んでくれた。彼女も妊娠していたことを私は知らなかった。とても元気でもともと太っていたから、予定日が私と2週間しか違わないということもその時気がつかなかった。

助かった。多分私はあまりに大事を取りすぎて運動不足だったのだろう。赤ん坊が成長して腸が圧迫され、つぶれて閉塞状態になっていた。どんな治療をしたのか覚えていないけれど、マルタの紹介した女医はすごく温和で親切で、彼女の手当ての結果楽になり、安堵した。

後で池田さん夫婦に夕べのことを話したら、チカさんはいったいどうしたんだといって怒っていたけれど、すべてはこの家の造りのせいで、神経病みの私が人とあまり親しくしなかったせいでもあった。あの孤立したベッドルームが好きだったが、体に問題があるときは孤立は命取りになることを、このときほど思い知ったことはない。

ついに赤ん坊誕生

「身重」というのはまったく読んで字の如しで、身が重い。妊婦服を数着作った。こういうものは日本のデザインに限る。日本には大きなおなかを目立たないように見せる工夫をしたきれいなものが多いが、エルサルバドルやアメリカのものは、いやというほどおなかの大きいことを目立たせるようにできている。だから妊婦はみんなヒキガエルが立ち上がったような姿で歩いている。あんなのいやだ。

日本の雑誌からとったデザインで作った妊婦服を着ていたら、もう臨月なのに誰もそうとは気がつかない。ヒキガエル風の服じゃないからわからないのだ。姑は私の臨月を疑って、おなかを見せろという始末だ。戸惑っていたら、いきなり自分のおなかをびゃっとあけて見せて、ほら！　とかいう。別にばあさんのお腹なんか見たがっていないんだけど、何だろうと思ってたまげた。彼女にしてみれば私が恥ずかしがるのを、自分が見せることによって安心させようという「繊細な」思いやりのつもりらしい。彼女はそのころおなかの手術をした。傷口を見せたくてしょうがないらしい。見ろ見ろと言われたって、美しいものでも滑稽なものでもなく、ただ醜いだけじゃないの。

こういう文化っていやだね、私は。


予定日は8月21日だった。だけど、チカさんはそんなはずないと言う。「子供は満月に生まれるのだ、21日には生まれない」と彼女は月を見ながらきっぱり言う。臨月になってから医者が代わって、エスコランという名前のあまり評判のよくない医者になった。チカさんは医者の言葉なんか信じない。月の満ち欠けで子供が生まれると信じている。私はチカさんの説のほうが正しいと内心思っていた。自然のことは自然に生きている人間のほうが正しい見方をする。

エスコランははじめから私の年齢を知って、何にも診察なんかしないで、有無を言わさず帝王切開すると言って構えている。私はなるべくなら自然分娩がしたい。エスコランのところに行く前に赤ん坊が出てきてくれないかな、と思って、友人に送ってもらった本にある、自然分娩の呼吸法などを試してみる。ひーひーふう。

21日はまったくその気配がなかった。22日もその気配がなかった。23日もその気配がなかった。チカばあさんは空を見上げる。「まださ」と言ってすましている。

24日になった。私はそろそろ心配になってきた。まるでその兆候さえ見えない。しかし夜になって、なんだか怪しい痛みを下腹に感じた。あ、と言ったら、ダヴィがそばで、今夜かなと言った。電気をつけておいた。丑三つ時まで何度か痛みを感じ、どうもこれが破水らしいというものを感じたので、そばに寝ていたダヴィを起こした。ひょっとすると破水らしいと言ったら、ダヴィはがばと跳ね起きて、すぐに出かける用意をはじめた。

上のほうからぴたぴたぴたぴたという足音がした。裸足だから足音が動物のようだ。チカばあさんが降りてきた。明け方3時ごろである。この人は月でも見ていたんだろうか。普通なら起きている時刻じゃない。みるとちゃんとエプロンをして、普段の姿を整えている。不思議な笑顔を浮かべて、「いよいよですね、じゃ、行ってらっしゃい」とか言っている。ばあさんの表情がいつもの表情と違うから、「あ！」と思って空を見た。空は満月だった。

ダヴィが運転する車の前方に、その月は浮かんでいた。黄色い月だった。私は現代科学が予定日とした日でなくて、原住民のばあさんが納得した日に子供が生まれるのが満足だった。

しかし私たちが病院に到着するとすぐに、藪医者エスコランは、何も診察しないで、ただ自分が考えた予定日より遅いということだけで私を手術台に乗せ、帝王切開を決めてしまった。抵抗しても無駄だった。日本の呼吸法も役に立たなかった。動物としてのこの最も自然の厳粛な儀式を現代科学にゆだねることを余儀なくされたことを、私は残念に思った。

原住民の勘でチカさんが月が満ちるのを待っていた、そのことが否定されるのが悲しかった。チカさんのほうが、この帝王切開で金儲けしようとたくらんでいる男より正しいのだ。

あほんだらめ！　しかし、じたばたしても、だめだった。

5分おきに陣痛は起きていた。手術なんか必要ない、何とか自然分娩で乗り切りたい、と思った。しかし私は手術室のまぶしい電灯の下に運ばれ、あきらめて医者たちに自分の体をゆだねざるを得なかった。体を丸められ、腰椎に麻酔をかけられた。足がジーンと死んでいくのを感じた。私の観念しきった表情を見て、看護婦が「私たちいじめているみたいね」と言っていた。いじめているのじゃなくて、料理してんだろ？

上半身と下半身との境に幕がかけられた。下半身で手術が始まるのを上半身は意識した。上半身は恐怖におののき、天井をにらみ、必死で祈った。落ち着け、あきらめろ、体に力を入れるな、怖気づくな！　そう自分に励ました。

本当に痛かったのか、痛いに違いないという強迫観念のせいか、右下腹部にプチリというメスの音がしたように思った。そしてそのメスの切っ先の一点のみに、自分の上半身の意識は集中した。うめき声を出し、歯軋りをした。両手が震え、その手で下のシーツを握り締めた。自分の体は切り刻まれている、と思った。

昔読んだ、スペイン占領時代の中米の歴史が頭を掠めた。スペイン人がレイプしてインディオに孕ませた子供を、腹を裂いて引っ張り出して、洗礼を授けてから殺した、そんな悪逆非道の中米史だ。あれみたいに、私の赤ん坊は引っ張り出されるのか！　と思って口惜しかった。どういうわけか、私は最初からこの医者を信用していなかった。

後ろにいた補助の医者が私の顔に触れて言った。どうした、痛いのか？　痛い！　と私はうめいた。足が動くか？　と医者が聞いた。動かしてみたが動いたのかどうか知らない。しかし突然上半身の意識も消えていった。全身麻酔に変えているな！　とかすかに思い、安堵の気持ちを感じて、そのまま眠りの底に沈んでいった。


看護婦が私を起こした。手術が終わったのだな、と私はなんだかがっかりして思った。病人運搬用のベッドに移され、自分の体が自分のものでないような感覚を感じながら運ばれた。赤ん坊の産声も聞かなかった。赤ん坊が生きているのか死んでいるのか、女なのか男なのかも知らされなかった。私はとうとう誰でも経験している自然を経験できなかったことが恨めしかった。赤ん坊の体外脱出に立ち会わなかったような気がした。匂いも感触もなかった。昔飼っていた飼い猫が出産したときの、あの新鮮な驚きさえ自分のときにはなかった。赤ん坊はどうしたんだろう、とおぼろげに思った。誰も何も教えてくれなかった。

移された部屋は全体が緑っぽかった。ダヴィは一人部屋を取っておいてくれた。ちょっと見回して、この部屋高いだろうなと思った。この国でいろいろな病気をして大体どんな階級がどんな病室にいるかを知っていた。麻酔から覚めて痛みを感じ、体は余裕を取り戻していなかった。腕に点滴の管がつながっていた。点滴を見ると自分は動けない病人なんだと思ってしまう。

ダヴィが入ってきた。「もう、赤ちゃん見たでしょ?」と彼は言った。「まだ」と短く答えた。「見たよ。色白で丸い顔の女の子だった。顎がちょんと出ていてかわいいよ」。「そう」と答えた。

痛みのために、生まれた赤ん坊に対する前向きな感情が沸いてこなかった。「いい部屋だろ」とダヴィは得意そうに部屋を見回していった。「うん。ありがとう」と痛みをこらえやっとのことで答えた。

ダヴィが帰ってしばらくして看護婦が赤ん坊を連れてきた。朦朧として何も感情が湧かなかった。看護婦は私の横に赤ん坊を置いて出ていった。私は自分の赤ん坊に初めて会ったときに感ずべき、すべての感情をかき集めようとした。しかしあまりの苦しさに優しい感情が湧くゆとりがなかった。「これが私の赤ん坊なのか」と、私はなんだか離れた気持ちで、病院の白い布に包まった赤ん坊を見た。「誰にも似ていないな」。それから私は微笑まなければいけないような気がした。しかし私の顔はこわばっており、苦しんでおり、手術のはじめの下腹部に入れたメスのプチンという音を思い出していた。

今の日本人は知らない。でも私の時代の日本人は、自分の痛みや苦痛に大騒ぎをしなかった。後でわかった話だけど、エルサルバドルの患者たちは、少しの痛みや苦痛も耐えることをせずやたらに絶叫したので、ものを言わない私は痛くないものと思われて放置されていた。注射のときは子供でさえも我慢をするように先にしつけられていたから、医者は注射を見せて泣かない子供がいると、あなたは日本人ですねと言ったそうだ。私はあの時、手術で痛いのは当たり前だと思っていたが、この我慢が後でとんでもないことだったということがわかった。おなかの傷は細菌に感染しており、高熱が出ていたのだ。

その夜、数時間おきの痛みのためにうめいて目を覚ました。2回ほど看護婦が来て注射を打っていったが、朝までこれで大丈夫という看護婦の言葉に、そうか、もう呼んではいけないのかという風にとれて、痛みをこらえて明け方を待った。この痛みが本に書いてあった子宮収縮によるものか、手術によるものかわからなかった。赤ん坊も時々見たが、私には赤ん坊を見たらすべての痛みを忘れるとか、目に入れても痛くないとかいう表現がロマンチックな御伽噺のように思えて、予定していたような感情は湧かなかった。

朝、看護婦に苦しいと言ったら、ちょっと体に手を触れて、たまげて言った。

「これは普通じゃない、すごい熱だ、なぜ何も言わなかったの⁉」

熱が出て、治療のために抗生物質が投与されている間はもう赤ん坊を連れてきてくれない。赤ん坊に抗生物質入りの母乳を飲ませることができないからだ。赤ん坊を見て何も興奮しなかった私は、こうなるとにわかに動揺し始めた。どうして見せてくれないんだろうと思いながら涙ぐみ、なんだかもう一生赤ん坊に会えなくなるのではないかと思ったりした。しかし私は臆して看護婦に質問もしなかったし、赤ん坊はどうしているというようなことを尋ねもしなかった。ただ元気に周りをうろつく看護婦が恨めしかった。移る病気じゃないのに、見せるぐらい見せてもいいだろうに。

病院で子供を産むということ、ましてや帝王切開で子供を引っ張り出すということは、すでに自然ではないのだ。こんな世界で人間的、または動物的な自然を要求するほうが間違っているのだ、と私は自らを納得させた。自分が産んだはずの赤ん坊が人によって親から離されているということに、私は異常にこだわっていた。故国を離れ、この内乱の国に来てから、たったいま存在し始めたまったく唯一の肉親である赤ん坊に、私は執着し始めていた。

ちょっと熱が下がった次の日、看護婦がやってきて、もう起きろと言う。熱で朦朧としていたから時間に気づかなかったが、手術したのは昨日の明け方だった。丸一日しか経っていない。起きろといわれたって、寝返りを打つことも、手術と関係のなかったはずの足を動かすこともできない。おまけに自分でも驚いたが腕に力がない。まるで背中はベッドに張り付いているのだ。身動きできない私を見て、看護婦は力ずくで私を転がし、向きを変えた姿勢で背中に枕を置いていった。ギャア、と私はうめいた。あまりの痛みに私は看護婦が行ったら元の姿勢に戻った。その夜はダヴィがいっしょに泊まってくれた。

3日目、エスコラン医師がやってきた。日本では考えられないことだが、白衣なんか着ていない。ものすごくおしゃれをしてきて、例のとおり何も診察しないで、冷たい視線で一瞥をした後、早く起きろと言う。もうこの医者を見たくない、早く退院したいと思って起きる決意をしたが、午後までかかっても自分の力では体が動かない。ダヴィと看護婦が協力してなんだか重たい石を転がすみたいに、やっとベッドの縁に座った。めまいと呼吸困難で体が支えられない。看護婦に深呼吸をしなさいと言われて試みたが、息切れがして深呼吸どころか普通の呼吸だってできない。それを看護婦が無理やり立たせた。呼吸が乱れ、血の気が引き、めまいがする。一歩進めというから足を動かそうとしたが動かない。

何を感じるのかと看護婦が聞く。めまいを感じているようである、と答える。看護婦は私をそのままにして、何かを取りにいった。ファハと呼ばれる腹巻をもってきた。これをギャッというほどきつくまきつける。ハハア、おなかを固定して歩かせるつもりだ。意を決して呼吸を整え、そろりそろりと歩いた。看護婦はベッドから離れたところにおいてある椅子に私を腰掛けさせ、出ていった。自分で歩かなければベッドに戻れないようにしたな。にゃろめ！　観念した。

ふと傍らに入院のとき持ち込んできた自然分娩の方法が書いてある本が置いてあるのが目に入った。自然分娩をしていればこんなことにならなかったのにな。恨めしかった。

ちょっと無理すると熱を出す。熱を出すと赤ん坊を取られる。赤ん坊を取られては精神的に不安定になる。病院は早く追い出そうと思って無理をさせる。そんなことを繰り返して1週間もたった。健康な人は赤ん坊を産んだすぐその日に退院してさっさといなくなるから、あれよあれよという間に、私は病院に一番長くいる厄介者となった。あの藪医者め、私が年甲斐もなく子を産んだのが悪いみたいなことを言う。うるせえ。聖書には90歳で子供を産んだ女だっているんだ。まあ、イスラエル民族の先祖だけど、ばあさんから生まれる子というのはすごい使命を持った子かもしれないんだぞ（イサク。アブラハム100歳、妻サラ90歳のときに神の約束によって誕生した子。あはは）。

仕方がない、こんなところ早く出たい一心に、せっせと自分でリハビリをしてがんばっていたら、親戚たちがお祝いを持って見舞いに来た。お祝いなんかくれる人を期待していなかったから、私は子供のために1年分の衣類とぬいぐるみまでこしらえておいた。後で自分が生まれてくるのを誰も喜んでいなかったなんて思われるのが悲しい、自分には自分の誕生の記録を撮った写真一枚もないのを心ひそかにさびしく思っていたから、自分の赤ん坊には大げさな準備をした。

そういうわけで、「あらまあ、来てくれたのか！」とダヴィの兄弟たちの訪問に涙を流して喜んだ。姑が、生まれた子はお父ちゃんそっくりで、どこも母親の私には似ていないと喜んでいた。ま、いいや。とにかくおはぎをつぶしたみたいな顔で、相好崩して喜んでくれている。

実は赤ん坊は、アメリカの姉の子供そっくりだった。どこから見ても東洋系の顔立ちで、看護婦たちは一番長く残っている新生児室の私の子を見て、「チニータ、チニータ」と呼んでいた。まずいぞ、うっかりすると差別の対象になるかなと心配していたが、姑が色白の東洋系の顔立ちの子供の顔を見て、「真っ黒でお父さんに似て、かわいい、かわいい」と言っていたので、滑稽だったけれど救いだった。どうして姑って世界中どの民族もこういう反応をするのだろう。

母の手紙

入院が長引いたが、体調がやっと落ち着いた。そこでダヴィは部屋を個人部屋から二人部屋に替えた。その差があまりに歴然としていたので、ちょっとショックだった。部屋はあきれるほどみすぼらしくなり、看護婦は来なくなり、呼んでも応答しなくなった。それだけではっきり「安くなったのだ」ということがわかる。

部屋が替わったらいったん落ち着いたかに見えた体は再び不安定になり、熱が上下し始めた。ものすごく感じの悪い医者が、患者の熱でいらいらして薬を替えた。熱は寒気を伴いがたがた震える。毛布を要求したがこの国にまともな毛布はない。灰色の敷物みたいなあまり清潔そうでもない代物をかぶって悪寒をしのいだ。

こういうとき、子供時代の病気がちだった惨めな思い出が頭をよぎる。一月の半分ぐらい学校を休んでは病み上がりで登校すると、迎える友達はいなかった。勉強も進んでいて、手がつけられない状態だった。自分は世界から取り残されるという思いを何度抱いて窓際にぽつねんとしていたことか。あの子供のときから背負わなければならなかった孤独の運命を、身動きの取れない病床にあって思い出すのはやるせない。

母から初めて2通の手紙がきた。恐る恐る開けてみた。本気で怖かった。状況によって神経が乱れ、熱がそのたびに上下する人間にとって、危険な手紙かもしれなかった。しかし意外なことに母は、生まれる赤ん坊のために、布地をたくさん集めて送ってくれているということを知らせてきた。へえ、孫だと思ってんだ。

赤ん坊の名前。夫も親戚たちもおなかの子があまり暴れるので、てっきり男の子が生まれると思っていた。出生以前に性別が分かるのは、ごく最近の医学だ。

ところで、こちらの国はたぶんスペインの習慣で、長男には父親の名前を、長女には母親の名前を襲名させる。それと洗礼名で名前は2つになる。生まれたのは女の子だったから、本当は私の名前を襲名させるのがこちらの習慣だけど、どうも抵抗があったので、私の人生で出会った懐かしい2人の名前をつけた。

洗礼名は23歳の時出会ったあの恩人、スペイン人のシスターの本名、そしてもうひとつの名は自分が3歳のころまで慕っていた、早世した姉の名前。

まあ、いろいろあった。体は万全ではなかったけれど、入院してから10日後、私は赤ん坊を抱いて、足取りおぼつかない病み上がりの体で、赤ん坊ほどの大きさのある大量の抗生物質の袋を持たされて退院した。

お祝いに来てくれた！

私が退院する前後から、うわさを聞いた人たちからお祝いが集まってきた。国際結婚組の3人の日本人、この国にやってきて初めて知り合ったサンタアナの下宿の女主人マルタ、サンサルバドルで初めて住んだ家の大家のドン・ベト、ダヴィの友人の奥さんたち、バイレス夫人のマルタとディナ。うれしかった。くらくらと目眩を感じるほどうれしかった。知らせたわけでもないのに、子供の誕生をどこからともなく聞きつけて、祝ってくれる知り合いがいる。サンタアナのマルタ夫人なんか、別れてからどこにも接点がなかった。何故私の子供の誕生にこんなに文句無くみんなで喜んでくれるのだろうと、エルサルバドル人の、赤ん坊誕生に対する気持ちを知らなかった私には、このことは実に珍しく新鮮で理解を超えたことだった。

そのとき私は39歳だったが、それまでにお祝いというものにあまり縁がなかった。およそ日本文化の中で祝いが必要な行事、誕生も七五三も入学も卒業も宗教上の祝い日も、自分は無関係だった。戦

赤ん坊と

後の混乱を6人兄弟の母子家庭で生きた小学校時代、祝いなどというものは考えることさえ不可能だった。私は世間でそういう行事が個人に向けて祝われているることをうすうす知っていたけれど、むしろ子供のころから自分はそういう世界に住んでいないのだということを納得していた。だから、さて祝われたときにどのような態度をとるかということの訓練ができていなかった。

たまに何かのはずみに手に入っちゃったお祝いみたいなものがあると、戸惑いを抱き、おどおどし、ほとんどストレスになったりしたものだ。常識的な言葉が出てこないから、変人だと思われた。だから、お祝いというより「贈答品」というものは、それだけでどえらく恐ろしいものだった。おまけに、その品物がたまたま高価だったりすると、ありがとう、うれしい、だけですまなくて、社会常識が優先して、いくらの品物にはいくらで返す、なんていうことが求められるという、とんでもなく面倒な儀式が待っていた。物なんかもらっちゃうと後がおっかなくて素直に喜べないのである。

お祝いはともかくとして、家庭教師をやっていたときと学校に勤めていたときに、物品の形式的な贈答は経験していた。でもそれは自家製の野菜とか手作りの品物、または個人的な好みの品物は別として、デパート経由の品物は、極めて形式的で、むしろ機械的でさえあった。それに倣って自分もそうすべき相手かもしれない社会的関係に対して、盆暮れの挨拶を「常識」として行っていた。往々にして「常識」を堅持するということは、心がどうのというよりも、自分の身を守るためにやっているものだ。これは社会人となった人間の「社会人資格試験」みたいなもので、利害関係が消滅すると同時に、思い出しさえもしない相手に対する儀礼でしかない。

自分が受けた盆暮れの挨拶は、もらったときは貧乏だったからそれなりにうれしかった。でもそれはなんだか、貧乏な私の生活を見かねての「物資援助」的な面が強かった。だからそれはむしろ「役に立った」からうれしかったのだ。毎年同じ時期に紅茶が手に入ったり、石鹸が届いたりするのも悪くはない。しかし自分はいちいちお礼状を書いてはいたが、自分が社会的常識にのっとってする贈答品に対してお礼状をくれる人は少なかったのを考えても、あれは「心」を伝えるものではないようだ。

それらの高度に発達した社会上の常識を尊ぶ日本文化を、今の私は優れていると思う。あれほど冷淡に客観的に人間の心というものの不確かさを、形式の中に凝縮して突き放す文化は日本をおいてほかにない。しかしあの頃私は、あの文化の拘束をかなぐり捨てて、生々しく愛し合い、傷つけ合う、動物に近い人間関係を求めてこの国に飛び込んできた。自分は形式を離れた哺乳動物としての体験を、それがごく当たり前の幼児期に体験していなかったから。

自分に赤ん坊が生まれた。この事実は、誰から何を言われようと、または言われなかろうと、それだけですでに何物にも代えられない「宝」を得たようなものだった。喜びも興奮も感動も自家生産的であり、自己完結していた。しかもそれは相手が生きている限り、ほとんど永続するものらしい。他人からのお祝いがあるとかないとかは意識の上にもなかったとき、風の便りに一人の人間の誕生を聞いて集まってきた人々の贈り物にただやみくもにうれしかったのは、そこに社会分析も心理分析も哲学的解説もなく、怪しい形式がなかったからだ。

国際結婚組の日本人たちとともに

思えば、夫の親戚たちは、親戚の中に異民族の血が入ることに、抵抗どころか、楽しみにしていたきらいがある。白い子が生まれるだろうか、黒い子だろうか、はたまた黄色か縞縞か、なんていって騒いでいた。この国は混血国家だから、いろいろな色が生まれる可能性がある。万世一系を尊ぶ習慣はない。ダヴィの兄弟も民族が違うかと思われるほど、みんな色も顔かたちもが違う。それで異質な新しい子供が生まれるのをみんな本気で喜んでいる。それがいかにもうれしかった。

第5章　内戦と疑似平和

抗生物質とナワ族の薬

例の堅固な壁に閉ざされた夫婦の部屋の奥に、ドアのない続きの部屋があって、そこに日本人が置いていったベビーベッドを用意しておいた。赤ん坊用のお風呂もオムツの山もみなそこに置いてある。うわさによると夜中にも授乳しなきゃいけないらしいから、数歩歩けば対応できる位置に全部用意しておいた。

これからのことは全部初体験。何が起きるかわからない。ダヴィは幸い、子育ては母親に任せきりの当時の日本人男性と違って、子供の世話に参加させないと「二人の子供なのに独占するな」とか言って本気で怒るから、私が抗生物質を飲んでいる間の授乳は、すべてダヴィに任せた。彼はすごくいそいそと「パパのおっぱい」とか言って赤ん坊にパチャ（哺乳ビン）をくわえさせて授乳している。

私はいつも神経がとがっていたけれど、彼は穏やかだ。かける言葉だって、幼児言葉なんか知らないで育った私よりも「母親」らしい。私は幼児のころから厳めしい家庭で育ち、ラテン語の祈りや、日本語も文語体の祈りを唱え、末っ子だった所為で、兄弟全員に異常に丁寧な敬語を使って育ったため、小学校にあがって友人たちと言語が通じないのでカルチャーショックのため口が利けず、白痴だと思われていた人間だ。

こちらの人は赤ん坊や子供に出会うと、端で聞いていておったまげるほど、あたりの静寂を破って突然声を3オクターブぐらい上げて超音波を出して大騒ぎする。あんな声私には出ない。逆にそういう声を出さない私はさぞ化け物に見えただろう。


退院のときたくさん持ってきた抗生物質が切れた。手術の傷口がひどく痛み、乳が張らなくなってきた。病院にいたときは赤ん坊が取り上げられると乳が張って濡れて困ったのに、今はパパのおっぱいのほうが大きいくらいだ。

出産に立ち会わなかった初めの女医、ウルビナ先生に電話して意見を聞こうと思った。それで、エスコラン医師が出した2種類の薬の名前を言って、どちらを補充すべきか聞いたら、彼女、「とんでもない、授乳中にその薬飲んだら赤ん坊が奇形になるよ。両方ともだめだからこの薬にしなさい」と言って別の薬を紹介してくれた。

出会ったときから私はあの医者を信用していなかった。ウルビナ先生の話を聞いてにわかに心配になった私は、内心いったい何をされてこんなに痛みが長引いているのだろうと疑い始めた。赤ん坊が奇形になる前に私が奇形になってしまうかもしれない。しかし薬を変えてしばらくしたら、再び乳が張ってきた。

後で人づてに聞いた噂によると、かのエスコラン医師は自然分娩より帝王切開のほうがお金が取れるから、有無を言わさず妊婦のおなかを切ることで有名な医師だったらしい。私はいまだにそのことで彼を恨んでいる。

薬を替えてから、やっとまともに赤ん坊に授乳できるようになったが、出にくくなったので、ミルクも併用しなければならなかった。そこに信頼していた、月夜のインディオばあさんのチカさんが、ココアを飲むと乳の出が良くなるよと言うので、早速そのココアというものを買わせにやったら、案の定私が考えていたココアじゃなくて、何かどろどろの怪しい飲み物だった。これももしかしたらあの精製していない綿のように、カカオの実から直接つぶして作った液体かもしれない。

シャーマンを想像しながら、しかし私はエスコランの抗生物質よりははるかに信用できたので、その茶色の液体をがぶがぶ飲んだ。本当は出産前から飲んでおくとよかったらしい。でも、乳は途切れ途切れに出て、なんとか3ヶ月持ちこたえた。子育てはシャーマン文化のほうがきっと優れているよ。

赤ん坊って刻一刻と変わるんだ。すごく東洋的で、姪に似ていた赤ん坊は、退院して三日目になったら、顔幅が狭くなって目鼻立ちがはっきりしてきて骨格が変わってきた。こんなに変わるのなら、初めの頃の写真撮っておくんだった。ひょっとすると、そのうち本当に真っ黒になってパパと瓜二つになるかもしれないぞ。

そうそう。「真っ黒」で思い出したけれど、この国の人はおおらかで悪気がないのだけど、繊細な神経なんか持ち合わせていないらしい。東洋人の血の混ざった赤ん坊が珍しいから、まるで生まれたての犬の子を見て珍しがって喜ぶみたいに見にきては、いろいろ感想を言う。思ったことは、まったく遠慮しないでどんどん口にする。「わああ、鼻ぺちゃでかわいい！」「わああ、支那人みたいでかわいい！」「そのうち目が釣りあがってきてもっとかわいくなるよねえ」。指で自分の目を吊り上げて、

「こんな風になる」というように私に見せる。
語尾に「かわいい」と付けさえすれば、何言ってもいいんだ。「わああ、真っ黒けでかわいい」「口が耳まで裂けていてかわいいねえ」「胴長で足が短くてかわいい」「蟹股のところがなんともいえなくかわいいねえ」なんてのもありだ。これは後で使ってやろう。

チンパンジーの賛

その当時私は、知育以前の赤ん坊の育て方に関する限り、先住民の子育てのやり方を尊敬していた。知育以前の子育てに文明はむしろ不要と考えていた。生まれてから乳児期を経て幼児期にいたる3歳までの、本人がまだ無意識状態で過ごす人生の黎明のころの親とのかかわりが、子供の人生を決定してしまうと固く信じていた。

グアテマラで見た先住民の母親は、乳児を布にくるんで、強烈な縞柄の万能ショールのようなものにいれ、斜めに背中に巻きつけて、どこに行くのも連れ歩いていた。託児所も保育園もない世界で、彼女たちは子供を自分の身から離さず、自分で子育てをやっていた。メルカードに座って一日中物を売りながら、彼女たちはそこで授乳もしたし、下の世話もしていた。子供は泥にまみれ、髪は櫛を入れたこともないような状態だった。親は赤ん坊がたらした鼻水を口で吸い、噛み砕いた食べ物を子供に口移ししてやっていた。これらの情景は私が子供のころ、日本でも電車の中で普通に見られた。そういう親たちの自然な姿を眺めながら、二本足の動物が洞穴で子育てをやっていた時代から、これが本物の子育ての原点だという印象を深くして、かなり感動を覚えていた。

ところが、姑も夫も、自分たちのやり方が間違っていて文明国とやらの子育ての仕方が正しいと思っていた。私が赤ん坊を抱いているのを見て、抱き癖がつくからあまり抱いちゃいけないと言う。おかしなことを言うと私は思って、姑に言った。

「ドンニャエンマは赤ちゃんを抱かなかったんですか?」

そうしたら彼女は、恥ずかしそうに答えた。

「私たちのころはそんな学問はなかったから、いつも抱いていたけれど」

なんだ、子育てに無学を恥じているのか。彼女はうつむいて、ほとんど泣きそうな顔で、自分が抱っこして育てたことを「告白」した。

「抱っこして育てたドンニャエンマの子供たちに問題がありましたか?」

私がそう言うと、姑は急ににこにこして答えた。

「私の息子たちはみんな立派に育ちました」

そういう姑の誇らしげな顔を見て私は満足した。

「じゃあ、そんな学問よりドンニャエンマのほうが正しかったんですね」

横合いからダヴィが言った。

「でもアメリカでは子供が泣いても一日中でもほったらかしておくよ」

「なにも、」と、そこで私は言った。

「あんな非行少年と少年犯罪に満ちた国の、家庭も崩壊して離婚率が世界一の国の教育のやり方なんか参考にすることないでしょ。自分で自然に育てているチンパンジーには非行少年いないもの。チンパンジーの子育てのほうが、アメリカの子育てよりよほど参考になりますよ」

2人は黙った。私がアメリカ人よりチンパンジーを尊敬していることに、意味をはかりかねてドンニャエンマは怪訝な顔をしていた。アメリカはどこよりも文明の進んだ、教育も学問も比べられる国などないほどに優れた国のはずだった。そして日本も文明国のはずだった。教育に熱心で、働き者の国民を持つ、東洋の先進国のはずだった。その文明国日本人の私が大まじめな顔をして、アメリカよりもチンパンジー、チンパンジーと言う。わけのわからない馬鹿を言う私がさぞ異常に見えただろう。アメリカ文明よりもチンパンジー文明を尊敬するその裏に、幼児体験の潜在意識が働いていることなど誰も知らなかったから。


うちの子が生まれた1週間後に、やはり女の子を出産したマルタが、時々子供を連れて遊びにくるようになった。マルタの子供は3人目で上の2人が男の子だから、すごく喜んでいた。父親はハンサムだし、マルタも育ちの良さそうなきれいな顔をしている。上の2人の子供たちも、整ったちょっと中近東系の顔だちだ。

しかし、新しく生まれた女の子は体は大きく顔つきは大ぶりで、目も鼻も口も大きい。日本人の赤ちゃんみたいに、ぽにゃぽにゃしたあどけなさがない。私はこの手の、大人としては美形の両親から生まれる子供が、赤ん坊のときどのような顔立ちか知らなかったから、その顔立ちを見て戸惑った。きわめてグロテスクで、どうにもかわいいとは表現しようもない。おまけに困ったことに、こちらの民族は、生まれてから数週間後に持って生まれた頭髪はすっかり抜けてしまって、毛があったという証拠も残さず、まったくつるっぱげになる。マルタはそのつるっぱげに女の子の印のリボンなんかを貼り付けている。乳児服を着せればもっと落ち着くのに、女の子を表現したいあまり、フリルのたっぷりついたワンピースを着せている。耳にはすでにピアスがついている。なんだか男が女装しているみたいである。もうアンバランスで、服装の趣味も強烈で、言葉に困って「元気そうで……丈夫そうで……うううう」なんていう言葉しか出ないのだ。

マルタはうちの子が生まれたときいち早く現れて、お人形となんだか私にもプレゼントを持ってきてくれた。そしてうちの赤ん坊を見て、あの民族独特の極めて激しい超音波を発して、かわいいかわいいと言いに来てくれた。鼓膜がびりびり震えたけれど、うれしかった。しかし、「正直」などというろくでもない性格を遺伝的に持っている私は、あまりすごい顔を見てしまったので、声が出ない。策を弄して、寝ている赤ん坊を抱いて「お友達になりましょうねえ」とか言って、赤ん坊同士の会話を代弁しているがごとくごまかした。

こんなことなら目をつむって、先に大声でかわいいかわいいと唱えておけばよかった。修行不足が悔やまれた。

愛国心を育てよう

一番幸福な日々だった。中庭にハンモックを吊るして、赤ん坊を抱いてゆれながら、庭に来る小鳥たちを観察した。背中がうぐいす色で黒い縁取りのある白い胸毛がしゃれた感じの太っちょの鳥が、庭の木の実を食べに来ている。くちばしは赤くて体長20センチぐらい。名前がわからない。もう一羽、鶫《つぐみ》のような羽の色の鳥、胸に斑点があり尾がぴんと上がっていて、姿は地味だけどきれいな声で鳴く。グアヤバを食べている。また別のが来た。頭と目のふちが黒くて腹が黄色。翼と尾が薄茶に白の縁取り。

こちらの人はあまり動植物の名前を知らない。チカさんに聞いてもわからない。鳥を見れば何でもかんでも「パロマ（鳩）」と言う。主人は赤い花を見れば何でも「クラベル（カーネーション）」と言う人だ。鳥の名前なんかわかるわけがない。でも名前がわからないと、私は落ち着かない。

ダヴィに「図鑑を買ってきて」と頼んだけど、買った図鑑はスペイン版のもの、つまりヨーロッパ中心の図鑑しかない。スペインとエルサルバドルは距離の問題でなく大陸そのものが違うのに、なぜ図鑑までエルサルバドル固有のものがないんだ。植民地時代から引きずっているこの国の問題が、こんなところにまであるんだ。不満だった。

私はエルサルバドルをそれほど愛していたわけではないけど、不満だった。くそ！　と思った。ないなら、自分でエルサルバドル固有の図鑑を作っちまえ。そう思った私は、赤ん坊を世話しながら、ひまを見て動植物のスケッチをした。そのうちこの子がこの絵を見て、この悲しい内戦に荒らされた自分の国の美しいものに気がついて愛着を覚えてくれるように。この国がこの子の祖国なんだ。何が起きようとこの子の祖国はこのエルサルバドルなんだ。そのことをいいかげんにしておくわけにはいかない。自分がどこに帰属するかという問題で、昔教壇にあったころ、在日韓国人の生徒が悩んでいた。その悩みを共有しようと思って、当時古典を教えていた私の「記紀神話研究」が始まったんだ。

国際結婚で生まれた自分の子供が将来帰属の問題で悩むとき、私はこの子が父親の国を愛することができるようにしておかなければいけない、と思った。いまどき日本の国家は愛国心教育の必要性などというものを喧伝しているけれど、国土を愛するということは、いつ何時変わるかもしれない不安定な政府の要人なんかに敬礼したり、国旗に向かって胸に手を当てたりする形式じゃないんだ。

そういう形式は、国際的礼儀とか社会常識という点では必要だ。他国の人が日本の国歌に礼儀を持って起立し静粛にしているとき、日本人が腕組みしたり座って煙草を吸っていたり、ガムをくちゃくちゃ噛んでいたりするよりはいいだろう。あんなの、自国の国旗に敬意を表している他国人に対して失礼だ。なかには、ニュースで中国人なんかが日の丸を燃やしたりしているのを見ていると、いっしょになって喜んでいる日本人さえいる。

アメリカに占領されて自信を失った挙句、国民性も愛国心も郷土愛も礼儀も失ってしまい、自分に対する誇りさえ失って、自分が持って生まれた髪の毛までアメリカ人色に染め上げるよりは、少なくとも、国際的に認知されている自国の国旗に敬意を表するぐらいの「常識」があって良いだろう。あれは、「常識」であって、信念なんかではないのだ。だいたい、自国の象徴を他国の前でないがしろにする「信念」って、何なのだ？

しかし本当は、そんな模倣や形式の中に「愛」というものはないはずだ。そんな形式でなくて、国民の一人ひとりが自分のアイデンティティをしっかり持つことから始めなきゃいけないはずだ。スペインの植民地ではなく、この国土の固有の物を自分のものとして心の中に取り込んでいける、立脚点をきちんと持った上で国際社会に独り立ちできる、そういう愛国心を育てよう。

内戦のさなか、毎日身近な人が行方不明になるというような事態の中で、生まれた赤ん坊がどのようにこの国の子供として生きていくんだろうと思いながら、私は庭で見かける小鳥や植物を片っ端からスケッチした。アイデンティティを育むということを、身近にある草木一本を愛することから始めさせようと、そのときの私は思った。それは親が作って食べさせる離乳食のようなものだった。

私は昭和16年の太平洋戦争開戦前夜に生まれ、激動の日本を見て育った。兄弟は軍国教育を受けた世代から、新制度の戦後教育の草分けの私の世代まで、さまざまな矛盾した考え方を持つ家族の中で育った。車を運転しながら、多摩御陵の前を通ると敬礼する兄から、天皇を「おてんちゃん」と言う兄まで家の中に同居していた。国家の大難とその滅び、異国の征服と日本人のアイデンティティ喪失を見て育った。私には、沈黙して国というものを考える環境があった。

自分の子は、日本では「ハーフ」と呼ばれる、どこにも所属しないような人間として、生まれつき帰属の問題で悩みそうな立場を背負って生まれた。道を整えてやらないとまずいことになる。そんなことを考えながら私がエルサルバドルの動植物をスケッチしたのは、そのときの内戦という環境のせいであって、美術の創作という意味ではなかった。

逃避行開始

とにかく、内戦はどうあれ、家の中にいる私には、子供の誕生が生活に変化をもたらしていた。内戦なんかどうでもよく、赤ん坊の顔を見て世話していれば平和だった。

そんなある時、ダヴィがただならぬ顔で帰ってきた。人間の表情が語るものは、時として言葉そのものよりも説得力がある。蒼白だったが無言で彼はその時、すべてを語っていた。

その日私は赤ん坊がはじめて寝返りを打ったので、うれしくて写真を撮るのに夢中になっていた。初めての子育てだからすべてが新しく珍しく、楽しいことだった。そばに行くと赤ん坊は喜んで両手を広げ、抱っこしてというような表情で意思表示するのがかわいかった。その日は泣き声みたいな声を出すので行ってみたら、赤ん坊は盛んに動いて寝返りをうとうと思ったらしく、片腕を体重でつぶしてしまい、身動きが取れなくなっていた。おや、移動し始めたのかな、と思って、ちょっと手を添えてやったら、自分の力で寝返りを打ったのがうれしくて、思わず拍手したら赤ん坊はそれに反応して、もう一度自分でやって見せた。この子すごい！　とその時私は思った。まだものを言えるわけではない赤ん坊の、親のちょっとした行動に対する反応の速さに私は感嘆していた。これはまさしく原初的な、親子のみに通じ合う動物言語の実体験だった。

豊かな自然に囲まれた町の、堅固な壁に囲まれた広々とした家は、私がはじめて経験する小市民としての幸福な世界だった。他にすることもなかったから、赤ん坊を育て、成長を楽しんでいればよかった。すべてが順調かに見える毎日だった。時々水がなくて困ったが、それはすでに生活の一部として慣れてしまい、あまり問題だとは思わなくなっていた。モノに不自由せず、雑事は使用人に任せ、暇な時間を庭の動植物をスケッチしながらハンモックに揺られて過ごす生活なんて、かつての自分の半生から考えたら、まさに夢そのものだった。

しかしその生活は子供が生まれて4ヶ月めの、初めてのクリスマスを祝った12月末から崩壊の兆しが見え始めた。赤ん坊を育てることに夢中で、しばらく町の様子に気がつかなかったが、内戦は着実に危機状態に近づいていた。壁ひとつ向こうで市街戦は散発的に続いており、人々がコロコロ死んでいることに私はほとんど無頓着になっていたが、外の世界の事態は深刻だったのだ。

「赤ちゃんがはじめて寝返りを打ったのよ！」と嬉しそうに報告する私の言葉が全く聞えなかったように、「しばらくこの家から離れよう」とダヴィが言った。

私はじっと彼の表情を見た。ぎくりと胸に何かが伝わり、一瞬の沈黙の後、私は何も聞かずに荷物を作り始めた。私はじたばたしなかった。声を出して尋ねることは危険だ、と私の勘は働いた。

「壁には耳があるのだ」

何かを察したらものを言わないこと。水不足に慣れると同様に内戦という状況に慣れて、この状態を日常として受け入れていた私の判断だった。

車に赤ん坊の身の回りのものを詰め込んだ。「どのくらいの期間を考えているの？」とだけ、私は上目遣いにダヴィを見て小声で聞いた。「わからない」と彼は答えた。硬い表情だった。とりあえず、洗って繰り返し着られる程度の自分の寝巻きと着替え、気がつく限りの赤ん坊に必要な日常的なものをバッグに詰めた。

チカさんには、「ちょっと旅行するから留守をよろしく頼む」と明るく言っておいた。大体私自身がどこに行くのかもわからなかった。私が知っていれば人に伝わる。伝えていいものならダヴィはすぐに言うだろう。伝えないということは、これは「逃亡」に違いない。チカさんに緊張を悟られまいとして、私は赤ん坊をあやしていた。子供を抱え、一生涯をメイドとして人に使われてすごしたこの先住民の女性は、多くを語らない。知ってか知らずか黙って私たちを見送った。

家族だけになってから、車の中でそっと聞いた。「どこに行くの？」。「キロアの家」とダヴィは答えた。彼の同級生で別の大学の教壇に立っている。そんなにしげしげではないがパーティーなどで出会ったことはある。礼儀正しく温厚であまり目立たない人物で、ちょっと竹の子のような顔かたちの男の顔が浮かんだ。奥さんのことはほとんど知らなかった。家族が何人いるのかも知らなかった。

声に出して「尋ねる」ということ、余計なことを「知る」ということが命にかかわるほど危険なことを、私は知っていた。そしてここは、付き合っている友人の種類のせいで、本人に特別な疑念があろうとなかろうと、簡単に投獄される国だった。

ダヴィは国立大学の助教授で、国立大学は知的レベルの高い血の気の多い多くの学生を抱え、反政府勢力の温床と思われていたから、身を大学に置くだけで危険はいつも隣り合わせだった。「ダヴィに何か危険が迫っている」。もうそれだけで後のことは知る必要がなかった。とにかく彼は「家族を危険から守ろう」としている。

「家族を危険から守る」という言葉のずしりとした重みを、35年も戦争に巻き込まれず、平和と繁栄を謳歌し、男は給料を運ぶ生き物でしかない日本では想像することもできない。ここは弱肉強食のジャングルで、家族を危険から守るオスの本性を男はみんな持っている。私はオスに誘導されて避難する子連れのメスとして、全てを納得し、ものも言わずついていく。

それは逃避行の開始であった。

キロアの家

見覚えのない道を通って、埃っぽい町についた。田舎でもなく、都会でもない。その中間の小さな町だ。ぐるりと家に囲まれた広場で子供が遊んでいる。子供が遊べる広場があるところは危険が少ない証拠だ。キロアとその家族が外で待っていた。鋭いけれども目がきれいな感じのよい奥さんと、とても礼儀正しい2人の男の子。しっかりとした挨拶ができる。

どんな事情で身の危険を感じて避難してきたかわからない友人の一家を家庭の中に受け入れるということがどういうことか、この国に住む人なら知っているだろう。そのことを深く感じ、恐る恐る家に入った。

誰もあえて問題の核心には触れない。見事なほど統制のとれた一家で、多分ご主人は断固とした信念の持ち主だ。そうでなかったら奥さんや子供たちがこの家の主に従って、こんなに冷静に、問題のわからない他人の一家を受け入れるはずがない。と、そのときは思っていたが、多分、ダヴィとキロアの間では、ある理解と合意がなされていたのだろう。「知らないこと」を選んだのは私だけの勝手な意志だったから。

一家は4歳の子供を含めて全員、私たちをまるで自分から招待した客のごとく快く迎えてくれた。ありがたかった。と同時にある責任を感じた。われわれに何かあったらこの一家も全滅だ。うっかり外に出られない。うっかり近所の人と仲良くできない。うっかり余計なおしゃべりができない。私はいつもこういう場合、スペイン語が通じない振りをする。それから赤ん坊の面倒ばかり見る。スペイ

キロアの家のハンモックで

キロアの子供たちと

ン語がわからない外国人の奥さんが赤ん坊の面倒を見ている。誰でも納得するような唯一のやりかただ。日本人が国民性として、異常にはにかみ屋で、外国語も外国生活もへたくそなのは世界的に有名なことで、納得済みのことだったのは、後にさまざまな経験の中で出会った日本人とそれを寛大に受け入れている外国社会を見て、思うことである。

お母さんに似た長男は小学生で、お父さん似の竹の子頭の次男はまだ4歳。2人ともおとなしい、いかにも育ちのよさそうに見える子供たちだった。家の中に赤ん坊が来たのがうれしいらしく、争って乳母車を押して相手してくれる。赤ん坊も喜んでそれに反応する。遠出のできない環境に慣れた子供たちにとって、この小さな変化は願ってもない喜びみたいなので、私は少なくとも安心した。子供たちが私たちの来訪を喜んでおり、安定していれば、両親も安心だろう。

その日は特別奥さんの手料理で歓待してくれた。こちらの人はどんなときでも悲壮がらない。そのときそのときを大切に楽しむ心のゆとりを持っている。日本人の私はかなり緊張していたが、彼らがロンを傾け、奥さんの手作りのセビチェを食べながら、ほとんど大笑いして楽しんでいるのを見て、やっと気持ちにゆとりを持つことができて、いろいろ私も胸襟を開いて話し始めた。

セビチェとは、白身の生魚にトマト、たまねぎのみじん切りをベースに各種野菜、塩、胡椒、オレガノ、レモンを加えたマリネのようなお酒のつまみだ。一晩漬け込んで、食べる前に最後にクラントロ（香草、コリアンダー、パクチ）を加える。刺身を知っている日本人には、好まれる料理だ。じつはこの料理が私にも気に入ったので、この時見よう見まねで覚え、日本に帰ってからも酒のつまみとして、来客の折作り続けている。嫌われたことは、ない。

不完全なスペイン語の私の話も、異国の人間の話題だから案外面白いらしい。居候は面白い話題で楽しんでもらうことが出来るんだと気がついて、私は自分の人生で面白かったこと、珍しかったこと、つまり自分流儀の千一夜物語をはじめた。みんな、それを聞いてすごく目を輝かせて面白がってくれる。そうか、この手があったか。自分では何がなんだかわからなくて他人のうちの居候になっている私にとって、問題の核心に触れないように話題を生み出すには、みんなが知らない異国の話をするという手があった。

ご主人の名をエクトル・レオナルドというらしい。それで子供たちの名前は、長男がエクトルで次男がレオナルドである。それだけですでにこの奥さんがものすごくご主人を愛していることがわかる。奥さんのご主人に対する愛情と信頼と尊敬がこの一家をまとめていることもわかる。子供たちにそっくりご主人の名前をつける、長男にも次男にもご主人の名前をつけるということは、いくらエルサルバドルでもあまりない。しかも、彼女、三男が生まれたら、ご主人のエクトル・レオナルドをひっくりかえして、レオナルド・エクトルにするそうだ。四男生まれたらどうするの？「エクトレオ」とかいっちゃって。

私は漢字の組み合わせでどうにでもいろいろな意味をこめて命名できる日本の風習を語る。自分の名前の説明もする。さらに彼らの名前に漢字を当てはめて作ってあげたらすごく喜んでいる。私もかなり呼び名には注文をつける人間だけど、キロアの一家はひどく自分の名前にこだわりを持っている。他人から呼んでもらいたいという名前と家庭で呼び合っている名前を変えている。へえと思った。

名前の呼び方にこだわる人間が、名前とその名前を持つ固有の自分に誇りを持っている人間だということを私はよく知っている。そういうわけで私は、自分の名前にこだわりと誇りを持つこの家族が気に入った。この一家なら、自分たちに危険が及ぼうと、助けようと思った人間を助けるという信念をもっているのも納得できる。


実は、私は24歳の頃に国外にはじめて出て以来、それまであまり気にしなかった自分の名前に、すごくこだわるようになった。自分の固有の名前ぐらい自己主張をして、本来自分の名前として認識していたとおりの発音で呼んでもらってもいいだろうという考えがある。それは欧米文化に迎合せず、大和民族としての自分の独自性をはっきり主張しておくのが、世界に馬鹿にされないひとつの方法だという思いがあるからだ。

かつてスペインを旅行したときに出会った日本人が、自分は真理子という名前だけど、スペインではマリアと呼んでくれと言っていた。スペインに行くと、どうして真理子がマリアになっちゃうのか、それはそれは不思議に思った。現在はやっと中学校の英語の教科書も、日本人の固有の姓名を、本来の順序で表記するようになった。しかし、私の時代の教科書は、たとえば「山田花子」なら「はなこ・やまだ」と表記して、発音まで「はなーこ・やまーだ」と後ろから第二音節を強調する英語風の発音に変えて憚らなかったし、欧米を旅行する日本人が名のるとき、英語風の発音にして平気なことを私は苦々しく思っていた。

私の本名は、私の世代の多くの日本人女性と同様、語尾に子を含む3文字である。Rurikoという。ヨーロッパ語族の外国人に、このつづりを見せて放って置けば真中のシラブルにアクセントをつけて「ルリーコ」と読んでしまう。私はそれをさせまいと、はじめのシラブルの「ル」の上にアクセント記号をつけておいた。姓名の順序も結婚する前、国外に行ったとき、姓を先、名を後にと日本の順序を遵守していた。

たまたまエルサルバドル人と結婚したから、主人を立てて、エルサルバドル方式の姓名の順序にしたがって、その時は名乗っていた。しかし発音は相手ができるまで、しつこく直して本来の発音どおりに呼ばせていた。私が自分の名前を呼んでもらうのに本来の発音にこだわることは、自己主張の激しい欧米人にかえって好感をもたれていた。「そうか。あなたは世界を支配している英語圏世界に迎合しないのか」と多くの人が私の意見に一目置いた。

記述のように、私は一体ダヴィの身に何が起きて、どうして他人のうちに避難せねばならず、彼が何から家族を守ろうとしているのか知らなかった。その事実は数十年経った今も、彼の口からは知らされていない。その後の友人たちがたどったの運命から、私は推し量るしかないのである。

知る知らないはともかくとして、この家に避難を開始したのを皮切りに、私の一家は住居を転々とする、そういう生活が始まるのである。

ニカラグア革命のこと

とにかく、ダヴィの周りには国家が危険視している人が多かった。国立大学は思想的にリベラルな考えを持つものが集まっていたのだ。それにはそれだけの当時の社会背景があった。

この時代、隣の国のニカラグアで、反政府勢力のサンディニスタがアメリカに後押しされたソモサの独裁政権を倒し、革命政権が誕生したのだ。ソモサの独裁政権とは、伝統的な王権支配でもなく、ある思想信念に基づく独裁政権でもなく、ソモサ一族というアメリカと結びついた利権がらみの一族独裁政権であった。あの国には、ただソモサ一族という搾取階級と、後はほとんど全部農奴という被搾取階級がいただけだった。

中米諸国は革命勢力が旗揚げをし、米ソの代理戦争の舞台と呼ばれていたが、それはマスコミ特有の大雑把な色分けであって、どこの国にも、飢餓で死にたくないと「自主的に」既存の勢力に抵抗を考える人間はいるのである。飢餓で死にたくないと「自主的に」既存の勢力に抵抗を試みる集団を助けるのが、当時ソ連しかいなかったということは、事実である。飢餓で死にたくない人々を福祉の対象としてしか見ない勢力が、福祉の対象を失うことを恐れて、まったく何も思想的にも理論的にも主義など持たぬ独裁政権を助ける勢力が、アメリカだった。ゆえにこの中米の内乱を米ソの代理戦争というのである。

サンディニスタ政権の誕生によって中米諸国の反政府勢力は、にわかに希望をもち、沸き立った。

1979年ニカラグア・サンディニスタ民族解放戦線は、50年におよぶソモサ軍事独裁政権を倒し勝利する。若者たちが手作りで革命を勝利させた中米の小国が突如世界的に有名になり、自分の国では実現しえない社会変革の夢をサンディニスタ革命に求める人びとが世界中から集まってくるようになった。

そのときの興奮を、私はダヴィの友人たちの集まりの中で逆巻く議論を聞いていたから知っていた。そしてその希望と、それが粉砕されていく過程も知っていた。

サンディニスタ革命によって、読み書きのできる国中の少年少女が村々に入り、6ヶ月で非識字率を52％から12％に下げ、三種予防注射を徹底させて小児麻痺をなくし、土地なし農業労働者に土地を分配し、女たちの社会参加を実現させた。

これに対し、中米の共産主義化を恐れるレーガン米大統領が仕掛けたコントラ戦争の泥沼に、ニカラグア民衆は引きずり込まれていった。しかし、サンディニスタの政権はただの共産主義政権ではなかった。国民合意の、閣僚に「解放の神学」を奉じるカトリック教会の聖職者も参加するような政権だった。アメリカはその「カトリック教会」の「解放の神学」の実現を恐れたのであって、怖れたのが共産主義化であるというのは、正当化のための欺瞞であった。

人間が人間らしく生きるための革命に生命を賭けた若者たちの結末は、粉砕、虐殺、二度と立ち直れないまでの破壊だった。そしてそれらのことは、決して世界に報道されなかった。

危険な時代の記録

私たちがキロアの家に避難していた多分ひと月ぐらいの間の記録は、私の日記には書いていない。記録を避けなければならないほど、私は用心していたのだ。記録によって自分たちはおろか、世話になっている家にも迷惑をかける。迷惑なんてものじゃない、生死にかかわる事態がおきる。多くの友人の死を見てきたものの勘で、そういう判断が備わっていた。

あのひと月の間に撮ったたった3枚の写真のみが、私たちがあの家にいた痕跡を示している。一枚はキロアの2人の子供たちと娘を抱いた私が写っている。もう2枚は主人が娘を抱いてハンモックにゆれている。場所が特定できるものなんか写っていない。裏には何も、日付さえ書いていない。

娘はあの家で、一人で寝返りを打つことができるようになった。ベビーサークルの中に寝かせていた赤ちゃんを見に行ったレオナルドが教えてくれた。私が赤ちゃんを一人にしておいても、必ずこの家の子供たちのどちらかが見ていてくれた。かわいくてしょうがないらしい。「赤ちゃんに触ってもいいですか？」なんて言ってくる。すごく控えめな子供たちだった。4歳のレオナルドはついに赤ちゃんに結婚を申し込んだ。すごくまじめな顔をして、「大きくなったらこの子と結婚するんだ」と言って決めていた。

後で、私たちが紆余曲折の末、決意して国を離れるとき、空港まで送ってくれたこの家族の長は、4歳になっていた娘を指して、「その子はレオナルドの許嫁だということを忘れるなよ」と笑いながら言っていた。

あの時代の記録が再び始まるのは、年が明けて1981年2月18日になってからである。しかも記されているのは赤ん坊の成長の記録と、『三国志演義』をのんきに読んでいるなどというくだりだ。変なものをエルサルバドルの内戦下で読んでいたんだなと思う。

しかしこの間のエルサルバドルを知るわずかな資料は、実は思わぬところに残っていた。私が在日韓国人の教え子のSさんに出しつづけた手紙である。この人は、私が彼女の担任だった時代、民族的な悩みを共有しようと思ってはじめた「記紀神話」の研究にいつまでも協力をしつづけてくれた人である。

記紀の研究がなぜ彼女の民族的な悩みと関係あるかということは、私の仮説にかかっている問題で、私の仮説では、現代の日韓・日朝関係の不安定さは、古事記の時代の日朝関係に隠されている。私はそれを理解するために、内外の古事記関係の学術書や研究を読み漁った。その結果、古代の日朝関係史の中に、現代まで続いている両民族の軋轢があるぞと確信したのである。それで、記紀の研究をエルサルバドルの内戦下で続けている私のために、彼女は日本で新たに刊行された日朝古代史にかかわる本、雑誌、新聞の切り抜き、さまざまなものを送りつづけてくれた。

この内戦体験記を書くにあたって彼女を思い出し、「抜けている記録が見たいのだけれど、私が当時送った手紙が残っているか」と問い合わせたら、彼女、膨大な記録の山を日付ごとに整理して送ってくれた。

すごい！　すべて取っておいてくれたのだ。問い合わせを受けてから整理を始めたらしく、半年ほどかかって送ってきた。ほぼ20年間、彼女は私の手紙を保存しておいてくれたのである。個人的な手紙だから余計なことも書かれてあるが、内戦を内側から庶民として見た記録であるからこれは貴重だ。日本人社長誘拐殺人の記録も、その死に疑念を挟んでいる私の直感的意見も、現地にあってしかわからない貴重な体験談が山ほど載っている。文面を読んでみると、どうも私はこの記録が保存されることを意識していたかのような手紙である。

もし私がこのやり取りの、彼女の返事のほうをとっておいたら繋がりがもっとわかっただろうに、私は彼女の返事のほうは、度重なる逃避行の間に紛失したり処分したりしてしまった。

今にして思えばたまげた手紙

1977年の手紙。内容から察するとこれは、コロニアニカラグアの家にいた時の、ダヴィの留守中の手紙らしい。

きゅうりとナスが高くなりました。街中物騒で、ほとんど一週間買い物ができず、兵糧尽きて、今日市場に行ったら、一ヶ月も病気で休んだ後に出ていった学校みたいに、みんなの顔がよそよそしく見えました。市場のおばさんたちとは顔なじみだったのに。昨日はご飯だけ食べました。おとといは何も食べずに冬眠を決め込んでいました。

私はだんだん「乞食のいる風景」に慣れてきて、日本にいったら、「乞食がいない」風景に驚くでしょう。乞食はばあさんが多く、骨と皮でできていて皮はコーヒー色で多くのひだに覆われています。それがものも言わず手だけ突き出して、町の隅々にくっついています。恵んだことはありません。これは一外国人の慈善の心でなくて国家の解決する問題だと思っています。必要なのは、政治力と軍事力と暴力を備えた革命家の一団でしょう。

この国は人々を賭殺場の豚のごとく扱っています。新聞には決して載りませんが、「自由の広場」となづけられた広場は選挙のころになると「血の広場」になります。新聞が伝えることが信用できないので、何が起きているのかわかりませんが、広場で大量の血が流れたということは、見た人が話しているから、事実のようです。逮捕なんて言う手続きをすることなく、ただただ賭殺するのみです。暴力は日常的であるため、誰でも銃を「不法所持」しています。隣のじいさんも六連発銃を持っています。

秀吉の刀狩以来身近に武器を見たことがなかった日本人として、身近にそういうものを持っている人間がいることだけで緊張します。

1978年の手紙。

手紙ありがとう。今、胃を病んでいるときでした。病のときに手紙がくるとうれしいです。健康なときとは反応が違います。体全体が下降ぎみのときのお釈迦様のくもの糸に匹敵します。

新聞の切り抜き、ありがとう。だけど、日本の新聞も間違っていますね。コロニアという場所は、ただの「何々町」というほどの意味であって、必ずしも高級住宅地ではありません。私の住んでいるところはコロニアだけれど、普通の町です。ただし、ダンボールで造った家というのもあるから、あれと比べるなら超高級邸宅地です。でもね、コロニアの路上生活者も超高級邸宅地に住んでいるわけですよ。こちらの貧富の差は思考の枠を越えているので、「貧」のほうの人間は「人間」の枠の中に入っているような気がしません。

革命とはこういう国に起きるのでしょうね。日本の学生運動がコップの中の嵐に過ぎなかったと、今は思えます。

放火ですか。放火は政府がするのだとこちらの人々は公然といっています。ゲリラがすると伝わっているようですが、ゲリラが放火するという話はこちらでは一度も聞いたことがありません。消防車はすっかり都合よく焼け終わってから、後片付けにくるのみです。類焼なんて言うものはありません。燃えるべき場所は計画されているのですから。

思い出したけれど、あのころ町に放火が頻発していた。政府軍がゲリラの拠点と見たところを襲撃するのだというわさが立っていた。それが日本に伝えられるときは、ゲリラが放火して、政府軍は火消しに回っているということになっていたらしい。松本社長の殺される前夜だったから、エルサルバドルのような小国の事件も日本に報道されていた時代のことである。

1979年の手紙。

エルサルバドルでは日本の新聞で伝えるほどの大騒ぎはしていません。ただ、ちょっとバスが4、5台焼き討ちにあったり、どこに行ってもポコポコ撃ち合いの音が聞こえたり、交通が遮断されて麻痺状態に落ちたりしているだけです。たいした事はあまり起きていません。

80年から81年にかけて、内戦はかなりの激しさだった。地方の戦いは激戦で、家を追われた人々が都市にあふれた。普通の庶民が行くような店にも、町の通りにも爆弾が仕掛けられていて、何かわからない包みをちょっと興味を持って触れただけで、それが家の3軒ぐらいふっ飛ばすような威力を持っていた。私がよく通ってマヤの説話などを買っていた本屋も吹っ飛んだ。町は不具者に満ち、物乞い、かっぱらいがあふれた。歌が歌えるものは歌を歌って、帽子にお金を入れてもらってその日を生きた。

町は物騒でうっかり外を歩けない。装身具など身に着けて歩くと、とんでもないことになる。指輪は指ごと、腕輪は腕ごと持っていかれ、ネックレスは首ごと持っていかれるから、装身具を身に着けて外に出るなと、私は土地の人から注意を受けていた。

つまり自分が生きぬくために、簡単に人が人を殺した。そういう風に物騒だったけれど、生きていくためには外を歩かなければならないから、外出のときは子供を家に置いて、飛ぶように買い物を済ませ、死体の数人ぐらい飛び越えて、そのことに対しては全く何の感情もなく、「犯罪者」がよくそう表現されるみたいに「何食わぬ顔で」暮らしていた。

あの時子供を家に置いてきたのは、その昔母が話してくれた、満州引き上げの物語が頭にあったからだ。赤ん坊を背負って逃避行をしていた列にソ連軍が発砲をしてきて、安全地帯にたどり着いたときは、背中の赤ん坊は頭がなかったという話。私の家族は満州にいたが、敗戦になる前に日本に帰っていたから、これは母の体験ではなく、母の後から艱難辛苦の末日本に戻ってきた、満州時代の母の友人たちの話である。この話は子供のころの記憶としてはかなり強烈で、いつまでも心に残っていたので、エルサルバドルの現実を生きていたその当時、赤ん坊を連れて逃げるときは荷物を背中に、赤ん坊は胸に抱いて逃げようなどと私は、心の中で逃亡の準備をしていた。

そして、背中に荷物を背負い、両手をあけておくという習慣は、日本に帰ってからも身についてしまって今も変えられない。

ダヴィは私が死体を飛び越えて買い物に行った経験を知らない。それはみな彼がいなかったとき、彼の協力を得られなかったときの経験だから。79年に大学が政府軍に占拠されて閉鎖されてしまったとき、彼は教授という身分を残したまま、エルサルバドルの電電公社にあたるCELという会社勤めになった。その会社からはよく地方に出張していたし、国外にも出張していた。危険地域をよく通ったし、何よりも彼は政府に反政府運動の温床と目されていた国立大学の助教授だったから、それだけで、危険はいつも隣り合わせだったのだ。

しかしこの危険が家族に及ぶということも、または私が危険を冒して買い物に行っているということも知らなかった。というか、私自身の感覚として、自分が「危険を冒している」という意識はなかった。私がそういう生活をしていることをいちいち彼に言わなかったのは、それが「異常」ではなかったからだ。死体を飛び越えて生活するという「常識的な」日常を生きていた私が、これが「常識」ではないということを知ったのは、帰国してこの話を「何の気なしに」人に言ったとき、相手の唖然とした表情を見てからである。

何でこんな普通の話をこの人、馬鹿みたいに驚いて聞くんだろう、とそのとき私は思ったものだ。80年には国立大学の学長が暗殺されている。この学長の前任者もまだ日本人がいたころ暗殺されているので、もう、学長暗殺のニュースにあまりショックを受ける人はいなくなったらしく、私の耳に聞こえてきたのは一週間後だった。かのロメロ大司教が、まだ娘がおなかの中にいた3月に暗殺されて、国内情勢はもう、何が起きてもニュースになんかならないほど非常事態が「あたりまえ」の世界だった。

家のすぐそばで撃ち合いがあるときは、少なくとも音が聞こえる間は外出できない。聞こえなくなると、人間というものはすごいもので、すぐに忘れて平気で外出することができるようになる。日本の新聞記事に載る殺人犯は、いつも「平然と」「薄ら笑いを浮かべて」「何食わぬ顔で」日常生活を続けているのが常だけれど、私たちも人の死にドラマチックな反応を見せるほど、その事実は反日常的な出来事ではなくなっていた。

マルタの物語

私に赤ん坊が生まれた時、そのことをいち早く聞きつけてプレゼントを持ってきてくれたマルタという婦人は、私がエルサルバドルで出会った最良の友達だった。彼女は6人兄弟のなかの一人娘で、聡明で柔和な婦人だった。年齢は多分私より10歳は若かったろう。御主人は大学で私の主人と仕事仲間だったし、うちの娘の誕生と前後して、この家族のほうにも女の子が生まれたから、家族どうしの行き来も増えた。

マルタの5人の兄弟は、歌が上手で、ギターをかかえてバンドを結成していたので、パーティーなどにはその5人の兄弟を全部まとめて招いたりしていた。彼らはいつも仲間内の家庭パーティーの楽しい主役だった。

社会情勢が不穏になり、反政府勢力の温床と見られた大学が閉鎖され、次々と大学関係者が行方不明になり始めたある時、ダヴィがそのマルタの御主人に頼まれて、我が家を宿として提供したことがあった。ところがその友人を私に托して、その日ダヴィはそのまま出張に出てしまった。うちに泊まったダヴィの友達は次の日、数人の仲間を招じ入れた。初めは気がつかなかったが、そのうち私は妙なことに気がついた。

そのメンバーが家を出入りする時、必ずカーテン越しに仲間のうちのだれかが外を見て、何かを確かめている。しかも「見張り役」は窓の外から見えないように、端に束ねたカーテンと壁の間に身を隠し、そっと外をうかがっている。私は不審に思いそれとなく観察していたが、そのうち、それが何を意味するのか本能的に察知した。この人たち、警察を警戒している。

私は身体をこわばらせた。家には私と赤ん坊しかいない。何かが起きたとき、私はどうやって自分と赤ん坊の身を守るというのだ。無防備の私がそのとき取った唯一の方法は、まったく知らぬ顔をすることだった。無知で無教育で言語のわからぬ外国人として、徹底的に私はばかを装おおう。赤ん坊をあやし、ご飯を作り、掃除洗濯をすること以外に脳のない女になろう。「知る」ということの恐ろしさを、同時に「表明する」ということの恐ろしさを、私はすでに十分理解していたから。私はもしものときのため、日本国籍を証明するパスポートを家の中でも携行し、マルタのご主人の仲間に何を言われてもニコニコ笑って、スペイン語が理解できないという表情を見せた。敵を欺くには味方を欺くしかない。私はその上で赤ん坊を相手に、ベロベロバーとか、カイグリカイグリトットノメとかいう、日本の赤ん坊をあやす言葉をつとめて大声で言いまくった。

それからまた時が流れた。ある時ダヴィはマルタの一家を家族ごと連れてきた。今晩から家に泊めるよと彼は言った。ダヴィは私が見たあのことを知らない。私は何も報告していなかった。私が知っているということをダヴィに知らせるのも怖かった。そのことが時には、生死を分かつような事態を引き起こすことを私は案じたからである。2人とも何かを知っていたとしても、2人とも無言でいたほうがいい。「この人は何にも知らないのだ」と、何かが起きたときお互いに言うことができ、そして2人のうちどちらかが助かり、生き残った方が赤ん坊を保護することができるだろう。

マルタ夫婦と3人の子供が私たち3人の中に加わった。私はこの家族が警察の目から逃げ回っているのだともうほとんど疑わなかった。同じエルサルバドルの国内で、自分の家があるのにそこにいられないということは、それなりの事情があるのだ。それがどういうことなのかを私は知っていた。そして3人でなく、8人が一緒にいることが、2つの家族を全滅に追いやるかもしれないことを知っていた。全滅になっても人を助けることの高潔さを私は知らないわけではなかったが、赤ん坊を抱えた動物の本能はその高潔さを持たなかった。私は一人で苦悩した。赤ん坊はなんとしても守りたかった。他人の子供でなく、自分の子供だけを。

危ない。いつかのダヴィの留守中の、マヌエル（マルタのご主人）とその仲間の怪しげな行動が目の前にちらついて仕方なかった。家は軍隊の駐屯地のすぐそばなのだ。ここで彼らが逮捕されるような事態が起きたら、家族は2つとも全滅だろう。全滅の家族を私はたびたび見てきた。それは「逮捕」などという形式を踏まなかった。いきなり踏み込んで銃撃戦が始まり、一瞬のうちに家の中は血の海となる。恐ろしかった。私は最悪の事態を想像し、自分の家族だけは守ろうと、そのとき思った。何とかしてこの危険な家族に出て行ってもらおう。

子供たちは小さかったから、いろいろないたずらをした。見過ごせる普通のいたずらである。それを私は利用しようとひそかに思った。暗い本能が私の中に芽生えていた。私はこの夫婦が子供を私に預けて出て行ったとき、ダヴィに言った。

「自分は子供の扱いを知らない。経験が浅いから、自分の子供の世話で精一杯だ。あの子たち勝手に冷蔵庫開けて、こんな非常事態に備えて計画して保存しておいたものを許可も得ないで勝手に食べるし、どこにでも入っていって何でも引っ張り出して片付けないし、いくらめちゃくちゃだからって他人の子供だから、しつけようと思ったって遠慮もあれば言葉も通じないし、いきなり言葉も習慣も違う子供を3人も押し付けられたらどうしてよいかわからない。事故でも起きたら責任取れないから困る」

もっともらしく言ってみた。

ダヴィは案外簡単に、反論もせず「そうか」と言い、なんとか話をつけて、友人の家族は出ていった。ダヴィがちらりと一瞥した表情の中に、私は彼が私の本心を悟ったのを見て取ったが、2人とも何も言わなかった。彼は私の本心を「了解」したのだ、と私は勝手に考えた。

その後彼らは、メキシコに逃れた。私はひそかにホッとし、自分の行為を自分に赦した。ところが、それから3ヶ月後、彼らは、子供の就学の問題で帰ってきたのである。帰って1週間後、マヌエルは自分の子供を学校に迎えに行って、学校の構内で子供たちを待っていたとき、狙撃され、死んだ。狙撃した者もされた者も、同じ学校の父兄だった。マルタはその父兄を知っていた。

彼女は深い深い目つきをして私を眺め、自分はあの父兄を追及する気はないといった。その父兄にも彼女の子供と同じ年齢の子供がいた。あまりにも多くの子供たちが親を失い、そして、問題が何も解決しないことを彼女は知っていた。マルタは柔和な、気高い女性だった。彼女はたぶん人間的な情愛を超越した一段高い愛に生きる女性だった。

そのマルタの崇高な態度を見て、自分は自分の行為を恥じた。自分が彼らを追い出したことと彼の死とは、確かに直接関係がなかった。しかし、私の心は痛んだ。私は自分と自分にかかわりのある家族のことしか考えず、自分の夫を騙し、彼らを騙し、助けることを拒んだ。そのことは、自分の心の問題として、一生私を苦しめるだろう。

ああ、マルタという人は、なんという高潔な人だったのだ。何が起きても心乱さず、いつもやさしく気品があった。もっと人間らしく、または本能の命ずるがままに無様をさらけ出す人間だったなら、

「慟哭」（マルタがモデル）

私はどんなに安心しただろう。しかし彼女は終始態度を崩さず、御主人の死に対しても気丈に冷静に振舞った。取り乱した子供たちには、「お父様は正直で正義感のある方だったから、天国にいらしたのよ」と言って聞かせていた。まるで雛をかばう親鳥のように、残された3人の子供たちを抱き寄せ、お腹の中にいた赤ん坊を気遣いながら、暗殺された御主人を誇りに生きていこうと決意していた。民衆の側に立って戦い、そして命をささげていったマヌエルへの誇りが彼女を支えていた。

それから、事はそれだけで終わらなかった。彼や彼女と行動を共にした人、それが単にマヌエルの葬儀に出席しただけの友人でさえ、次から次へと消えていった。彼女の家族も消えていった。あのバンドを結成していた楽しい5人の兄弟も、拉致され監禁され、死体は路傍に遺棄され、老いた母と彼女だけが残った。最後におじが殺された時、彼女は彼の埋葬の場にまでやってきた、銃を持った軍隊に向かって、初めて叫んだ。

Hijo de puta !! Gran mierda !!（イホ　デ　プータ　グラン　ミエルダ）

ひざを折り地をたたき、はらわたを振り絞ってほえた。この言葉はあの高潔な女性の気品の有る態度から想像もできない言葉だった。一体この言葉をどうやって日本語に訳したら良いのだ。胸かきむしり、目をいからせて、はらわた振り絞って発した彼女の絶叫を、私はどんな外国語にも訳せない。字面をそのまま移し代えることならいつでもできる。だけど、そのような翻訳が何になろう。強いて訳すとするならば、この声を声として伝える以外にない。

聞けや、諸人、この声を。地を振るわせ、雲をつんざくこの声を。

グオオオオオオオオオオオオッ!!　グアラグアラグオオオオオオオオオ!!

内戦の中の疑似平和

娘が初節句を迎えた。当然のことながら、エルサルバドルに節句などという習慣はない。だけれども、私は日本のお祭りの中で、桃の節句が一番好きなお祝いだった。自分はお雛様など持っていなかった。でも3月3日のひな祭りだけは、亡くなった姉のものだったひな壇が飾られた。それはそれは待ち遠しい、1年に1度のお祭りだった。

そのひな壇に、たった一つ自分の所有物である、細長いこけし人形があった。それは私の幼年時代

ひな祭り

のたった一つ、自分のものと認知された「宝物」だった。あの貧しかった、美しいものなどなかった時代に、自分が所有していい唯一の宝だった。ひな祭りの一番下の段に毎年飾られる「自分の」人形を、いつもいつもそれだけを楽しみにひな祭りを待っていた。

ところが、戦後押し寄せてきたアメリカの占領軍の一人の兵士に、母が私に何も知らせずにその宝をやったのだ。それに気がついた私は、あの時ほとんど絶叫して泣いた。1年に1度しか見ない人形だったが、あれ以外に自分の持ち物がなかった。

アメリカの占領軍にどんな義理があるかを私は知らなかった。私は子供がこれ以上生まれたら困るような時代の9人兄弟の末っ子だった。下の子が生まれていなければこんなに貧乏しなかったと、年がら年中言われて育った。自分の所有物など何もなかったのだ。勝手に生んでおきながら、生まれたほうのせいにするのかい。内心私はそう思っていた。

私に許された全く一つだけの宝を取り上げられた思い出は、痛みと共に30年私の記憶にうずいていた。あんなことは自分の子供にはするまいと、いつも私は考えた。

長じて私が結婚を決意して故国を離れるとき、密かに自分は、どこの国にいても自分の娘にはひな祭りを祝ってやりたいと考えた。結婚する前から勝手に「娘」を生むつもりでいたのだ。私は当時住んでいた八王子の町で、内裏雛を探し回った。9月と時期は悪かったが、昭玉の遺作で、鈴を持った男女の日本人形を見つけた。そのふっくらとした顔立ちと王朝の衣装が、内裏雛として売られているものより上品ですばらしかったので、それを買ってエルサルバドルまで持ってきていた。

それでもどうしても、生んでやろうと勝手に決めていた娘のために、あまり顔は気に入らないが、浅草まで行っておかっぱ頭の市松人形を買った。妊娠してから眺めていたのは、この人形である。

期待通りの娘が生まれ、その初節句のお祝いとしてはこれじゃ足りないなと思った。それで、また町に出て、中国人の店で赤い布地をみつけた。赤だけじゃ寂しいので、刺繍をしたりして、着物姿の抱き人形を作った。

それらをみなグアテマラの鮮やかな色彩の織物の上に飾って、おすわりをはじめた娘を中央に座らせて記念写真を撮った。当然のことながら、この日本のお祝いを理解する人はいなかったし、まさか期待もしてはいなかった。私の発案した急ごしらえの、ひな壇に一人私だけが満足した。内戦だったし、身内の祝いというものを誰かを呼んでするものとは思ってもいなかった。

ピニャタ

この国では子供の誕生日はかなり盛大に祝う。ピニャタと呼ばれるこの国独特のにぎやかなお祝いは、親戚中の子供も大人も集まり、1人の子供を招待すると、その子供の一家眷属がみんなでやってきてお祝いを持ってくる、それはすごい大掛かりなパーティーなのだ。家が狭ければ、どこか会場を借りてでもやらなければできない。何しろ1人呼べば、その子の一族がわんさわんさと来るのだから。

こちらが何も頼まなくても、当たり前みたいな顔で親戚はみな台所に入って、裏方を務めてくれる。食事を作り、ケーキを切り、子供たちにお菓子の袋を配る。どの子にとっても楽しい祭りに違いない。

ピニャタは紙でできた空洞の人形で、これは市場の専門の店に売っている。動物の形やテレビなどのアニメをかたどった人形や、色とりどりでなかなか楽しいものだ。中に飴だのお菓子だの、家族によってはコインだのを入れて空洞を一杯にする。それを中庭を巡る廊下の天井につって、滑車に紐をかけて上下して揺らすのを、誕生日の子が目隠しをされて、スイカ割りの要領で棒で人形をたたき、割れて中から出てくるあめ等を、参加した子供たちが我先にと拾うのだ。

ピニャタを割る子は、初めは誕生日の子だけれど、赤ん坊でも祝うので、そういう時は他の子が代わって割る。中には可愛い華やかなピニャタ人形を割るのがいやだと言って泣く子もいる。

誕生日の子は、特に女の子はそれはそれは華やかな衣装を着る習慣がある。まるで御伽噺のお姫様のような衣装を着て、皆に祝われて喜んでいる子供の姿は微笑ましい限りだ。こういうお祭りをこの国の人々は、内戦があろうと、死体が町にころがっていようと、全てを忘れて挙行していた。

娘が初めての誕生を迎えた時は、当然自分の子供が無事お誕生日を迎えたことがうれしかったから、祝ってやるつもりでいた。でも、私はまだエルサルバドルという国の子育ての習慣を知らず、自分の子供のお誕生なんて自分たちだけで勝手に祝うものだと思っていた。

私は、お誕生祝いというものを、うちでも外でも経験したことがない時代に育ったから、どうすべきか見当もつかなかった。他人を呼ぶなんて考えも湧かず、家族3人だけで祝おうと、ささやかなケーキを作り、ろうそくを1本たて、プレゼントに自分で作ったぬいぐるみとドレスを並べたとき、呼びもしない親戚や友人たちが、娘の誕生日を覚えていてくれてお祝いを持ってきたのが、なんだかすごくうれしく、感激したものだ。

「いったいなぜ、この人たちは娘の誕生日なんか覚えていてお祝いなんかするのだろう?」

初めの一瞬はほとんど当惑を覚え、そして、やがて感動が心にみなぎった。それはほとんど疑問だった。だって、お祝いに来た親戚たちの表情は、日本で経験したような義理と儀礼の空恐ろしい挨拶でなく、皆晴れ晴れとして本当にうれしそうだったから。

ひねくれでも僻みでもなく、私はエルサルバドル人が他人の子供の成長をこんなに本気で祝う民族だということを全く想像もしていなかった。彼らの表情は、大げさでなく、本当に呆然とするほどの喜び方だった。ちなみに私は、その後日本に帰国してからも、他人の子供の誕生にこれだけ文字通り「馬鹿みたいに」祝う人間を見たことがない。

娘が2歳になるころ、私たちはエスカロンという高級住宅街にある、大家が日本人の家に住んでいた。家は広く、庭が奥にある落ち着いた住まいだった。家の向が谷間になっていて、その谷間と向こう岸は、なんと貧民街だった。貧民街というよりも、人が住んでいない場所は家のない民衆がいつのまにか住み着くのだ。大家にその貧民街の人たちに気をつけるように言われたが、道で会う彼らは誰よりも親しげに挨拶をする、気のいい人たちに見えた。

娘はまだ一人で外に出る年齢ではなかったので、高級住宅街に一軒隔てて住む家の同い年の子に娘の友達になってもらおうと考えて、よく連れていった。しかし、2歳の娘にはすでに自分の友達を選ぶ自意識があったらしい。彼女はそのウエンディという高級住宅の住人の子とはあまり遊ばず、通りで見つけた貧民街の子供、ダニエルとチェピートと仲良くなった。もう大きい子で、7、8歳ぐらいにはなっていた。しかし小学校には行かずはだしで、ぼろを身につけて歩いている。どういうわけかその子達と一緒にいると娘はすごく機嫌がいい。いろいろ言葉も覚え、遊びも覚えた。

2歳の誕生日、ピニャタを娘の為にもやってみたいと思ってダヴィに言ったら、彼はそうかと言って黙って自分の知り合いに、ピニャタやるぞやるぞと声をかけ始めた。そういうやり方でなんとなく人を集められたら、人数もわからなくて用意が大変だぞと思っていたけれど、それもなんとなくダヴィが決めているので任せておいた。

ところでダヴィは、娘も私も知らない自分の知人の家族ばかり呼び集めているのを見て、どうなることやらと考えた。こういうパーティーは初めてなので、実は私がおびえていたのだ。私が一応呼んだのは、大家の子供たちとウエンディと親戚の子供たち、それでも娘が親しいわけではない子達ばかりなのだ。後は娘が見たことも遊んだこともないダヴィの友人の家族ばかりだ。

私はそっとダヴィに上目遣いで尋ねた。「ダニエルとチェピート、呼んじゃだめ?」

「え、友達なのか?」とダヴィが怪訝な顔で聞く。「あの子たちだけど……」と通りに出て遊んでいる裸足の子たちを目で指してダヴィの顔色をうかがった。彼は私の上目遣いの意味を察した。ぼろをまとった子供たちが豚と遊んでいた。到底彼が呼ぼうとしている友人たちの子供とつりあいが取れるはずがない。ダヴィが「つりあい」を問題にしたらアウトである。

しかし彼は一寸考えてから子供たちを手まねきして呼んで言った。

「君たち、ピニャタに来たいか?」

子供たちは目を輝かし、「うん、うん、」と言う。「学校の制服あるか?」と聞いた。学校に行ってさえいれば一張羅の制服があるはずだから、それを着てくれれば、この子たちがぼろを着てきて、招こうとしているいろいろな階級の人たちに余計な気を遣わせなくてすむ。夫のそういう配慮だった。

しかし彼は答えた。「お母さんが、僕が生まれたのを役場に届けなかったから、学校に行けない」。

つまり、出生届を出していないから、役所が就学の通知をよこさないのだ。出生届よりも何よりも、彼らは公認された「定住地」を持っていないのだ。

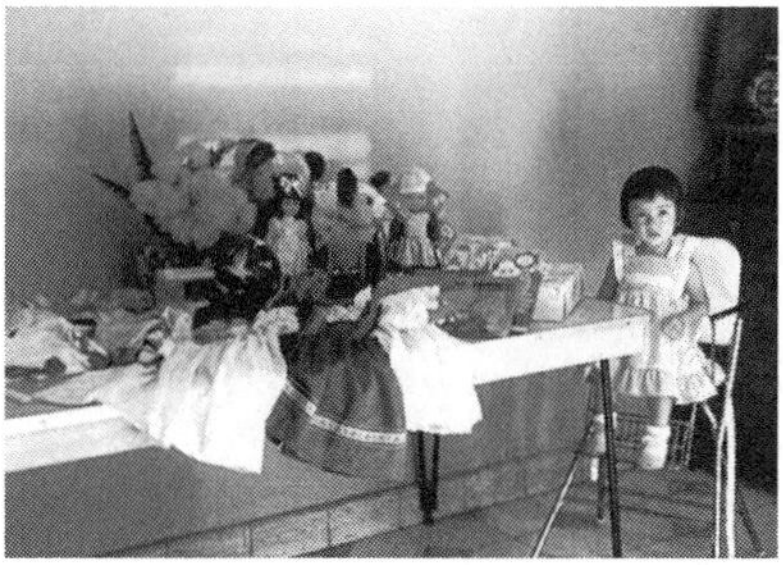
あつまったプレゼント

私は夫の気持ちを察して言った。「ピニャタにはみんなよそ行きの服着てくるから、その服洗ってからこられるでしょ?」「うん!」とチェピートは元気よく言った。「僕すごくカッコよい身なりでくるよ!」
ピニャタの日、チェピートとダニエルは元気に一番乗りでやってきた。チェピートはきちんと洗った服に着替えて、しかも手には花束を持っている。
「お母さんがこれあげなさいって、くれたよ。お母さんは花を売っているんだ」
そう言ってチェピートは持っていた小さな花束を娘に渡した。

この祭りが終わってみんなが帰るころ、家にはお誕生祝いの山が残った。各種玩具、ぬいぐるみ、かわいい洋服、本、お菓子、その他がテーブルの上に山と積まれているのを見て、私は腰を抜かしたものだ。これが世界で一番貧しい国の、内戦で荒れた国の、たった二歳の子供のお誕生祝いかと。遠い経済大国日本を思い出した時、この国は日本に比べて貧しくないな、と心から思った。

そして普段裸足でぼろをまとい、役場に出生届も出ていないチェピートの持ってきた花は、娘と一緒に毎日手を合わせていた家庭祭壇の十字架の横に飾った。聖書の中の物語、貧しい婦人が自分の持っている指輪を献金箱の中に入れたのを見てイエスが言った、「この婦人は誰よりもたくさんの献金をした。あの金持ちたちはあり余るものの中からすこしのお金を献金しているが、この婦人は持っている全財産を入れたのだ」という言葉を思い出し、そのチェピートの小さな花束が尊かったからだ。

ゲリラ大攻勢

1982年、娘の2歳の誕生を祝ってからひと月ぐらいたったころのことである。その晩、ダヴィはアウアチャパンというところに出張で、帰りの道路が封鎖されているので帰れないという連絡があった。いつものことで、危険なら危険地域を突破してまで戻ってこないほうがいい。心配したってしょうがない、とにかく家族の者がどこでもいいから生きのびて、いつか帰ってくることだけで安心し、もう他にはたいしたことを考えない毎日だった。

しばらくしたら、ダヴィの実家からも友人からも、「今夜は危ないから外に出るな」「家の中にいても通りに近い所はなるべく避けて、奥に潜んでいるように」という電話があった。その夜、ゲリラの大攻勢がある、と囁かれていた。多分、親戚たちのうちの「誰か」が、直接的に正確な情報をつかんだのだろう。「今いる場所を一歩も動くな。今いる場所でできる限り身を守る方法を考えよ」。それが、公的機関ではない、もっと信用のおける、正確な民間同士の連絡網による連絡だった。

家は通りから直角に奥に長い造りで4つの部屋が並んでいて、一番奥の部屋は寝室にしていたが、通りからかなりの距離がある。とりあえず、一番奥の部屋に娘と2人でこもることにした。

飼い犬のクマが何を察したか、それこそ一番奥の私たちの部屋のベッドの下にもぐりこんで出てこない。呼んでも餌で釣っても出てこない。そんなところで糞をされたら困るから別のところに移そうと思っているのに、クマは手も届かないほど奥に入り込んでいる。黒いコッカスパニエルの雑種だから、ベッドの奥の隅にいったら真っ黒で見えない。仕方なく、私はベッドを動かして反対側から犬を見た。何と、クマは隅でぶるぶると震えているのである。手を突っ込んで体に触れるとその振動が激しく手に伝わってくる。尻尾は硬く股の間にはさんでいて、足はがくがく震えている。顔は情けなさそうに、私を見上げている。ここに置いてくれと懇願しているような表情だ。

まだ外でそれらしい音もしなければ、人間があわただしく騒いでいるわけではない。何にも起きていないのに変な犬だ。私が電話連絡を聞く前から、クマはベッドの下に避難している。ちょっと残酷な気分になって、震える犬を摘み上げてみた。必死で抵抗する。まるで私が殺そうとしているみたいに、許してくれという表情で、もう見ていられないほど震えている。おしっこをジャージャーたらす。おしっこに耐えられずに下におろしたら、またもとの場所にまるで三角コーナーにめり込むように入っていき、震えつづけている。

一体この犬は人間同士の戦闘の情報をつかんだとでもいうのだろうか。変な気持ちだったが、私には犬をかまっている余裕がなかったし、具体的に何が起きるかわからない連絡に、神経がかなり緊張していた。


娘を抱いて私はベッドにもぐりこむ。娘は寝息を立てているがもう私は眠っていられない。犬の第六感が気になる。目を見開き、耳をそばだてて、外の気配をうかがった。

そうこうしているうちに夜半、銃声がドドドドドドドと、とどろくように鳴り響いた。それを合図に銃声は雨あられと降ってくる。意外に近く、炸裂音。そして爆撃。大音響。犬が耐えられないような情けない声で鳴いている。ワンとかキャンじゃない。クフクフクフ。掠れている。なんだ、これは!

そのうち銃声は、まるで頭の上を掠め飛ぶように、ひっきりなしに聞こえてきた。犬どころではなくなった。

ヒュルルンヒュルルンキーーーーーーン。ヒュルルンヒュルルンキーーーーーーン。ヒュルルンヒュルルンキーーーーーン。ヒュルルンヒュルルンキーーーーーーン。

漫画だってこんな音は表現できないだろう。まるで耳のそばを、頭のすぐ上を弾が掠めるような音だ。ふと気がついた。そうだ、この部屋は一番奥といっても、通りに面した窓から、一直線にガラスの窓が並んでいるのだ。外から流れ弾が飛び込んできたら、窓を次々と貫通して、ここまでくるだろう。自宅の台所にいただけで流れ弾に当たって死んだ人がいるのをつい最近聞いたばかりだ。

私はベッドから降りて娘を下ろし、そのベッドを立ててバリケードにして、窓をふさいだ。娘を守ろうとするためか、まったく自分はおびえていない。現実の銃声よりも子供のとき母に叱られた時の方がおびえていた。

ベッドをはがされた犬が震えている。犬はどこか安全地帯を求めて私と娘の間にもぐりこもうとする。こうなるともう犬が憎たらしかった。自分が守ろうとしている娘を押しのけて自分が助かろうとする生き物は、敵だと感じた。犬なら人間を守れよ！　人間を盾にして自分が助かろうとは何事だ！こっちも生きるのに必死だった。子供を守るのに必死だった。クマも必死だったのだろう。しかし、このとき私が、私と娘の間に割り込もうとするクマを邪険に押し返したことで、以後この犬は私に近づかなくなった。外から帰っても飛びつきもせず、餌をやっても近づかなくなった。この人間は信用できない、とクマはもう決めていた。一番助けがほしかったときに、自分を省みてはくれなかった。クマはそう考えた。

内戦の中で、私も動物の世界を生きていた。自分の子供を守るためにマルタの家族を裏切った。そして、犬と安全な場所を争い、犬のことはこの犬畜生と思っていた。そのことを一番本能的に感じたのはこの犬だったろう。

戦争の映画にでてくる効果音なんか問題じゃない。これは実戦なんだ。クマは火薬のにおいを知っていたのだろうか。それで始まる前から、あんなにおびえたのだろうか。とりあえず手近にあったあらゆる衣類をそばに置き、靴も履いて、娘を抱いて寝た。食料はそばに運んでおかなかった。廊下を隔てて台所がある。しかし、いくら家の中でも動くことは危険だと、先ほどの姑の電話で聞いていた。はじめの犬の様子にすばやく反応して、何か準備をしておくべきだった。犬から何も学ばずに邪険にした自分が初めて悔やまれた。

3歳のとき、東京大空襲を経験していた。母が防空壕の入り口で、焼夷弾の破片をよけた一瞬を記憶している。あれ以来、母が子供全員に、衣類はいつもまとめて紐に縛って枕元に置くように、乾パンと懐中電灯をそばに置くように、ちりぢりばらばらになっても自分の名前と親の名前は言えるように躾けたにもかかわらず、私は何も用意していなかった。

今たぶんできるのは自分の名前が言えることぐらいだ、と私は苦笑した。大事なパスポートさえ携行していない。いざというときのために何も用意していなかった自分をふがいなく思った。これじゃ、娘を守れないじゃないか（ちなみに、二度の大戦と関東大震災を経験した母は戦争が終わって40年、88歳で死ぬまで、枕元に衣類をまとめて縛っておき、乾パンと缶詰と懐中電灯をナップサックに詰めてそばにおいて寝ていた）。

夜中、頭の上を銃声が飛び交っていた。銃弾が炸裂していた。あの谷間の向こうから、こちらに向かってまるで私の家が標的になっているような音だった。

ヒュルルン　ヒュルルン　キーーーーーーン。ヒュルルン　ヒュルルン　キーーーーーーン。

朝を迎えた時銃声は止んでいた。怖くはなかったが、緊張し、かなり神経が疲れていた。ダヴィのことが気になった。いったいどこで、あの撃ち合いの夜をすごしたのだろう。無事に生きて帰るのだろうか。毎日毎日思ってつぶやいているこの言葉を、今度という今度は真剣に考えた。

舅から電話があった。ダヴィは無事だ。心配するな。ダヴィがどのように「無事で」どこに潜んでいたのかは知らされなかった。後で帰ってきたダヴィに聞いたが、彼は誰にも自分の所在地を連絡していなかった。でも、彼は言った。

「お父さんは、自分がどこにいて、どのような状態でいるのか、不思議な能力でわかるんだ。国外から帰るとき何も知らせなかったのに、いつも空港で待っていたりするんだよ」

夕方ダヴィは帰ってきた。疲労しているようだったが、とにかく生きていた。無事な姿を見たら、例のごとく、何も聞かなかった。自分も夕べの経験を何も言わなかった。お互いにじっと見つめ「生存を」確かめ合った。生きている。存在している。それで安堵の条件はそろった。服はほこりにまみれ、明らかにくたびれきった面持ちをしていた。

生きている。存在している。それでこの世の目的は完了していた。幸福の条件？　そんなもの、平和しか経験したことがない人間の寝言だ。生きていることにしか、意味はないんだ。

後で写真で知ったことだが、谷間には累々たる死体が転がっていた。死体の血が固まり、硬直した青白い体にハエがたかっていた。それは完全に「静寂」の写真であった。

しかし、それでも家族3人だけは生きていた。3人が生きていたことは、「よいこと」であった。

「姉を頼れ」

あの夜、ゲリラの攻勢があってから、ダヴィの多くの友人が、近隣の諸国に親戚縁者を頼って、密かに国を脱出し始めた。ダヴィの親友のフランシスコはアメリカに、物理学部長のノラスコはメキシコに、友人の中で一番物凄く礼儀正しいダヴィの忠実な友ベルトランはブラジルに、マルタの家族もメキシコに逃れていった。

ダヴィも密かに国外脱出を検討していたが、近隣諸国に親戚がいなかったのと、家族を養うに足る仕事を見つけなければならなかったのとで、難航していた。

そんなあるとき彼は困った顔で帰ってきて、自分は学会で3ヶ月ばかりイタリアに行かなければならない、その間家族を内戦の国に残しておくことはあまりに危険で心配だから、アメリカの私の実姉のところに一時身を寄せていてくれないか、と言い出した。

結婚してから何度かダヴィの学会にくっついてアメリカに行ったことはある。便利さにおいて、また人間の住む空間の広さにおいて、それから能力があれば生きていける社会の仕組みにおいて、善意の人々の助け合いの精神において、アメリカはそれなりの良さを持っていることを知っている。私はアメリカに行くたび、便利なキッチン用具などを買ってきて、喜んでエルサルバドルの自宅で「便利な」アメリカ文明を楽しんではいた。

でも私はかつて、アメリカを憧れの目でもって眺めたことが一度もない。黒い髪を金髪にしたり、名前をアメリカ風に変えたり、アメリカの国旗をデザインしたシャツなどを着て歩くほど、私はあの国に同化したいと思っていないし、ハンバーガーやホットドッグを常食とし、肥満を嘆きながら、もともと健康な和食を軽蔑し、その代わりにビタミン剤やサプリなどに頼り、日本人であることを疎ましく思うほど、生活形態や強さや能力や表面的な容姿に魅力を感じていない。

今となっては単純な趣味の問題なんだろうけれど、日米大戦中の防空壕世代にとって、若者のアメリカ化現象はコンプレックスの対象として理解はできても、単純な憧れの的としては理解できない。私の青春時代は、今は無力になった社民党の前身、社会党が元気だった。学生運動は安保闘争から始まってベトナム反戦運動に終わり、若いエネルギーは反米一色に傾いていた。原爆による敗戦の自信喪失から一気に元気を取り戻し、アメリカに対する鬱屈した魂のはけ口を闘争の中に求めていた時代である。

それに続く世代は、連合赤軍の浅間山荘事件を境に、学校社会の365日無休管理の体制の中で萎縮し、もっぱら校内暴力などの内向的な事件を起こす閉塞感の漂う社会の中に、若いエネルギーは埋没していった。

日本に独自の文明がなきがごとくアメリカに憧れる若者の姿を、かつて反米闘争に身を焦がしていた世代は、かなり軽蔑の思いでしか見ることができない。私は自分のスタンスをどこに置くかと問われれば、社会主義でも共産主義でもなく、キリスト教徒、カトリック信者である。しかし、私の思想は「キリスト教陣営」などには属していない。仮にアメリカ、ヨーロッパが「キリスト教陣営」であるとして、そういうものは私の心に持つ宗教となんら関わりがない。宗教とは本来「政治的陣営」の外にあるのだ。

キリスト自身は、茶髪にもケンタッキーフライドチキンにも、マクドナルドハンバーガーにも、ビル・ゲイツの世界戦略にも、自国の言葉より流暢に英語を話す民族滅亡論者にも、アメリカのアラブいじめにも、石油争奪の世界戦略にも、イスラエルのパレスチナ抹殺運動にも、まったくかかわりないのだ。

アメリカに滞在したことがあるから知っている。アメリカの文明は「進んで」いる。労力を惜しんで生えている手足は使わず、皿洗い機で皿を洗い、洗濯物には手も触れずに洗濯機に任せて、生ごみは「分別する、包む、通りに持っていって清掃業者に任せる」というほどの日本的「労力」も惜しんで、流しの粉砕機で粉砕して河川に流してしまうアメリカの「文明」は、確かに「進んで」いる。「進んだ文明」は便利だから、脳みそが退化して手足を使うことがなくても、一人がバスの座席を3席分占領しないと座れないほど肥満していても、生きていける。「先進国」とはそういうものだ。

アメリカにはものすごい肥満が多い。小錦さんなんか関取だから大きいのかと思っていたが、彼のサイズが標準サイズと思ってもいい。近くで見たら、全体が視界に入らないほどの恐ろしいデブを、あの「文明社会」は産出する。私はいくら「デブ」という言葉が差別用語だといわれても、決して彼らに同情しない。バングラデシュには「デブ」がいない。エチオピアには「デブ」がいない。アメリカの「デブ」は世界の半分の国々を餓死させることによって「デブ」になる。その上にまたお金をかけて「ダイエット」したりして、そのために副作用で死んでも、そんな矛盾に同情する感性は私にはない。

文明の発展とともに、かなりの国民が苦労して料理をしたり、皿を洗ったり、歩いて物を探したり、工夫して物を作ったり、種を蒔いて作物を取ったり、そういう二足歩行の竪穴住居の動物の基本を忘れてしまったことが、肥満人間を生む第一の原因だ。それからもっぱらジャンクフードを食べながら、テレビを見て世界をすべて知った気になってアメリカが世界の中心だと思っている、そういう精神状態も起因している。車がないと移動できないと思っているから足はまったく退化して、巨漢を支えられない。だからもっと車に頼り、運動不足で体は永遠に膨張しつづける。環境問題がいくら喧伝されても、彼ら自身生きていることが汚染源になっているから、京都議定書なんか無視せざるをえない。

世界のすべてがそうならば、まあいいだろう。しかし、世界には一国単位、いや、一大陸単位で飢餓に苦しむ人々がいる一方で、お金をかけて食べ過ぎた分の脂肪や贅肉を取ったり、ダイエットをして有り余る食べ物におびえている肥満大国の文明人どもがいる国、そういう国に、好意を持ったり、憧れたりすることができるのか?

アフリカの餓死する民衆を尻目に、白人の農場主が文明国の肥満人間の飼い犬の餌用に、農場の牛肉の缶詰を作って輸出するということを犬飼道子の本で知って以来、私は文明国で飼われているドッグフードで肥満した犬を見ると、蹴っとばしてやりたくなったものだ。アフリカの農場の牛で肥満した文明国の文明犬を殺してその肉をアフリカに逆輸出して、人間さまの飢餓を救えばいい。

で、そのアメリカに姉が住んで久しい。精神科医で学者でもある姉の夫がその昔東大紛争を逃れてアメリカに移住して以来、4人の子供のうちの下の2人はアメリカ国籍で、終の棲家もアメリカに買ったから、彼らはすでにアメリカの日系人である。

さあ、どうしよう、と私は思った。姉の所にはダヴィと結婚するために日本から途中下車してひと月ばかり住んだことがある。私の精神が不安定だったことから、あの家族は4歳の子供にいたるまで、私を医学的治療の必要なキチガイだと信じている。

今は私も2歳の子供を持ち、あのときの状態と同じではないが、彼女は事あるごとに私が精神病であると実家の家族に報告していたから、関係がうまくいっていない。

しかも私は戦乱の中をそれなりに一生懸命生きてきて、心構えが戦時下の状態になっている。アメリカは距離は近いが心理的に遠く、かなり複雑な思いを持っている。現実にエルサルバドルがこんな状態なのは、アメリカがエルサルバドルの軍事政権の後ろ盾になって武器弾薬の援助をして、大量虐殺の教唆をしているからだということは、かの暗殺されたロメロ大司教の毎週の説教から知っている。彼は時のカーター大統領に、「軍事援助をしないでください、アメリカの援助によってエルサルバドルの農民が毎日殺されています」という書簡を送った後で、暗殺されたのだ。その国に私が子供を連れて避難しようというのは疑問だった。

私の子供は正真正銘のエルサルバドル人だ。エルサルバドル人としての誇りを持って育てようと、スペイン版の図録を拒絶して自分で動植物図鑑をこしらえてまで、娘に郷土愛を持たせようと苦労している。その郷土は大国の内政干渉で、同国人が毎日ごろごろ死んでいる。それが怖いからって、アメリカなんかに避難できるかい。

他にも問題があった。中米人には中米人の心情がある。彼らが困ったときに、お互いに家族でも友人でも助け合うことは、習慣とか人情とか義務とか、そういうものを通り越して国民性なのだ。私はこの国民性を美しいと思うけれど、自分自身は共有できているわけではない。姉も姉の家族も私自身もこういう家族愛を持っていない。この国民的な家族愛をダヴィが姉の一家に期待しているのを私は感じて、戸惑った。

新聞で読んだことがある。ある男が政府に追われる身となった。容疑の内容は知らない。警察と軍隊に追われたその男を何とか助けようと思った家族は、一族全員で協力し合って、その男を国境から外に逃そうとした。リレーでその男を国境に運んでいたとき、彼らは家族眷属すべてまとめて国境付近で撃ち殺されたのだ。皆殺しである。1人や2人じゃない。彼を逃がそうとした一族のメンバーは10人以上だ。それがみんな彼ひとりのために殺された。

一族全員が協力一致して一人の若者を助けようとして皆殺しにあったというこのニュースを読んだとき、私は心にかなりの衝撃を感じた。実は感動したのだ。

家族とはこんなにも一人の人間を愛することができるものなんだ。10人以上の人間が自分たちの身の危険を覚悟で銃弾の前に身をさらして一人の若者を助けようとする。もし日本なら、親は残りの家族を守るため、犯罪者となった息子をお上に差し出すだろう。それはもう、身内を殺しながら政権を築いてきた徳川以前、いや戦国鎌倉平安朝以前から、有史以来日本の歴史に記録されている。日本の国土にこんな家族愛はただの一度もなかった。

こんな愛をダヴィは私の実家の家族に期待している。キロアが私たちをかくまったときも、ダヴィがマルタの一家を自分の家にかくまったときも、彼は自分の家族はおろか、友人の家族でさえも危険にさらすことを考えていなかった。私が一人暗い心の深みで、自分の家族を危険にさらすことを恐れて彼らを裏切ったことを、彼らは誰も知らない。誰も私を疑ってない。

さて困った。ダヴィが3ヶ月も留守にするなら、確かにここにいるのは危険である。別にダヴィがいたって危険だけれど、二人いれば、どちらかが死んでも娘を守る人間が一人残る。私は車の運転もできなければ、いざというとき頼るべきものは何もない。頼める友人はみな国外に出てしまった。日本大使館は閉鎖されている。ふん！　たとえ開いていたって、頼りにならない第一人者はこの日本大使館だ。

考えた。自分の思想や自分の家族観などにかまっていられない。一人の娘、この命のために清水の舞台から飛び降りなければならないか。私はそう考えた。

マイアミの難民部落へ

いろいろな複雑な思いをかかえながら、私は娘をつれてアメリカカンサスの姉の家に行き2ヶ月ばかり世話になった。

それからイタリアに行ったダヴィから帰国の連絡をうけて私たちももどる決意をした。しかし日にちがあったので、エルサルバドルから避難してマイアミに暮らす日本人の友人に会いにマイアミに行った。

マイアミは明るかった。でも町はまるで私の知っている中米のように、白亜の貧しい家々が立ち並んでいて、白い人々がいなかった。浅黒い人々が懐かしいスペイン語を話し、場末には、賑やかだけれどどことなく哀しいラテン音楽が流れていた。

マイアミの空は、厳しさも何もない、だらしないあの中米の、埃だらけの空に似ていた。町を歩く人々の顔にはあまり希望らしいものが感じられず、故郷を後にして命からがら逃れてきた人々の、ある諦めのような影が漂っていた。しかし彼らと少しでも話してみると、彼らの表情は陽気にほころび、人懐こく、愛情深く、楽しげだった。歌を口ずさみ、すぐに体を動かして踊りだす、独特の陽気な民族性がそこいら一体の雰囲気を変えた。彼らは人生を精一杯楽しんでいた。彼らの外見はみすぼらしく、多分、格好よくはなかっただろう。知性も教養も一流とはいえなかっただろう。

私はほんの昨日まで、庭にプールとテニスコートのある広大な姉一家の屋敷、その屋敷から庭の隅で遊んでいる子供を大声で呼んでも私の声が届かないほどの広大な敷地の中にある、全てが電化された豊かな家にいた。4人の子供が一人ひとり大きな部屋を持っていて、みんなスクールバスの出迎えのある私立の学校に通っていた。

そして私はあの大きな豊かな家の中で、人間関係につかれていた。

しかし迎えられて入ったその難民の同朋の家は、日本で言えば一部屋4畳半くらいの2DKの家で、その中に7人の人が生きていた。家の中にベッドは一つしかなかった。私はどこにいればいいのかな、と始めは戸惑った。私が入り込めそうな隙間がないと思ったから。でもそのベッドで寝ていた私の友達は、「あなたは子供がいるんだから」と言ってベッドからさっさと降りて、その脇に自分の巣みたいな場所をこしらえ、私たち親子に、その家にあるたった一台のベッドを提供してくれた。思わず遠慮がちになる私に、「あなたは子連れなんだ。こんなことあたりまえでしょ」と言って、遠慮なんか受け付けなかった。

そしてここに住むメンバーは、エルサルバドルでは歯医者さんだったり、お医者さんだったり、それなりの社会的地位にいた人たちだった。その彼女たちがここで、家政婦をやったり掃除婦をやったりして生計を立てていた。

自分の夫も「あの時」、拒む私を制して、自分の家の水が尽きてしまうまで、水を求めて群がってきた子供たちに水をあげたのだったな、と水道局のストライキのときの記憶を静かに思い起こしていた。

私たち親子が入って、この家の住人は9人になった。私たち親子をいたわってくれる者はいても、自分のために良い場所を争うものはいなかったし、りんごが1個手に入れば、りんごを9切れに分けて食べた。この人たちは、コップ一杯の水があれば、きっと一口ずつみんなで分け合いながら飲むんだろう。誰も自分のために保存をしないで、明日の水は明日になって探すんだろう。天から神の命令が響いてこなくても、彼らは今日飢える隣人を尻目に、自分のために明日のたくわえをしなかった。

マイアミの難民部落で私たちをむかえたのは、足の踏み場もないのに場所を譲る難民の家族。たった一つあるベッドを降りて、新しく来た親子にそのベッドを提供する難民の女性。1個のりんごをみんなで分けあうこの精神。しかも私たち親子が寝るベッドの下に雑魚寝をしながら、彼女たちは「平和」な、充足した表情をしていた。

とっても不思議だった。平和がどこからくるかということが。充足がどこからくるかということが。

その昔、3つのパンと5匹の魚を5000人の人々に分け与えた男がいた。人はそれを奇跡と呼んだが、それを奇跡と片付ける前に、その精神はなんだったのかを考えてみてはどうなのだ。彼は偉い神の子だから、そのような奇跡を起こしたのか。神の子以外にできないことを、彼は蒙昧なる民衆の前でやってみせたのか。何のために？　自ら祭壇に登るためか？　祭壇に登って、蒙昧なる民衆の信仰の対象になるためか？

彼は5000人分を調達するために、買い物もせず、盗みもせず、それらの選択肢の中から「分ける」という方法を選んだのだ。パンをこなごなにして5000人分に分ける。魚を細かく引き裂いて5000人分に分ける。「分けて共に生きる」という精神を、彼は教えたのではなかったか。

足の踏み場もない場所に隙間を作って、しかも一番良い場所を提供する精神。自分は下に敷物を敷いてうずくまり、平和な顔をして寝る。私はそのベッドの上で充足し、一切れのりんごに満足した。一切れのりんごは腹を満たしたか？　否や。心は満たしたけれど、腹を満たしたわけではなかった。パンの粉は人を満たし、魚の切れ端は人を生かした。愛とは、平和とは、分け与え、共に生きることにある。充足とは物の大小ではなく、どれだけ多くの人々と、一つのものを分け合ったかにある。

私は神の子と呼ばれたあの男の「愛と平和の奇跡」を、今理解した。神の子だからできたのではない、私もあなたも実行可能な手のひら大の「奇跡」を。いや、「心の革命」を。

第6章　エルサルバドル再び

子供の幼稚園と私の油絵入門

2週間の後、私は内戦のエルサルバドルに帰り、住み「慣れた」生活に戻った。内戦だろうがなんだろうが、自分が主体となって生活ができ、逃げるも死ぬも自分の責任で納得ができる生活をするほうがいいにきまっている。私は帰国して懐かしい人々に会い、懐かしい貧民窟と隣接した我が家のたたずまいにかなり安堵を覚え、水が1日3時間しか出ないこの国の不便さをほとんど愛してしまったのだ。

帰ってしばらくしたらダヴィも戻ってきて、「頭上にゲリラ大攻勢の爆撃に耐えた高級住宅街の借家にはもう住めない」と彼が言った。高級住宅なんてこりごりだと思っていた私は、慣れた手つきで荷物をまとめ、実に7番目の住居であるレパルト・ロス・エロエという町の、その「高級住宅」の半分ほどの広さの家に引っ越した。私にはもう、「級」などどうでもよかった。

そのころ、ダヴィの友人が2人ばかり失踪し、彼自身にも脅迫電話がかかっていたから、ダヴィは国外に必死になって職を探していた。もしかしたら、私が子供と一緒に日本に避難するかもしれないということも考えて、私は教え子への手紙に書いていた。しかし、後から読んだ、私が書いたその手紙の内容からすると、それほど私はエルサルバドルにいることに切羽詰ってはいなかった。むしろ私は危機に満ちたエルサルバドルに「帰国」したことを「満足」して、すごく平和な気持ちで手紙を書いていたのだった。

あのころの私の満足度は、ほとんど尋常ではなかった。私は不便さを、労働を、荒れた国土を、貧困を「愛した」。そして私は日記にこう書いたのである。

私は難民になってよかった。私はマイアミの難民部落の人々と雑魚寝をして共同生活をするような体験をしてよかった。そして私はあまりにも皮肉な運命から、あの豊かなカンサスの家に一時的にでも滞在したことを、自分の人生にとってよい体験だったと思っている。

あの一家との「豊かで苦しい共同生活」の後で、難民仲間の「貧しく心豊かな共同生活」の経験がなかったら、私は「分けあうことの豊かさ」と「所有することの貧しさ」とを、福音の解釈として自分の人生に役に立てることはなかっただろう。

「高級住宅」に別れを告げて、レパルト・ロス・エロエの「中級住宅」に入ってから、当然のことながら人間関係が変わった。数軒先にエルサルバドル残留組の日本エルサルバドル国際結婚組の一家の家もあり、子供たちも多く、近所づきあいが子供を通して密になった。「家にこもる超高級家庭の子供」と「路上に徘徊する超貧困家庭の子供」とのアンバランスな関係でなく、「一般家庭の子供が大勢いる」ごく普通の人間関係がやっとできたのだ。子供は親の階級などに関係なく、いつでもどこでも仲

3歳の誕生日に日本の友人からいただいた着物を着せた

日エの両親を持った子供たち

間を見つけ、すぐに屈託なく遊び始める。

朝早くトルティージャ（中米の主食、とうもろこしパン）を頭の籠に載せて売りにくるおばさんがいる。「ケサディーヤ！　トルティージャ！」という豆腐屋のような呼び声に、門を開ける人々がいる。それを真似して娘が、頭に籠を載せて「ケサディーヤ！　トルティージャ！」と呼ばわる。そうやって彼女は原住民としてのアイデンティティを身につける。ああ、心から「中級住宅」でよかった！

家の前には丘があって、遊園地のような遊具もあり、牛がのんびり放牧されていた。その牛が下まで降りてきて、時々家のそばまで来て、我が家の窓をぬうとのぞいたりしている。いきなりだとぎょっとするが、だんだん慣れるとかわいくなってくる。

散歩に出ると、途中の道に野生のトマトがあったり、名を知らないけれど、土地の人が食べられるよ、というから食べてみた未知の果物がなる潅木とか、何か危機の迫った深刻な事態など想像もできないようなのどかな日々が暫く続いた。

庭の真中にはマラニョンの木が一本、バナナが一株、私にとってはめずらしい花をつけ、実をつけるので、私はその植物に集まる名も知らぬ小鳥たちもいっしょに、よくスケッチをした。コロニアニカラグアで子供が生まれたときから、私はこの国の動植物の図鑑を作って、子供に教育をしようと思っていた。娘に、原住民としてのきちんとしたアイデンティを植え付けるためだった。子供の故国に帰ってきたんだ、内戦という状況をひとまずおいて、子供はこの国の子として育てなきゃ。

そんなある時、ダヴィが娘を幼稚園に入れようと言い出した。人間関係が変わって、近くには同じ年の子がいない。近所の友達が学校や幼稚園に行っている間、娘は一人で私といる。娘はかなり言葉が話せるようになっていて、アルファベットをかたどった積み木をとても楽しんで、いろいろな形を作りながら文字も覚え始めていた。でも私が世話をしていても、まともなスペイン語を覚えない。もう私は40を超えていたので、兄弟が生まれることも望み薄だったから、一人っ子では社会性がつかないということが心配だった。娘には自分みたいに社会性のない人間になってほしくないと、私はたえず考えていた。

家の庭にあるバナナにキツツキが

それで、私たちは娘を幼稚園に入れることに決めたのである。エルサルバドルの幼稚園は2歳を過ぎた2月から始まる。夫はいろいろ探してきて、家の側までバスの送り迎えがあるモンテソーリの幼稚園に入園を申し込んだ。

制服は布地だけ決まっていて、白いブラウスと青みがかったグレーのスカートを適当に仕立てればいい。幼稚園用のテルモ（魔法

幼稚園のクラス

瓶）の入ったブリキの手提げカバンを買ってきて子供に持たせせたら、子供はその手提げかばんが気に入って満面を笑顔にして喜んだ。可愛い絵が描いてあって、多分他の子が持っているのを見たことがあるのだろう、欲しかったらしい。幼稚園に入るんだ入るんだといって、そのカバンを表の友達に見せに行った。

しかし子供は、その幼稚園なるものが何物かを知っていたわけではなかった。始めは送迎バスに頼まず、私が送り迎えをした。連れて行った初日は、まさか親が自分を置いて帰るとは想像もしていなかったと見えて、ぎゃんぎゃん泣いて私にしがみついて困ったが、引取りに行くときは、みんなと遊んでいて問題ないという報告を聞き、安心して連れ帰る。でもいつも別れのときはぎゃんぎゃん泣いた。

迎えに行くと時々マイクロバスが来ていて、友達がみんな乗っていく。娘はそれを見送って乗りたそうにしているから、あれに乗りたいのかと聞いたら、少し泣きそうな顔をして、「あれは私は乗せてくれないの」と言う。幼稚園の先生に事情を聞いたら、それは送迎バスで、登録してお金を払うと送り迎えすることができるという。送迎バスには仲良しの友達も乗っていることを突き止め、送迎を頼むことにしたら、やっと慣れて、朝、自分からバスに乗るようになった。

さて、今度は子供から午前中を解放された私が手持ち無沙汰になった。何しろ家は小さいから掃除洗濯もたいしたことない。世話の焼ける子供がいない。うんざりするほど繰り返し読んでいた本に飽きて、庭の植物をスケッチしていた私を見て、ダヴィが言った。「本格的に油絵でもやってみないか？」

「え？ もちろん！ やるやる」と言って、私はその考えに飛びついた。

彼は今度は私のために油絵教室を探してきた。きっかけがあったらなんでもやる人間だ。それで私は、エルサルバドルのある著名な画家のところに入門することになったのだ。かなり熱心に通ったのだけれど、実はその「著名な」画家の名前を覚えていない。私はそのときも先生なんかどうでもよかったらしい。

スクールバスで通う

のんきに油絵を「習い始め」るほど、国内情勢が穏やかだったわけではない。ラテンアメリカという国は不思議なのだ。ちょうどこの時期、ダヴィの友人が2人逮捕されて失踪し、彼も追われて自宅に戻ることができず、国外の知り合いに電話をかけて仕事を探しているという異常事態が発生した直後なのだ。そういう理由もあってあの「高級住宅」を後にしたので、平和だったらこう何度も引越しをしない。

異常事態でもその束の間、ラテンアメリカ人は、生きている間の生活を楽しむのである。集まってギターを弾いて歌いまくり、虐殺体の打ち上げられる海岸で海水浴までしちゃうのだ。私は日本人だからすぐ悲壮になるけれど、彼らは悲壮になったりしない。いちいち悲壮になっていたら、30年も内戦を続けられないやね！

路上の尋問

そういうわけで、私は平和なはずのアメリカの姉の家と比べたら、ちっとも深刻じゃない内戦下のエルサルバドルで、まさに嬉々として油絵なんかを習い始めた。町の中は物騒なはずだったけれど、私は気軽に一人で歩いた。自家用車がなければどこにもいけないアメリカじゃないのだ。メルカードで買った生きた鶏だの、行商のための品物だのを籠に入れて頭に載せたおばさんや、バスをいきなり止めて途中から乗り込んでくる物乞いだのを乗せたミニバスに乗って、私は週に一度画家の工房に通った。

そのバスもかなり物凄くて、窓はほとんどガラスがなく枠だけになっている。焼き討ちにあってエンジンだけが作動しているバスもあって、バスの形がそれとわかるのなんかは立派なものだ。たいていのバスはドアがきちんと閉まらないが、いつもバスの料金集金係がそのドアにぶらさがっていて、道ゆく人に大声でバスの呼び込みをやっているから、閉まらなくてもかまわない。しかもバスの横腹にも上にも後ろにも人間は張り付いていて、外から見るとまるで人間を集めて丸めて作った乗り物みたいなものが動いている。降りるときには大声で「降りるぞー！」と叫ぶ。

人々の汗の臭いをかぎ、肌を接し、目が合うと思わず苦笑する、そんな野蛮で人間的なことに慣れたら、もう文明的な上品さなんか糞みたいに思うほど、私はあのアメリカの生活を後にして帰ってきたことに満足した。これが生活っていうものだと私は何度思っただろう。

その画家の指導というのは、西洋の画家の描いたもので好きなものの模写から始めたので、私は始めの数回以後は従わず、自分勝手にモチーフを持参していった。メルカード（市場）で買ってきた大きな鯛、それからやっぱりメルカードで見つけた面白い入れ物になりそうなテコマテ（ひょうたん）、それに、刃渡り60センチのマチェテ（山刀）、何でもいいからモチーフになりそうなものを背中のナップサックに入れて、教室に通った。あんなバスに乗っていくのだから、私の服装はいつもジーンズに油絵の具に汚れたTシャツ、背中にはナップサック、その中には画材と、自分勝手に決めたモチーフになるものを詰め込んで担いでいる、といういでたちだった。

多分、日本と違うところは、私のそういう「勝手」をその先生も他の弟子たちも面白がって、かえって歓迎し、描いた絵に拍手喝采を浴びせたことだろう。日本に帰国して10年くらいたってから油絵教室に入ったが、同じ題材を一斉に描くことしか許されなかったから、その違いがよくわかる。

その時描いた「鯛」

それどころか、エルサルバドルの画家先生は私が描いた鯛のモチーフをわざわざみんなに見せて、「見てごらん、これは立派なモチーフだ」と誉めてくれた。私はおだてられた豚としていい気になって木に登り、次から次へと別のモチーフを持っていって描いた。私はそのとき初めて油絵というものを本気になって描いたにもかかわらず、仲間は私が初心者だということを認めなかったほど、私はどんどん絵を描いた。

おまけに彼らは決して私に対抗もせず、心から言ってくれたのである。「あなたは本当に絵を描くために生まれたんだ」と。内容の真偽はともかくとして、そんなことを言ってくれた人は後にも先にも、日本人では一人もいない。

あるとき私は例のいでたちで、バスから降り家に帰る途中、もう自宅までほんの5分というところで、警官のような軍人のような、とにかく制服を着た人物につかまった。荷物を見せろと言う。え！　とりあえず荷物を降ろして見せた。彼らは、私が背中に背負ったマチェテを見咎めた。ナップサックにマチェテを背負い、絵の具だらけの服装をしている私は、どう見ても「普通の」奥さんとは見えない。私は今もその頃も「普通」なんかじゃなかったが、とにかくその時は、何をやっていても、内戦下のエルサルバドルでいざというときは両手を開けておかないと逃げるのに不便だという腹があったから、あらゆる荷物を背中に背負うという習慣が身についていた。

何のためにマチェテを持っているのかと聞かれたから、じぶんはどこそこの画家の弟子で、絵のモチーフとして持っていると答えた。油絵を習う夫人というのは、後で思ったけれど、どこでもある程度の心の余裕と経済的余裕があり、とくに内戦下のエルサルバドルでそんなのんきなことを考える夫人は、多分、外側にまで人間がぶら下がった焼け焦げたバスなどに乗らないだろう。いつも目的しか考えない私は、そのときも自分がなぜ制服男から不審尋問を受けるのか、わからなかった。

しかし私はその警官の疑わしそうな表情からかなり危険を察して、そうだ、パスポートを見せようと思った。ところが私はそのとき、うかつにもパスポートを携行していなかった。困った私は言った。

「自分は日本人です。主人はこの国の者ですが、私は日本人です。あそこの通りに住んでいます」

私は自分の家の方角を指差した。それでも相手は納得しないらしい。そこで私は、問われもしないのに、名前、生年月日、その他の個人情報を言って、「確認したければ、日本大使館に届け出てあるから連絡とって調べてください。疑うなら一緒にあの家まで来てください。パスポートはあの家にありますから」。私は必死だった。

私の必死の表情を見、どう見てもアジア系の私の顔と私のブロークンスパニッシュが功を奏したか、警官は私を放してくれた。

私は一目散に家に帰り、事の次第をダヴィに言ったら、彼はもうギョッとして言った。

「冗談じゃない。あいつら、意味もないのに歩いている人を引っ張っていくんだぞ。自国の人間だってＩＤカードを持っていなかったら、すぐにしょっ引いて兵隊に仕立て、最前線に送って戦わせるんだぞ。一度でもつかまったら二度と帰ってこられないぞ！　パスポートを忘れたなんて冗談じゃない！」

その言葉に初めて私は青くなった。そうだったのか、そんな危険を私は突破してきたのか！

しかしあの時ほど私は日本の国籍に感謝したことはない。日本国籍というものが、これほど外国にいる個人を守るのだということを痛感したことはない。幸い制服男は私の言葉を信用してくれた。しかし信用してくれなかったらどうなっていただろう。ダヴィが言うように、私はその当時世界に名をとどろかせていた日本赤軍のメンバーと疑われて、拷問を受けていたのだろう。

その経験以来、パスポートを携行していないことがどういうことなのか、身にしみてわかったのである。

空き巣

空き巣に入られた。空き巣といっても、近所中の人が見ているところで、彼らは家に侵入したのである。数軒隣の人の話によると、近くを警官がパトロールまでしている姿を見たというから、それが厳密に「空き巣」といえるのかどうだか分からない。とにかくその「空き巣」は衆人環視の中、かなり堂々と私の家に侵入し、めぼしいものを全て盗んでいった。

ダヴィはそのとき大学に、子供は幼稚園に、私は例の絵画教室に行っていた。絵画教室に居た私に近所の夫人が電話をしてきた。私がその絵画教室に行っていることをダヴィしか知らないはずだったが、何しろ「著名」な画家先生なので、近所の夫人が電話番号を探して連絡してきたのである。「今あなたの家に泥棒が入っている。一応知らせるけれど、自分たちは命が危ないから手出しができない」という内容だった。

そのとき一番初めに考えたのは、スクールバスで送られてくる子供が危ないということだった。私はすぐにダヴィに電話で事態を知らせ、子供をとにかく保護するように頼んだ。それから私は一人で、急いで帰った。ダヴィが車でバスより早く到着すると思ったからだ。

ところが私が帰ったとき、まだダヴィは到着していなかった。怖かったので、一人で家に入る前に危急を知らせてくれた近所の夫人のところに行って事態を尋ねた。泥棒がまだ中にいたら危ないと思ったからである。そうしているうちにダヴィが友達と娘を連れて帰ってきた。

見ると、ダヴィもその友人も、おっそろしいことに手にマチェテ（刀）を持っている。抜き身である。

え、一体何する気？

その後ろを2歳半の娘が、これも父親の姿勢を真似て、なんだか戦闘態勢みたいな姿でついてくるのを見て、思わず笑ってしまった。

すでに私は電話をくれた夫人から、泥棒は塀を乗り越えて中の物を盗って出て行くところを確認したと聞いていたので、危険が去ったことを知っていた。それで気持ちに余裕があったので、その時のいかにも自分が泥棒を捕まえるぞという顔つきをした娘が、可愛くもあり、おかしくもあった。

家の中を見た。持っていけるものはほとんど洗いざらい持っていかれていた。一番私ががっくりしたのは、義弟が日本に出張した際、頼んで日本から持ってきてもらったテレビ付きのラジカセが盗まれたことだった。テレビの部分は掌くらいの大きさだったが、家にはそれしか情報を得るものがなかった。それから私が教師時代に中近東を旅してバザールで買った宝石類、教え子からの餞別、その他思い出の品物がそっくりなくなった。買ったばかりのジーンズとか靴に至るまで、日用品も持っていかれた。

私は「なぜ警察に知らせてくれなかったの」と聞いてみたが、隣の夫人は言った。

「とにかくあなたがいなくてよかった、命だけは持っていかれなかったんだから」

彼女によると、警察なんかすぐ側にいたんだから、もしかしたらグルだということもありうる。あんなのにうっかり知らせたらこちらが殺されてしまう、というのだ。その当時のこの国の人々は、警察なんか誰も信用していなかった。うっかり関わりを持つと却って危ないというのが定評だったのだ。

家の中で残っているのは、娘が可愛がっていた黒い犬だけだった。その犬は臆病で、撃ちあいがあったときも、花火をやったときも、尻尾を丸めてベッドの下にもぐりこんでいたから、多分今回もどこかに潜んでいたのだろう。

一渡り調べてから、がっくりしている私を見てダヴィがほがらかに言った。

「ま、いいよ、仕様がない。一番大切なものはまだここにあるんだ」

私はいつもダヴィのこの気分転換の早さに驚かされ、心休まる思いをさせられてきた。つまらないことをくよくよと考えがちの私は、この朗らかな言葉を聞くとホッと安心し、そうだ、まだ私たちは生きている、なくなったものはまた手に入れればいいさ、という気になる。彼にとって「一番大切なもの」とは娘であり、私であり、家族の平和なんだ、それは誰にも盗まれたりしないんだ、ということなのだと、私はその当時解釈していた。

「物」に執着せず、常に「心の豊かさ」を追求する、民族性とも言える彼のこの言葉に、私はどんなに慰められたことだろう。

殺戮と逃亡

レパルト・ロス・エロエの私の住んでいた家の同じ通りに住み始めたばかりの一家が皆殺しになった。もともと住んでいた一家が脅迫を受けてマイアミに逃れ、その後その家を間借りした一家が、逃げた一家と間違えられて殺害されたのだそうだ。

そういうことは、あの時代のあの国では、それほど「とんでもない事件」ではなかった。だから、そのことを話してくれた近所の人は、なんだか一般的な四方山話をするみたいに、極めて軽い口調で、「よくあること普通のことなのよ」と言う。聞いている私もそのときは、「あ、そう、へえ」くらいの反応しかしなかった。何しろ、その当時の日記でも、後から読むと不気味なほどあっさり、「今日はあそこで誰々が殺された」「今日もどこぞで人が何人死んだ」などと書かれている。

私たちが結婚した当初、新婚旅行代わりにダヴィと一緒に数日間滞在した、彼の友人ラウルの別荘を管理していた一家も、ラウルを狙った刺客によって皆殺しに遭った。私がまだ、スペイン語がおぼつかなくて、まともには大人とは誰とも話ができなかった頃だったから、気を遣わなくて済む管理人の2人の子供を相手に遊んだ記憶があるが、彼らもそのとき殺された。その情報に接したとき、私が2人の肩に手をかけている写真を見て、ああ、この子たちも殺されたのかと思って絶句した。彼らはラウルの身代わりになったのだ。生きたラウルはその当時の政府の要人になっていた。

重複するけれども、私が子供を連れてアメリカの姉の家にいる間にダヴィの身辺の事態は深刻になっていた。一番恐ろしい物事はいつも水面下で行われ、私たちくらいの庶民的レベルの者には、物事の本質は伝わってこない。そしてその「一番恐ろしい物事」は、ひそかにじわじわと私たちの近辺にも近づきつつあった。

もう以前に「フランシスコが国外に脱出したよ」とダヴィがポツリと言ったことがある。フランシスコは彼の一番の親友で、彼が国外に出ているとき、ダヴィがいつも彼に私のことを頼んで行った。だから、私はずいぶん世話になった人物である。なんだか奥さんとうまくいかず、最後には子供3人押し付けられて別れてしまったが、その家族とは、なんだかだとバラバラにお付き合いがあった。一番礼儀正しく、私に対して直立不動で挨拶していたので滑稽だと思って記憶しているベルトゥランという友人はブラジルに脱出し、物理学部切っての秀才で名高かったノラスコはメキシコへ、次々と脱出していった。フランシスコは最後までダヴィと行動をともにしていた友人だったから、この友人の国外脱出は、彼にとってショックだっただろう。

身辺の知人友人が次々と消えていく中で、人を頼って国外に仕事を見つけるということも不可能になりつつあった。みんな自分の身に危険が迫っていて身を隠すのが精一杯だったし、「危険人物」かもしれない者を引き受けてくれるのは、国内にさえ親戚以外にはなかったから。

ダヴィにもひとつだけ国外脱出の可能性といえば可能性があった。それは米国のプリンストン大学で博士課程をとるという名目で移住する可能性だった。留学時代の教授を通してそういう話が入っていたのだ。しかし、いかんせん博士課程というものは結局学生であって、どこからも給料が出るわけではない。自分一人なら可能でも妻子を養うことができない。

その話に私は凄く魅力を感じた。しかし主人は、名誉を選ばなかった。あくまでも彼は自分の足元を見て、地道に生きる方法を選んだのだ。

学長が二人倒れた後、大学は人材に困ったのか、主人に後任を打診してきた。主人が私の顔を複雑な表情で見て、そのことをボソリと言ったとき、私は蒼白になって主人に言った。

「いま名誉のために、命を賭けるような仕事につくのはやめて！　学長なんて名誉、要らないんでしょ。命あっての学問でしょ！」

「うん」と彼はやっぱり複雑な表情で応えた。多くを語らず、じっと何かを考えていた。学長は2人続けて暗殺された。彼が学長として立ったら、ただでさえ脅迫されたり、自分の回りの教授陣が追われに追われて総崩れになっているときに、2日と持たないで殺されるぞ、と私は思った。しかしもう一方で、彼にとって多分これが最後の誇りある仕事の可能性かもしれないという思いも、私にはあった。しかし彼はいつだって、「名誉」なんていうものを第一義に考える人間ではなかった。私の進言は多分ピントがずれていただろう。

彼は結局その打診を受けなかったが、複雑な表情で苦しんでいる彼がそのとき考えていたことが何かを、私は知るよしもなかった。

丘の上のミサ

当時私が行っていた教会は、都心から一寸はなれたところにあった。都心にあるカテドラルは一体何十年修復中なのか知らないけれど、過去の震災にあってからコンクリートの灰色の地肌を見せて、いつまでも修復されないまま重苦しく立っていた。かつて大司教ロメロがあふれ返る群集を前に政府批判の熱弁を振るった場所である。このカテドラルが軍隊によって占拠されてから、彼の活動の舞台は彼の所属するパロキア（教区）の個室のマイクの前となって、彼はその小さなマイクの前で全国放送をしつづけ、小さな聖堂の中で友人の追悼ミサをしている最中狙撃され、斃れた。全世界から弔問客が訪れた彼の葬儀も軍隊の発砲によって中断し、あれから、彼が関係した教会は怖くて近づけなかった。

あの時代のエルサルバドルの教会の司祭は、みんな物凄い面構えをしていた。温和とか柔和とかいう表情が戦乱の中でできるのは、よほどの強靭な精神力を持った人だけだろう。司祭は身辺警護などしないから、まるで丸腰で刺客の中を歩いているようなものだったのである。いつも銃口の前にさらされていれば、人間は柔和になんかしていられない。

私たちも教会に行くのは命がけだった。信者でなかった者でさえ、当時のあの国のカトリック教会の指導者たちの生き方を評価していた。彼らにはしっかりと、民衆を守ろうという真剣な姿勢があった。かのロメロ大司教の率いる「解放の神学」の提唱者たちが、虐げられた民衆の側に立って、武器を持たず、まったくの丸腰で政府の弾圧に抗議をしつづけていたから。

軍隊がいきなりやってきて、一つの家族を問答無用で皆殺しにすることが「常識」だった時代に、丸腰で民衆の味方になって政府を批判しつづけるなんていうことが、もうすでに、本物のキリストの十字架の道だったのだ。

私たちが引っ越した家のすぐ前に小さな丘があって、子供たちの遊び場になっていた。あるときから教会は、このパロキアの人々のために、この丘の上で野外ミサをするようになった。遠くに出かけていく危険を緩和するためだったのかどうか知らない。牛がのそのそ歩いているのどかな雰囲気のその場所でミサをするのは、理由はどうあれ面白かった。

1983年の復活祭のミサを、私たちはその丘の上でやった。なんかいいかげんなもので、民族性なんだろうな、参加者はかなり適当な場所にかなり適当な態度で「楽しみながら」ミサに参加し、祈りの先唱に対する答唱がいろいろな方角から聞える。牛なんかもミサに参加しちゃって、そうかと思えば「主の祈り」のときにみんなで手をつないだりする。あっちこっちからわいわいやってきて手をつなぐのだ。手をつなぐためにわざわざ下からかけ上ってくる人もいる。「平和の挨拶」（お互いに「主の平和」といって挨拶する）になると、当然日本と違ってお辞儀じゃない。握手する人もいるけれど、たいていの人はガバーッと抱擁する。そういうのが苦手な私としては、一番恐ろしい瞬間だった。

ミサのメインはホスティアと呼ばれる「キリストの体」に変化したということになっているパンを拝領する儀式だ。カトリック信者なら誰でも、この儀式ほど大切な瞬間はない。

しかしこれも驚いた。この瞬間は子供のときからもっとも厳粛に恭しくしなければならない瞬間として躾られていた私は、あっちこっちの木に登ってミサに「参加して」いた子供が、餌に群がる猿のごとく木から降りてきて、そのパンをもらいにきたのにおったまげた。

うひゃあ、こんなのあり？　はい。この国ではこんなのあり。

そのときも今も思うのだけど、民族性ってすごいものだ。あんな毎日隣の人が死んでいく末期的な状況の内戦下で、こんなに嬉々としてミサに与かり、人との交流を楽しんでいる民族の心。ミサをあげる司祭たちが、官憲に狙われて毎日1人去り2人去りしているときに……。

まあ、私にとっても危険なのや怖いのはいやだから、住んでいる家の目の前の丘の上で和気藹々とミサに参加できるなら、ありがたいことだった。その年の復活祭のミサは、こうして平和のうちに終わった。

命の歌“Dios se lo pague”

油絵教室からの帰り、いつものようにバスに乗っていた。そうしたら途中から1人の半裸の少年が乗ってきて、いきなり大声で歌を歌いだした。こういうことはそれほど珍しいことではない。歌を歌って乗客から幾ばくかのお金をもらって暮らしている、まあ一種の乞食だが、彼らはバスとなんらかの約束でもあるのか、停留所でもないところから乗り込んできて、いつもいきなり歌い出す。そして籠とか箱とかを回し、お客にお金をねだるのだ。

珍しくもない光景だったので、始め私はさして気にも留めなかったが、ふと、この歌を歌う少年の声になんだか強烈な印象を受けて、姿を見た。声が大きい。そして必死である。うまいわけじゃない。しかしその顔の表情は哀しげで、何かを訴えようとしているように見えた。そして彼の半裸の体を見たときに声を呑んだのは、彼には腕がなかったことだった。

片腕は無残に根元から、もう一方の腕は途中からなくなっていて、布のようなものが巻いてある。

あの頃確か日本領事館からの通達を人を通じて聞いたことがある。「見知らぬ物体に手を触れるな」「不審物を拾うな」。触れたとたんに爆発し、木っ端微塵になる怖れのあるものが、人通りのある目立つ場所に無差別に置かれていたことがあるのである。多分、この少年は知らずにそういう爆発物に触れて両腕を失ったのだろう。

彼の胸には小さなカバンがぶら下がっていた。手を使ってかごや箱を回すことができない少年は、首に、お金を入れてもらうカバンをぶら下げていたのである。そのカバンには文字が書かれていた。

“Dios se lo pague”（ディオス　セ　ロ　パゲ）。

この言葉は言葉としてはよく聞いたことがある。家の戸をたたいて、水が欲しい、何か食べ物をくれないかと言ってくる人々にとりあえず物をあげると、必ずこの言葉が返ってきた。私は単に「ありがとう」くらいの意味だと思って、深くその意味を考えたことはなかった。

しかし、少年の胸に下げたそのカバンの文字を見たときに、私は心に深く感ずるものがあった。文字として私は初めてその言葉を見たのである。直訳すれば、「神様があなたに報われるように」という意味である。「あなたの心遣いに対して、自分はなにもお支払いができない、私の代わりに神様があなたに支払ってくださいますように」。

そうか……、と私はその少年の今の不幸を思い、将来の不幸を思い、神様にしか頼れないその身の上を思い、それでも自分ができる唯一のことかもしれない歌でもって生活を支えているけなげさを思い、少年の袋に幾ばくかのお金を入れた。

涙が出そうだったが、涙を見せるのはこの少年に対して失礼だ。この少年のための涙なら、この少年とその母親にしか流す権利がないのだ。かつて貧困家庭の子供だったころ、私はどんなに裕福な人の同情の涙を白々しく思ったことだろう。そのことを私は知っていた。彼は彼の、それでも生きていかなければならない命のために、あのように大きな声で歌っている。涙なんか流していられないのだ。

戦争とは過酷なものだ。お腹をすかせた貧しい少年が、あるとき、落ちていたものを拾っただけな

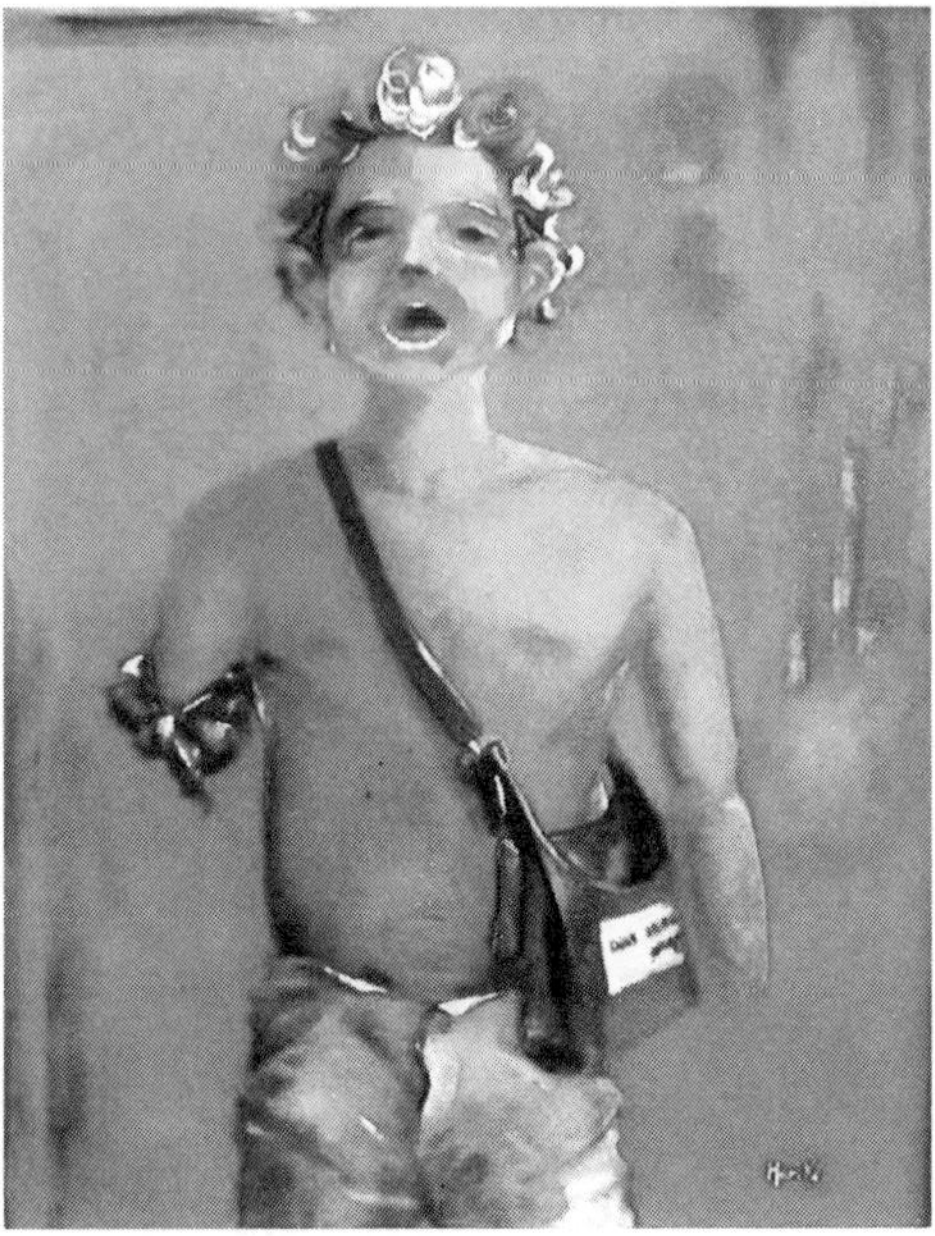

のに、彼の両腕は吹っ飛んだ。どれだけの血を流し、どれだけの涙を流したことだろう。こうして人前に姿をさらし、歌を歌って稼ぐ決意をするまでに、どれだけ苦しんだことだろう。そんな彼の短い間の濃く深い人生を、私は知る由もない。

　私の脳裏には、あの少年の姿とあの大きな歌声が焼き付いて離れなかった。こうして今、あれから20数年たった今も、耳の奥にあの少年の声が聞こえてくる。そしてあの少年が音声として発しなかった声にならない悲痛な言葉が聞えてくる。"Dios se lo pague"。

狂女の嘆き

　私の住む家の前の通りで、何かただならぬ気配がする。出てみた。

　女性が一人髪振り乱し、前こごみで行きつ戻りつしながら泣き叫んでいた。嗚咽しながら叫ぶから、何を言っているのか分からない。しかしそのただならぬ気配に、通りに出てくる人がいたので、そっと小声で聞いてみた。

「あの方はいかがしたんですか？　何を言っているんですか？」

「息子がかどわかされた、息子がどこにいるか知らないか、誰か知らないか」と叫んでいるよ、とその人は答えた。

「え！　そんなことがよく起きるんですか？」と私は驚いて聞き返した。彼はある方向をそっと目で指して奇妙な表情をした。彼の一瞥の先に「制服の男」が立っていた。彼は説明をしなかった。

私の脳裏には、いつか自分がマチェテを背中に背負っていて見咎められ、路上で尋問を受けたときに、ダヴィが言った言葉が思い浮かんだ。制服の男はいつも巡回していて、だれかれ問わずＩＤカードなどを持っていない人をしょっ引いて兵隊に仕立て上げ、最前線に送るということ。

髪振り乱した女性は、年齢がいくつか分からないほど憔悴し、自分の回りにいる人に手当たり次第近寄って、その体を揺さぶって泣き喚いた。

「ミゲルはどこ？　私のミゲルはどこ？　ミゲルを返して、どこに連れて行ったの？」

私のところにもやってきた。

「あなたは知らないの？　私のミゲルはどこに行ったの？」

私の体を捕らえたその腕は細かったがしっかりしていた。がくがくと私の体をゆすり、私を見上げるやつれた顔の皺の中に、灰色の目だけが異常にらんらんと輝いていた。絶望にあえぐ彼女の悲痛な叫びが私の胸を貫いた。その必死の形相に、私はどうすればよかったのだろう。

「セニョーラ、私も知らないのです。お気の毒だけど、どうすればよいかもわからない、私は外国

「Miserere nobis」（二科会千葉支部展受賞作）

人なんです」

　彼女はなおも私にすがりつき、しがみつき、私の体を揺さぶった。

「私のミゲルはどこ？　教えて！　教えて！　どこに連れて行ったの？」

　私はたまりかねて彼女を振りほどき、家の中に飛び込んだ。私は高まる感情をもてあまし、暫くの間、家の中で身を震わせ続けた。あの人の息子がいなくなったのだ。捕らえられ、どこかに幽閉され、訓練を受け、いつか政府軍の用兵となって自分の町を襲ってくる。あの人はその息子の運命を知っているのだ。何とかして取り戻したいのだ。

　切ない。いや、切ないというより恐ろしい。あの人は今地獄を見ている。あの人の絶叫に私は応えることも助けることもできない。そして「共にいる」ことさえできないのだ。

「制服の男」が、だれかれとなくめぼしいものを標的にして、尋問する。うまく応えられなかったり、身分を証明するものを持っていなかったりする者は、「浮浪者」とみなして「収容」する。「収容」した「浮浪者」を訓練して兵士に仕立て、殺し方を教えて最前線に送り込む。「最前線」とはどこだろう。

ゲリラに協力したという疑いのある人物の出身地である村を全滅させるために襲うとき、軍隊はその村出身の者をわざわざ「試練」として送り込む。その若者が、「自分の両親」を殺すことができるかどうかによって、その忠誠心を見るために。

それがあの時代のあの国の兵士養成法だった。世界中の開発途上国に内乱を起こさせて、そういう形で殺人の機械を製造し、「政府軍」に武器を与え、自国以外は決して「民主化」を許さない、あの強大な国の指導の影で、幾百万の狂女がいなくなった息子を求めて路上を彷徨ったことだろう。

内戦の中の「平和」の意味

1983年前後、ダヴィは何とか国外への突破口を見出そうと、ベネズエラにもグアテマラにもメキシコにも仕事を探して奔走していた。私はその間、背中に火がついた状態でありながら、国外に出ると決まらない間はこの国の人間として、可能な限りこの国の民族のやりかたに合わせようとつとめた。つまり、「明日のことを考えずに、その日その日を楽しむこと。楽天的にケセラセラ（あるべきようにあるように）で行くこと」。悲惨さを挙げていたらきりがない。ここは殺し合いの巷なんだ。この国の人々がみんなやっているように、今日生きていることを感謝し、生かされた今日を楽しもう。

今日生きていることを思いっきり楽しむという生き方は、殺戮の巷を経験しないとわからない、物凄いことなのだ。

人間が毎日文字通りどんどん死ぬという状況の中で、どんどん死ぬ事実だけを見つめて暮らしていたら、神経も脳みそも侵される。今この一瞬の「生」を謳歌することしか、生きているものには残されていないのである。

私が「空き巣」に入られたことを、さも大変な事件に出会ったみたいに、ある人に言った。そうしたら、その人は朗らかに、まず「おめでとう！」と言うのである。

「よかったね。命は持っていかなかったんだ」。彼女、表情を見ると本当に喜んでいた。盗まれた「どうでもいいもの」より、「盗難を免れた私の命」を寿ぐように。

「あの手の人たちは指輪1個盗むためにマチェテで指輪をつけた手をすぱっと、いとも簡単に切り落とすんだよ！　ピアスをとるために耳は切るし、ネックレスをつけていたら首を切るし、人の命なんかなんとも思っていないんだよ！」

「あなたのうちに入った『物空き巣』は、『物』だけ持って行って吼える犬も殺さなかったなんて、奇蹟に近いよ！　あのね、殺さないなんて普通じゃないんだよ！　殺すほうが常識なんだから」

そうか、「殺すのが常識」か……。それじゃ、本当に「おめでとう！」なんだ。じゃあ、「ありがとう！」と言わなきゃね。

それにしても、私が出奔してきた日本という国は、なんて「平和」だったんだろう！　あの国は

「殺さない」のが常識だったんだ。平和日本でこれを読む人々、あの時代のあの国の「常識的会話」に鬼気迫るものを感じているかもしれない。でも、あの頃の私はこの会話が普通だったのだ。

前の「高級住宅」にいたときは家の前に谷があり、その谷は貧民窟になっていた。時々その谷から上がってくるチェピートという8歳になる男の子と2歳のうちの娘が友達になったが、その子は私の家からいろいろ小物を盗んでいき、自分で来づらくなって来なくなった。そういう極端な生活レベルの差がある環境だったから、革命の夢を見る勢力が出てくるのは、不思議なことではなかったのだ。ゲリラと政府軍が交戦したとき、私の住んでいた家はちょうど飛び交う銃弾の真下にあった。私は銃弾の飛び交う下で、息を潜めて犬と安全な場所を争いながら娘を守って一夜をすごした。

あの環境と比べて、この小さな町はかなり「平和」だった。その「平和」は家の前の丘にあまり危険を感ずることなく、毎日散歩できるという状況に負うところが大きかった。昨日起きたこと、明日起きるかもしれないことを忘れさえすれば、足元に豊かな自然があり、知らない植物をスケッチして後で調べたり、子供と一緒に走って山の上まで競争したりするような、どこの家庭にもあるべき姿の和やかな日常を満喫することができた。丘の上からはサンサルバドル市が一望に見渡せる。空は広くさえぎるものがない。ブランコやジャングルジムで子供を遊ばせながら、牛のいる風景に自分の心も洗うことができる。子供は犬と戯れながら丘まで登る。あのクマと名づけた臆病な黒いおもちゃみたいな犬である。

ある時向こうから大きな犬を3頭伴った男が現れ、うちの子犬を取り囲んでちょっかいをだした。すわ！　自分の犬が危ないと思った娘が、自分より大きい3頭の犬めがけて突進していった。男が犬

自宅の庭で父が撮った写真。一番先頭の右にいるのが私

を3頭まとめて取り押さえたからよかったものの、とんでもないことになりそうだった。子供って、自分の力も知らずに無謀なことをするものだ。こういう一瞬かもしれない平和の時を、子供は無邪気に生きていた。

その当時の写真を見ると、平和そのものだ。私が精魂込めて刺繍したワンピースに、これも私が作った帽子を被って、散歩道の山の中腹で野生のトマトを摘んでいる子供の姿。当時日本の友人から送られてきた七五三の着物を着た子供の姿。ブランコに一緒に乗る父親と子供。動物園で孔雀を見て喜ぶ子供。友達とハンモックに乗ってはしゃぐ娘。

帰国してから、日本人の友人がこれらの写真を見て、「これがどうして内戦なの?」と言う。かつて日本の終戦直後、自宅の庭で父が撮った写真があるけれど、その写真はまさに「終戦直後」だ。防空壕から這い出てきて、庭を食糧を生産する畑にした時代の、その時代背景を一瞬のうちに思い出してしまうような写真だ。

エルサルバドルの内戦で殺戮と隣りあわせだったころの写真には、そんな背景を思わせるような深刻さがまったくない。「ほしがりません、勝つまでは」などという標語を為政者が全国民に押し付けたりしない国の庶民は、「今日だけの平和」を生きることができる。

8月に子供の誕生日が来て3歳になる。私は3歳を盛大に祝ってやろうと思った。思えば1歳のときも2歳のときも3歳のときも、住んでいる家が違っていた。4歳の誕生日がいずこの空の下で迎えられるか分からない、そんな思いが頭を掠めた。

日本の祭りで私が一番好きな本物の「ひな祭り」を、私は娘のために祝ってやれない。代用品は前にも書いたように、あることはあるけれど、豪華なあのひな壇が本当は私の夢だった。代わりに、ここではデパートで見かけて私が気に入ったドールハウスを買ってやろう。子供のこととなると、自分自身が幼児の世界をまったく脱していなかった私は、ドールハウスを買う気になってうきうきした。

そのドールハウスはかなり高かった。中に入れる人形も家具も別売りで、ひな祭りのセットと思えば安いか、と言えるような代物だった。自分が子供になってセットを集めている間が楽しかった。喜ぶだろう娘の顔を想像した。ドールハウスは中に電池を入れれば照明までできる優れものなのだ。家族の人形は関節が動くようになっている。父母、男女の2人の子供、そして犬までいる。庭を作ればまた楽しい。少しずつセットを整えた。日本の友人が送ってきた手芸の本に、パッチワークのひとこまひとこまにかわいい動物のアップリケのあるベッドカヴァーの作り方が載っていた。これを作ってやろうと思った。ベビーベッドを卒業してこの家に来てから買ったベッドの上に乗せよう。

でも材料を集めるのがひと苦労で、物にこだわらず代用品で間に合わせなければならないから、本と同じ物はできない。動物のアップリケの下に、私はスペイン語で動物の名前を刺繍したりしたから、やっとできたものは世界で一つだけの作品になった。満足だった。

新しい洋服も数着作った。胸に名前を刺繍したエプロンドレスを重ねた。かわいい!

ピニャタの日がきて、近所の友達や昔住んでいたところの友達、親戚や友人の子供を招待したら、家から招待客があふれた。玄関先のガレージを使ってピニャタをやった。2歳のときと同じように、たくさんのプレゼントが集まり、新しいベッドカヴァーをかけたベッドの上にプレゼントを山積みした。そして平和にその日が終わった。昨日のことは済んだことで、明日のことはまだ知らないことなのだ。だから、それは現実ではないのだ。今日が平和なら、現実は平和なんだ。

幼い子供の想像力

私は大勢の兄弟の中で育ったが、末っ子だったから、かつて3歳の自分の娘のようなこんなに小さな幼児を扱った経験がない。それで、自分の子供を眺めていて、よく驚かされる。比べる相手がいないから、これが普通なのかどうなのかわからない。

娘は絵が好きらしい。ひよこを描いたり、アルマジロを描いたりする。それと言われないと判らないけれど、なかなか面白い。しかも不思議な現象を擬人化するのも得意だ。ひと月ほどまえ、地震があった。娘にとって初めての地震である。彼女にはその体験が不思議でならないらしく、いつまでも興味を持って地震とはなんなのかを訊いてきた。

そこで娘は自分で捕らえた「地震」なるものを絵に描いた。丸の周りにたくさん毛が生えている。そういう形を描きながら、娘は自分で捕らえた「地震」なるものに補足をしていく。「地震には目があるの?」とか「地震にはおちんちんもあるの?」とか訊く。地震のとき例の臆病な犬が恐怖のあまり大騒ぎした。それで彼女は訊く。「クマの部屋にまだ地震はいるの? それとももう、おうちに帰っちゃったの?」。彼女にとって、家を揺らすほどの生き物だから怪物にちがいないと思うらしい。

雷が鳴ったら、また絵を描いた。日本の伝統的な、褌つけてガラガラ持った鬼ではなくて、いびつな円にたくさんの足がぼうぼう生えている。

私は自分の意識を変えなければならない。自分は人間の発達は想像力より模倣力が先行すると思っていた。親を模倣し言葉を覚える。親を模倣し文字を覚える。親を模倣し常識的感覚を身につける。でも娘は地震や雷を見たことがなく感じただけである。大人が描いたそれらしい絵を見せたこともない。自由な発想で絵に表している。

自分の記憶する限り自分はそんなことしたことない。成長の段階で、私の周りには大人がいすぎた。大人は私がすることをいちいち批評し、空は青くなければいけない、太陽は赤くなければいけないという常識を植え付けた。記憶する限り私は自分の考えをそういう常識でもって修正しながら、「正しい知識」を身につけた。実際に「赤い」太陽を見たことがなくても、常識では太陽は赤かった。それが知識というもので、模倣は知識の基本を身につける行為だった。娘の傍らで私は絵を描いていたが、私の絵は完全な「実写」であって、そこに新しい創造力などの入る隙間もなかった。庭のマラニョンを描き、バナナを描き、庭に来る珍しい小鳥を描き、通りに出ては火のように燃える名も知らない花を描いた。

私が教室で描いた鯛の絵を誉めてくれた先生が、よくできたから店に出して売ろうといってくれた。その絵もただの「実写」に過ぎなかった。大人たちの価値観で、それは「よい絵」だったかもしれなかったが、そこには3歳の娘ほどの「創造力」のかけらもなかった。

私は娘の描く「地震」と「雷」の絵に、少なからずショックを感じた。それは完全に彼女だけの世界の作品だった。与えたのはクレヨンとノートだけ。指導などまったくしなかった。「地震には目があるか」と問われて、まじめな科学的な答を出したわけでもなく、かといって「ある」と断言もしなかった。「どんなおめめかな～」などと、曖昧な返事をしていた。

彼女は自分の考える「目」を、彼女の「地震」につけた。

娘の幼稚園

娘が毎日幼稚園から泣いて帰ってくるようになった。ロンチェーラと呼ぶあのブリキの手提げカバンが原因らしい。表にはディズニーのキャラクターが全部載った船が付いていて、縁取りが赤い。買ったとき、娘がひどく気に入って、毎日通りに持って出て友達に見せていた。そのときは問題はなかったのに、幼稚園ではそのロンチェーラを奪い合っているらしい。今日は女の子が髪の毛むしった、今日は男の子が噛み付いた、今日は誰とかチャンが押し倒した。そう言っては娘はロンチェーラを絶対に守ろうとして喧嘩になり、怪我して泣いて帰ってくる。

喧嘩も社会性を身につける上では大切かな、と小学校に入るまで幼稚園にも行かず、近所の友達も持たなかった私は考えた。とにかくこれは同じ年齢の子同士の喧嘩であって、圧倒的に力が強い相手からのいじめではないと思ったから。喧嘩のことを先生にも言ってないらしいし気が付いてもいないらしいので、私はひとまず子供自身に解決させようと思った。「明日、あまり困ったら先生に言って注意してもらうのよ」とだけ娘に言って、私は静観することにした。

あれは特別なものではなくて、普通の店で買った普通のロンチェーラだと私は思っていた。私自身はディズニーなんか好きじゃない。でも娘はマイアミの難民部落にいた時、あるおばさんがくれた大きなミッキーマウスをいつも抱きしめて歩いていたから、娘の趣味に合わせて買っただけだ。日本にはディズニーのキャラクターなんかあふれているから、そんなに珍しいとは思わなかった。

その日娘はわんわん泣きながら帰ってきた。泣き方が尋常ではなかったので、私は娘の体を調べた。そうしたら、体中に噛みつかれたような歯の痕が付いて赤く腫れていた。そろそろ限度だな、と私は思った。体を洗い、メンソレータムを塗り、主人に言って幼稚園の先生と連絡を取るように促した。主人は娘の体の傷を見て、幼稚園にはドラキュラがいるのか？　と言って物凄く怒った。

幼稚園はたいした対応はしなかったが、とにかくドラキュラ君の両親には知らせてくれた。ドラキュラ君の両親はやっぱりドラキュラらしく、息子は愛情表現としてキスしただけだと言って譲らなかった。

だいたいあの国の親は全員親ばかで、「自分の息子は世界一頭が良い」なんて平気で公言するし、息子や娘の間違いを絶対認めようとしない。しかも日本流に、「うちの子はだめなんです」などと言おうものなら、「親があぁいうんだからよほど馬鹿なんだろう」などという評価が定着してしまい、子供は公然と馬鹿にされるようになるのが関の山だ。だから私もこりゃまずいと思って、「うちの子は可愛くて頭が好くて、こんなに優れた子は他にいない」などというみっともないことを公言していた。

娘はドラキュラ君に恐れをなして２日間幼稚園を休んだが、仲良しの友達に呼ばれたり、先生にとりなしを受けたりして、気を取り直して出て行った。その日は先生も気をつけてドラキュラ君を監視してくれたと見えて、娘は元気に帰ってきた。

習ったかえるの歌が大好きで、例のぬいぐるみの蛙を抱いて、よく歌ってくれた。お遊戯もして見せ、絵を描き、数を数え、彼女の世界は広がった。

ムチャチャを雇う

少なくとも表面的には、我々家族の１９８３年は平穏に過ぎた。世界のどこでもあるように、死んだ人も生まれた人もいた。死者と生者の過密地域と過疎地域があるだけで、太陽は同じように昇り、沈んだ。

ある時「メキシコに行ってくる」と、ダヴィが言った。１９８４年3月のことである。メキシコにオーストラリア大使館の出先機関があって、移民申請をするということだった。つまり、オーストラリアに難民として移民する意思のあるものをオーストラリアが受け付けていたのである。家族全ての脱出だから、先に主人が目鼻をつけてきて、後で家族が合流することになった。

主人が出かける前、空き巣に入られたこともあって心配だったので、ムチャチャ（子守りまたは、お手伝いさん）を雇うことにした。娘は一人っ子だし、どこの家にもいるムチャチャを、概して子供の世話をしてくれる優しいお姉さんというイメージで見ていたから、娘はムチャチャが欲しくて仕方なかった。「うちにはどうしてムチャチャがいないの？」と娘は私によく聞いた。「なんでもお母さんがするから良いでしょ」と私は軽く受け流していた。しかしムチャチャを雇わないのは私の主義だった。

当時、彼女たちは考えられないほどの低賃金で、住み込みで家事の全てをさせられる労働者だった。多くの場合、ムチャチャの部屋として与えられる場所は、庭の隅のまるで動物の小屋のような空間で、夜寝る以外はほとんど18時間働かされる。3食は家族の残り物を台所の隅で立って食べる。ムチャチャに仕事を任せた雇い主は一日中まったく何もせず、遊んで暮らす。ただし心あるものは、ムチャチャが里帰りするときなど、家族に対する心遣いで、家にあり余っているものを持たせたりする。

昔いた日本人駐在員の奥さんたちが、そういった気遣いもせず、猜疑心ばかりで彼女達を見、しかもムチャチャをあごで遣って、いろいろ問題を起こしていたのを見た私は、炊事洗濯掃除、洋裁子育ての全てができるのに、何もしないでマージャンなんかやっている日本人の駐在員の奥さんたちの姿に、嫌悪感を抱いていた。だから妊娠して絶対安静にしていなければならなくなったとき以外は、決してムチャチャを雇うまいと思っていた。絶対安静の時だって、私はベッドの上で子供の服を縫っていて、人を働かせて自分が遊んだことなんかなかった。自分がかつて苦労したそのことが絶えず心の底にあったから。雇うなら馬鹿な雇い方をするまい、と私は思った。

ロシというそのムチャチャが初めて家に来た時から、娘は喜んですぐなついた。多くの家庭で一番問題なのは、子供たちのムチャチャに対する態度である。親があごで使うのだから、自分もムチャチャをあごで使って良いと子供は考えてしまう。自分を送り迎えする使用人の足元に自分の学校で使う荷物をなげつけて、「もっていけよ！」と言って命令している6、7歳の女の子を私は見たことがある。ムチャチャを雇えば、自分の子供をよほど気をつけて躾けなければならない、と私は思った。

夫は自分たちが生きていく生命線であった貴重な水を分け与えるほどに、自分の同胞を愛していた。そして私は夫を尊敬し愛していた。そしてムチャチャは愛する夫の同胞であった。


ロシはなかなか性格のよい子だ。15、6だと思うけれど、素直で優しい子だ。私が仕事場に使っていた部屋を彼女のために空けて、こぎれいな夜具を整え、彼女を迎えた。小学校低学年くらいまでは学校に行っていたらしく、すこし読み書きができた。ムチャチャと呼ばれる人たちの多くは最下層階級の出で、学校に行く機会に恵まれなかったから読み書きができない。それを10歳くらいから小間使いとして家に置いて、3食与えて学校に行かせ、賃金を支払わないという雇い方もある。

ロシの仕事は掃除と台所の後片付け、近くの買い物と洗濯物を干してアイロンをかけること。洗濯は、私が買ったかなり昔に日本で出回った洗濯機があるから、水の流れる時刻に回してしまえば楽だ。後は留守番と子供の遊び相手。食事は今までどおり私が作るし、休憩時間も十分にある。この国のムチャチャがこなす標準的な家庭の仕事から比べたら格段の差で、給料も一般以上に与えた。

娘が待望のムチャチャの到来にすごく喜んで、おしゃべりをしまくっている。アイロンをかけているロシの部屋に行っては、まだなの？　まだなの？　と言って相手になってもらおうとする。ロシの仕事が一段落して自分の相手してくれるので、スペイン語がいまいちの私に話すより言葉が豊富だ。幼稚園で習った歌、お遊戯、いろいろ披露している。ロシも、自分の知っている歌を教えてくれる。弟妹の世話をしていたのだろう。子どもの扱いが上手だ。

その頃、娘は何かのアレルギーのような症状を持っていて、咳をし、いつも鼻水をたらしていた。当時私は日本の事情を知らなかったが、今で言う花粉症のような症状だった。喘息だと思い、いろいろ医者に通った。しかしどんなに薬を替えても治らなかった。かかりつけの医者が鼻の手術をしたほうが良いと言い出した。私はなんだか疑いを持ってその言葉を聞いた。鼻水が出るからといって手術するのかなあ。そのうち私にも同じ症状が出て、咳に悩み始めた。

ふと私は、知らない土地の知らない病気は現地の民間療法に頼るのが良いのではないかと思い、ロシに何か良い土地の療法を知っているかどうか尋ねてみた。私の勘があたっていて、彼女は自分の村で普通に使われている薬草を教えてくれたので、姑にその話をしたら、なんだそんなもの、お安い御用とか言って、その薬草をどこからか集めてきて持ってきてくれた。ロシがそれを煎じてくれたので、私は柚子のような香りがするその煎じ薬を飲んでみた。

そうしたら、一晩で私ののどの痛みは消えた。この土地に住む先住民が先祖代代使っていたその薬を、何故この国の「近代的な」医者が採用しないのだ。

娘は子供だからその薬湯を嫌がってそのままでは飲まなかったので、ジュースなどに入れて飲ませた結果、娘の咳も収まった。私はふと思った。「現代医学の」医者は薬屋と結託してわざわざ治らない薬を買わせているのではあるまいか。いくらなんでも12月から4ヶ月、医者の薬を6回も替え飲ませていたのに治らなくて、先住民の薬草ではひと晩で治るなんて、嘘みたいな話だ。

先住民は山から薬草を取ってきて自分で煎じて作るのだからだまされないけれど、医者は金儲けのために、何を買わせてるのかわかったものじゃない。「現代的」「西洋医学」という言葉は、西洋人に侵略を受けて国も言葉も宗教もつぶされた原住民の耳にどう響くかは、戦後の日本にとっての欧米に対するコンプレックスとだぶらせて考えても、よくわかる。しかしどこの原住民も自分たちの先祖の知恵を否定することはないのだ。私はそのことをロシにも姑にも言った。「ほら！　私たちはあなた方の薬で治ったんだ」

ムチャチャと娘と

私の3歳の娘。この子は確かに父親のDNAを持っているな、と思い当たるときがある。何かを娘にやると、娘は必ずロシのところに行って、それを分けたり、一緒に使ったりする。おやつとか折り紙の類だけれど、自分ひとりのために多くとったりしない。食事のときも、お皿に分けるとき「ロシには？」と聞いて心配している。私は夫の留守中、娘が見ている前で必ず、食事を三等分して出した。主客転倒の問題が起きるから同じテーブルにはつかせなかったが、食事の種類にも量にも差をつけなかった。それを娘は見ていて、ロシにはもっと多くあげようとする。おやつをあげても、娘は通りに持っていって、みんな友達にあげてきてしまい、まるで欲がない。「あげた」のか「とられた」のか、判らない。

　面白い奴だと思うこともある。日本からプレゼントされた厚紙のジグソーパズルの絵を丹念にはがしている。初め破壊行為をしているのかと思って、ロシがやめさせようとしている。それで娘の目付きを見た。あれ？　いたずらの目付きではない。暫く何をするのか観察することにした。絵を全部はがしてから、絵のないジグソーパズルを奇麗に並べている。物凄く熱心に組み合わせている。おや？と思った。絵をはがして、何もない状態で、形だけで組み合わせることができるかどうか試しているようだ。この子、自分の知性を試している！

　感心して私は娘の手元を追った。完全に組み合わせが成功したとき、娘は得意そうに私を見上げ、えもいわれぬ笑顔を見せた。ロシがたまげて、この子頭いいと連発している。


　ある時庭に見知らぬ動物が入ってきた。それを私は何とかして捕まえて、小鳥用の籠に入れて眺めた。タクアシンの子供だ。珍しいから飼いたかったけれど、何を食べるのか判らない。誰か知っている人に聞こうと思って一晩置いたら、次の朝逃げられていた。娘が泣きながら絵を描いた。その絵がなかなか動きも表情もあって面白い。私のように絵というものの概念が作られてしまった人間の絵ではないから発想がいい。いつも感心させられる。でも黒板にチョークで描いたから保存できない。仕方ないから写真にとっておいた。ロシは娘の世話をしていると勉強になると言っている。

　朝になると、毎日決まってすこし遠いけれど貧民窟のある谷底の入り口の、小さなパン屋でパンを買ってくる。ひしゃげた灰色の屋根のある本当に小さな小屋だけれど、毎朝土間でパンを焼いている。

それがとてもおいしかった。ロシにくっついて娘もそのパン屋に行く。温かいパンを買ってくる。ロシに預けたお金をロシのお金だと思っていた娘は、パンはロシが買ったのに、みんな私が取り上げると思って不満そうだ。なんと説明しても理解しない。まだ2歳だ。理解させようとするほうが無理だ。

私にはこの子が凄く正義感のある優しい子に思えた。

第7章　純粋無垢のひと

メキシコへ

ダヴィは擬似平和を生きていた私たち親子を残して、国外の仕事探しに飛び回っていたが、国外の知り合いはすべて、自分も国外に渡ったばかりで他人の世話どころではなく、とうとう仕事を二の次にして、難民申請を受け付ける国々の出先機関に打診を始めた。自国のエルサルバドルにはその出先機関さえなく、一番近いところがメキシコだった。メキシコにはオーストラリアとカナダが難民受け入れ窓口を設けていた。彼は、とにかく目途が立つまではと単身メキシコに渡り、私はエルサルバドルに残って、連絡を待つということになった。

4月になって、メキシコのオーストラリア大使館と接触していた主人から、子供もつれてメキシコに来るようとの指示が出た。そこで私は、家族3人の身の回りのものを旅行カバンに詰め込み、卒業証書、結婚証明その他の二人の身分を証明する全ての書類を持って、1984年4月、メキシコに向けて機上の人となった。いよいよ大詰めを迎えたな、と私は心で思った。

メキシコには仕事はない。これから私も一緒にオーストラリア大使館とカナダ大使館に行って、面接する。この2つの国が、難民の受け入れのための申請を受け付けている。それで難民としてどちらかの国に渡ろうと思って、ここにダヴィは来たんだ。先にきたダヴィがある感触をつかんで、面通しのために家族を呼んだ。ダヴィは言う。「二人とも英語が通じるし、ひとまず難民として行ってから仕事を見つければいい。ゼロから始めることになるが、二人ともある程度の学歴があるから、そう悲惨にはならないだろう」

彼はいつも楽天的なのだ。そうか、と私は思った。ふと、マイアミの難民部落で、元女医だったエルサルバドル人の女性が掃除婦をやっていたな、と思った。私は彼の楽天的な言葉にいつも救われていたけれど、自分は決して楽天的にはなれなかった。

でも、まあ、いい。そう決意したんなら、ゼロからの出発なんて私の人生では何度もやっていることだ。今までだってゼロからの出発を乗り切ってきたんだ。二人の立場が同じのほうが、一方が他方に寄りかかったりするよりはいいだろう。スペイン語圏でも日本語圏でもなく、二人にとって未知の外国のほうが、気楽かもしれない。私はそう納得し、ほのかに希望をもった。スペイン語圏にいるより英語圏のほうが、自分の資格も生きるかもしれないと思ったから。

メキシコにはダヴィの友人がいて待っていてくれるのだが、始めに目的の手続きを済ませるため、メキシコシティの目抜き通りにあるホテルに、ある期間滞在する。

メキシコの空港はものすごく雑然としていて、整然としたアメリカの空港に慣れた私は戸惑った。ひしめき合う人々は、誰が乗客で誰が役人かわからない。みんな服装も目つきも態度もゴロツキみたいで、誰も制服族らしくない。少なくとも一般人と区別できる格好をしてほしいもんだ。

その中で、何とか入管の荷物チェックが始まる。スペイン語だからわかることはわかるのだが、役人の態度がエルサルバドルのおんぼろバスを運転している、荒っぽい運転手みたいな人相でなんか不調法だ。農作物があるかと聞くから、途中娘が食べ残したオレンジが1個あると言って見せたら、「これは持ち込み禁止だ」と言って、あきれたことに私の目の前でその役人が食べてしまった。なんだよ、自分がほしいから、もったいぶって「農作物」などという言葉を使ったんだ。腹がへっているなら、「農作物あるか?」などと聞かないで、「腹がへった、なんか食い物ないか?」と聞け。3歳の娘が食べ残したオレンジをむしゃむしゃ食べている浅ましい役人の顔を見て思った。

エルサルバドルのコーヒーを持っていたら、これはメキシコの産物だから輸出入禁止だとか言って取り上げる。「何も輸出入したんじゃなくて、世話になる人のお土産に持ってきたんだ。ほら、ここにちゃんとエルサルバドル製って書いてあるじゃないか」と言ってラベルを見せ、エルサルバドルのものだということを証明したら、「なんだ、セニョーラ、スペイン語うまいね」とか言ってニヤニヤして返してくれた。おおかた、金持ちの日本人観光客だと思ったのだろう。いい加減なやつである。滞在日数を聞くから主人が言った通り2週間と言ったのだけれど、これが後でとんでもないことになるのだ。

オーストラリア大使館にて

「何とかうまくいきそうだよ」と、出迎えたダヴィがニコニコしながら言った。「え? オーストラリアに行けるの?」。その一瞬、私の夢が子供っぽく膨らんだ。あのコアラの国。カンガルーの国。

エアーズロックの国。アボリジニの国。人口密度1%の国。昔教えた生徒がオーストラリア育ちで、さんざん熱っぽくオーストラリアのすばらしさを語ってくれた。まるで観光旅行に行くみたいに、そのときの私は胸ときめかせたのだった。

その日、私たちはものめずらしそうに町を歩き、店を覗いたり、建物を眺めたりした。目的が一段落したら観光もしよう、と主人が言い、ひさしぶりに親子3人、「楽しむためだけ」の行動をした。そこは内戦の巷ではなくて、平和で不思議な「アステカ」の地だった。

ラテンアメリカの研究書によると、「アステカ」の地は、古代「アストラン」という国から船に乗って辿り着いた民族が、故郷の町を真似て作った水上都市国家が栄えた国、スペインによって征服されるまでは金銀財宝を豊かに産する王国だった。スペイン人が征服する前に存在した「アステカ」帝国は、プラトンの記述にある「アトランティス」の後裔が海に沈んだ故郷をまねてつくったのではないかという、とっても浪漫的な「疑い」もあって、プラトンの「アトランティス」を絶対に信じている私は、胸ときめかして観光ができることを喜んだ。その歴史が観光資源となっているらしいことは、町のそこここの建物や装飾やイルミネーションから窺えた。

何か落ち着いて、これからの新しい一歩を踏み出すのだという気持ちがあったけれど、思い出深いラテンアメリカを、もうすぐ去るのだなという感慨もあった。それほど私は、すでにオーストラリアで再出発という路線を頭の中に描いていたのだ。

次の日、3人でオーストラリア大使館に行った。事務所には体の大きな女性の係官が待っていた。

お役人として働く白人の女性は、アメリカでもどこでもなんだか物腰がさつで、言葉遣いが事務的で、てきぱきしていて、すべての感情を放棄していて、こわばっていて、融通が利きそうもない面持ちをしている。しかし、彼女はもうダヴィとは顔なじみだったらしく、親しそうに軽く挨拶をして、3人並んで椅子に座った。もう話が付いているのかな、と私は内心楽な気分になった。

係官は私が持参した書類に目を通す。英語ができるかとか、英語で仕事ができるかとか、簡単な質問を私に向けてするので、卒業証書などの書類も見せて、長いことスペイン語だったから今すぐという自信はないけれど、行けば何とかなるだろう、と応える。係官はふんふんと頷きながら、割と親切にかなり肯定的な態度で、書類に何かを書いていた。

で、彼女は最後にふと気がついたように、私にパスポートの提示を求めた。私は長年使ってくたびれた日本のパスポートを見せた。と、その時である。今まで好意的に話を聞き、頷いていた係官の顔が一変した。何か不都合があったのかな、と私は身を乗り出して、自分のパスポートを覗き込んだ。彼女は私のパスポートを放り出すようによこして叫ぶように言った。

「あなたは日本人ではないか!」

「はい、そうですが……」と私は怖れて彼女の顔を見た。怖れるほど彼女の顔が厳しくなったのである。子供のときからの癖で、他人のふいの厳しさに接すると身がちぢみ、自分はしかられているのだという思いが体を駆け巡る。私は彼女の次の言葉を待った。

「あなたはあの経済大国の日本の国籍を持っている」

それからダヴィに向かって言った。

「日本国籍をもった妻がいて、なぜあなたは日本を頼らない⁉　日本を頼らずになぜ私たちを頼るのか。日本が世界の難民に対して取っている閉鎖的な政策を知っているのか？　世界中の難民に対して門戸を閉ざしている、あの経済大国の日本人を、何故私たちが助けなければいけないのだ⁉」

彼女は、これだけのことを顔をこわばらせて噛み付くように一気に言った。顔面、憤懣やるかたない思いがみなぎっている。その表情のあまりに急激な変化を見て、私はほとんど恐怖を覚えた。人間って、かくも豹変するものなのか……。

私はほとんど8年の歳月を日本国外で過ごし、内戦の巷で日本の事情を知らなかった。世界が今、元はといえばアメリカとソ連が引き起こして生じた難民の受け入れに協力し合っているときに、一人日本だけが難民の受け入れを渋り、一国平和主義をとり、流れ着くボートピープルといわれる難民達を玄関先で締め出しているということを。私はこのオーストラリア人の係官が憤懣やるかたないという表情で語る故国日本のかくも悪しき評判を、呆然として聞いていた。

私は助け舟を求めようと思って隣のダヴィを見たが、彼も予期せぬ展開に度を失って沈黙していた。仕方なく私は、エルサルバドルにいたときに、主人の願いを聞いて日本領事館に主人のビザの発行を打診に行ったいきさつを話さざるをえなかった。あの時領事は言ったのである。

「日本国は日本人男性の外国人妻に対してはまったく問題なくビザを出すが、日本人女性の外国人の夫に対しては、たとえ日本人妻が億万長者で、しかも仕事を日本に持っていたとしても、外国人の夫に日本が求める特別な技術でもない限り、就業ビザを発行するということはない。申請しても無駄だし、お役に立てない。残念だが日本は男性優位国で、信用ある日本人男性が持つ外国人妻は、日本人男性の信用において問題ないと考え、ビザを出すことをいとわない。しかし日本女性の持つ外国人夫は治安上問題があると考えるのだ。だから日本はあえて、問題のあると考えられる外国人男性に対して、ビザを発給することはない」

私はここまではっきりした言葉をダヴィには伝えていなかった。かつて私がアメリカの姉の家に滞在していたときに、アメリカで仕事を探したいから斡旋してほしいというダヴィの言葉を伝えた時、姉の口から「我々はラテンアメリカ人を信用していない」と言われて感じた屈辱を、私は公の機関である日本国領事の口から明確な言葉で言われたのだ。私は主人を傷つけたくなかったから、自分の胸のうちのこの事実はしまいこんでおいた。

領事は礼儀正しい紳士で、決してそれらのことを、私を見下げて言ったわけではなかった。彼は親切そうな穏やかな表情で気の毒そうに、そしてかなりきっぱりと動かすことのできない厳然とした事実として、そう言ったのである。

この、「礼儀正しい紳士」が「親切そうな穏やかな表情で気の毒そうに、そしてかなりきっぱりと動かすことのできない厳然とした事実としてそういった」ことの物凄さが判りますか？　みなさん。やくざがやくざの口調と態度で「おめーを消してやる」と言ったほうが、まだ救いがありますよ。

それはまさに「最終的な決定」で、いかなる人間も動かすことのできない真理だったと考えてもいい事実だ。法律にも国際問題にも疎い、ただの無力な庶民である私に、この言葉を覆すことなどどうやってできただろう。私は、何とかこの係官に事情をわかってもらおうと、この説明を必死でしたのである。私は自分の人生で繰り返してきた、問題を抱えて切羽詰った最後のとき、いかにも何の裏もない、駆け引きも何もない、正直一徹で訴える自分の態度が、相手の心を揺さぶることを知っていた。そしてその時も信じて、嘘偽りのないところを言ったのだ。

ところで、私のこの懇願とも言うべき態度でした説明が、意外にも彼女を怒らせた。今度は彼女はまさに逆上して、机をぶったたいて吼えたのだ。

「それが日本の国家の自国民に対する態度なのか⁉ 国外の内乱で死ぬかもしれない状況にある自国民の家族さえも受け入れないのが日本なのか？ 我々が遠くオーストラリアから、まったく関係のない親族でも肉親でもない人々の窮状を救おうと、海を越えてメキシコまで来ているというのに！」

彼女の剣幕に私はもうそのときは冷静な判断力を失っていた。私は彼女のこの逆上が、世界の難民を受け入れるために出先機関まで設けて仕事をしている彼女の国際人としての正義感にあることも、私の側の、日本国民としての誇りもなく、自国の政府の冷淡さ・理不尽さを訴えている態度に頭に来ていることも、理解できなかった。

私はただ、自分の英語力の不足で自分の訴えが理解されないのだ、ここを乗り切らなければオーストラリアに行けないんだ、と思って、必死に別の表現で同じことを並べた。彼女は言った。

「よし、わかった。日本政府がそういう態度なら、今すぐ日本大使館に行って、日本政府があなた方を受け入れないということの事実と理由書を大使のサイン入りで持ってきたら、考え直そう」

私はこの言葉に飛びついた。この言葉が両国の政府の面子をかけた問題になることなんか知らないで、私はまったく馬鹿みたいに、日本大使館で大使のサイン入りの証明をもらったらオーストラリアに行けるんだという一縷の望みを持って、本気になって日本大使館に行ったのである。

あのエルサルバドルにいた日本の領事が、「日本国は何が起きようと絶対にあなたのご主人にビザを出さない」と言ったんだ。あんなにきっぱり言ったんだ。出さないということは個人の事情がどうあろうと覆すことができない国家の方針として決まっていることなんだ、と私は信じていたのである。

日本大使館の反応

オーストラリア大使館と同じ通りにある日本大使館に、私は何も深いことを考えずに、のこのこ出かけて行った。

私はオーストラリアの新天地に行きたくてしょうがなかった。どんなに苦労しようとも、オーストラリアなら、私の家族のしがらみからも、ダヴィが初めから抱えていた問題からも解放され、3人で再出発ができる。さまざまの苦悩を抱えた私にとって、それはまさに地獄からの救いだった。どうしてもオーストラリアに行きたい。コアラを野生で見たい。人生もっと楽しみたい。難民でいいからゼロからの再出発をしたい。あのマイアミの難民部落で、みんなが苦労を共にしながら助け合って生きている姿を想像し、あれが私たちの理想の生活だと思った。

応対した日本人の職員に、私はオーストラリア大使館の係官から言われたとおりのことを粉飾なしに伝えた。そのためには日本大使館から、かくかくしかじかの法的な理由によって、エルサルバドル人の私の夫にビザが出せないという証明を発行して欲しいと。私はエルサルバドルの日本の領事が私に言ったことも伝えて、そして、我々はオーストラリアに移民として行きたいのであって、目的は日本ではないのだから誤解のなきようと、くれぐれも頼んだ。なんとしてでも日本でなく、オーストラリアに行きたいという私の気持ちを力説した。

私は日本人が怖かった。自分の家族が怖かった。日本になんか帰ったら、低開発国の外国人に冷たい日本の同胞から、そして実家の家族からどんな目に遭うだろうと、私は自分が作った大切な家族のために恐れたのである。

ところが、Yというその日本大使館の職員は、私の真剣な話を聞いて笑い飛ばして言った。

「そんな法律があるわけないでしょ。いくらなんでも。日本の威信にかけてだって、そんな書類をオーストラリア大使館に出せるわけないじゃないですか。政府には政府の面子があるのですよ」

はて、日本の威信ってなんだろう? 「面子」という言葉は姉がさかんに守ろうとしていた大事なものらしいから、知らない言葉ではなかった。しかし私はかつて、日本の国家の威信とか、日本の国家の立場とか、国際社会の中の日本がどういう位置にあり、どういう位置を守らなければいけないとか、一切考えたことがなかった。私はただ一生懸命に家族単位の個人的立場を生きていただけだ。その個人的立場に対して、日本国政府などというとんでもなく大きな組織が一度ビザを発行しないと言ったら、もう「はいそうですか」で終るはずの問題だった。私はエルサルバドルの日本領事が言ったことを信じる以外になかった。日本の代表である領事が出せないといったビザを、別のところで出せるとは思わなかった。

私は私の真剣な言葉を笑い飛ばされて、いささかむっとして訊いた。

「エルサルバドルの日本領事は法律に基づいてそう言ったのではないのですか？　私たちはあの国の政情不安定のために、命の危険にさらされているのです。日本が主人にビザを出さないとあれば、他に出してくれるところに頼む以外に仕方ないじゃありませんか。それをオーストラリアが条件付で出してくれると言っていて、その条件が日本からビザを出せないという法的な事実とその理由書をもらってくることなんです。紙一枚で私たちは命が助かるのです。だからお願いに来たんです」

Y氏は言った。

「とにかく、そんなこと先に決めないで、まず日本国のビザを申請してください。出すか出さないかはそれからですよ」

私はこの言葉にほとんど絶望した。命が助かるかどうかというときに、あの日本のお役所仕事的悠長さで事を運ばれたら、助かる命も助からない。おぼれる者を見て小田原評定を始めるみたいなものだ。すぐ目の前に光明が見えてきたと思っていたときに、我々はまた暗礁に乗り上げるのか、と思った。それで私はいつものように、後先考えないで、この自分の考えを言った。「私たちはお役所仕事を待っていられないのです。時間がないのです。一枚の紙で私たちは救われるのです」

Y氏は1枚の紙を私に押し付けた。

「これに記入して、申請してください。とにかく申請してくれさえすれば、私の責任において、できるだけ早く結果を出しますから」

そうか。もういくら言ってもだめなのか。観念して私はしぶしぶとその紙を見た。そしてそこに、「身元引受人」を記入する欄があるのを見て、再び私は心が揺らいだ。

「私には日本にもう、身元引受人なんていないのです。これを記入しなければならないなら、もうアウトです」

「いくらなんだって、一人くらい知り合いなり親戚なりがいるでしょう」

「いえ、いないのです。身元引受人なんて責任ある仕事で、どんな結果を引き受けなければならないかわからないものを気安くお願いできる方なんてもう、日本に残っておりません」

ここで身元引受人がいるなどといったら、オーストラリアに行くためのわずかな可能性も失ってしまう。実際に私には人の名前が浮かばず、親戚が名前だけでも貸してくれるだろうとはまったく思っていなかった。私は、ここでいい加減なことを決定したら後に響くと思って、ダヴィに言った。

「ちょっと大事な問題だからホテルにいったん戻って、対策を考えましょう」

ホテルに帰る道々、私は考えていた。そして後ろを歩いていたダヴィに、考えを聞いたのだ。

「あなたはもし日本に何か可能性があるとしたら、日本でも行く気があるのですか？　私の家族はあなたを助けませんよ。それはもう明確な事実です。私の家族を頼れば、嫌な思いをするのが関の山です。一般の日本人は、白人には弱いけれど、低開発国の外国人を排斥しますよ。オーストラリアの係官が言ったように、日本は難民には冷たいですよ。私がオーストラリアに望みをかけているのは、自分自身が日本人でも帰りたい国ではないからですよ」

じっと考えていた彼は、こう応えた。

「もし日本にでも1％でも可能性があるのなら、それに賭けてみよう」

そうか、1％の可能性にも賭ける気があるのか。私はその1％の可能性を可能にするかもしれない一人の人物を思い浮かべていた。「身元引受人」を引き受けてくれるかもしれない一人の人物だった。

村井先生

私は1％の可能性を求めるほどに緊迫している夫を助けてくれる可能性のある人物を、自分の知っている日本国内の人脈から記憶の中に呼び起こしていた。ここはメキシコで、手元にすべての人脈のリストを持っているわけではない。しかも、できるだけ早くビザの申請書は出さなければならない。ということは、その「身元引受人」の承諾を得ている時間がないのだ。1％の可能性を期待するのだとしても、どうせなら嫌な思いをしないで、成功率の高い人物を考えなければならない。

事後承諾が可能で、しかも成功しなかった場合オーストラリアへの可能性も残せる、度量のある人物。こういう場合に、私のような裏面工作の下手な、直接行動しか取れない人間を受け入れてくれる人物。その人自身が、人助けが可能な人脈と、社会的地位と、ある種の経済力を持ち、純粋に行動に移すことができる人物。

これだけの条件を満たす人は一般では皆無だとは知っていた。しかし私の脳裏に一人の人物の影が浮かんでいた。ひらめくように浮かんだのは、私が院生時代に出会った、中国文学講座の教授だった。

村井先生。極めて面白い人物だったから、私が日本を出たときにほとんどの過去を置き去りにしてきたにもかかわらず、住所録に彼の名だけは残し、細々手紙のやり取りもしていた。彼は自分のその当時の身分と履歴を名刺と一緒に私に書き送ってきて、不安定な情勢の中で万が一のことがあるかもしれないから、必要なときがあったら利用しなさいと言ってくれた人だった。

彼はがっしりした体格のきわめて姿勢のいい男で、いつも直立不動の姿勢で教壇に立って講義をした。無骨そうに見えるその姿にもかかわらず、彼にはえもいわれぬかわいらしいえくぼがあり、それがなんだか不似合いで、ひょうきんで可笑しかった。

ベトナム戦争時代のことだった。彼は突然授業の途中で、身を震わせて泣き出した。しかも直立不動である。直立不動で腕を顔に当て、泣きながら涙を拭いていた。学生たちにはなにが起きたかわからなかった。彼はオイオイと声を上げて泣きながらこう言ったのだ。

「世界にこれだけたくさんのクリスチャンがいながら、ベトナム戦争を終結させられないのは、なんと哀しいことであろう！」

そう震える声で言った後、「ウヲヲンウヲヲン」と声を出して泣いたのだ、直立不動の姿勢のまま。純情には年齢制限はないかもしれない。しかし純情の表現には限度というものがある。失礼だけど、可笑しい。可笑しいのだけれど、笑うに笑えず、育ちのいい学生たちは、先生と目を合わせまいとうつむいていた。いくら相手が教授でも、二十歳を過ぎた学生には到底付き合いきれない純情さを彼は教壇上で露呈したのだった。

ところで、私は院生だったからもちろん二十歳を過ぎていたが、彼のこの極端な純情に付き合うことのできる数少ない人物の一人だった。彼はカトリックではないが、無教会派といわれる日本産のクリスチャンであり、中国文学を教えながら、時々突拍子もない無関係な聖書を引用するほど、かなりへんてこな授業をしていて、学生たちの人気はいまいちだった。しかし、私にはこういうのが面白くてたまらなかった。彼が講座で、史記を教えていたにもかかわらず、まるで史記とは関係のない聖書などを引用するものだから、私はからかい半分、中国古典文学の論文形式のテストに、聖書を引用して答えた。質問は、史記の時代の女性観について述べよ、というものであった。

「そもそも女性とはアダムとエヴァの時代から子供を生む機械だった。史記に登場する武人たちは行くところ行くところで子供を作る機械と結合し、女性たちには子宮の機能以外に、存在理由を与えられなかった」という出だしで、私は村井先生流儀で、史記と聖書のごま和えみたいな論文を書いたのである。

それが痛く面白がられて、彼は私と廊下で会うたびに、立ち止まって直立の姿勢で両手で顔を覆って「くっくっく」と笑うので、どうもきまりが悪かった。彼はこの冗談みたいな回答に9という点数をくれたので、面白いからちょっと話してみようと個人的に接近し、彼の家にも押しかけた。私はそこで、宗教を語り、人生を語り、彼の純情さに負けないほどの純情さで、彼の持っていた知識を吸収したという、そういう間柄だったのだ（私はその時知らなかったのだが、彼は私の通っていた大学に来る前、宮内庁に勤務していたそうだ。彼はいろいろの経緯から、宮内庁にも法務省にも外務省にも多くの人脈を持っていた）。

彼はそのときすでに70を過ぎていただろう。しかし彼に年齢による変化などないことを私は十分知っていた。彼の純情に訴えよう。私はそう思った。

その当時、カトリック信者であるケネディ米大統領が泥沼化に導いていったベトナム戦争を、「世界のクリスチャンが終結できない」と泣く人物だ。だいたい世界の戦争を手がけるのはその「クリスチャン」が大勢を占める。世界の有色人種の国に侵攻し白人のDNAをばら撒いたのも、ユダヤ人を集めて虐殺しろうそくの原料にしたのも、日本に原爆を落としたのも、ベトナム戦争を起こしたのも、アフガニスタンやイラクに言いがかりをつけて破壊し続けているのも、みんなその「クリスチャン」である。キリストの本来の教えや信仰の真髄がどうあろうとも、「クリスチャン」は信仰の力によって戦争を終結させようなんて、もともとだあれも思っていないのだ。

世界戦争を牛耳るキリスト教陣営の所業を無視して、「これだけクリスチャンがいるのに、戦争を終わらせられない」と、本気で言って直立不動で涙を流すあの教授は、まともに国際情勢の分析などをするタイプではない。信仰によって国際問題がすべて解決できるはずだと思っている純情至極の変人奇人の類である。しかしだからこそ、彼なら私たちの窮状を助けてくれる。というより、私たちを助けてくれる人物がいるとしたら、彼を措いてほかにないだろう。今必要なのは常識家でも実務家でも国際情勢通でもなく、彼のような非常識で純情な善人だ。

私はそのことを信じた。なぜなら私自身が、疑い深さを棚に上げれば、「非常識さ」において彼と同等の人間だったから。

私は次の日、申請書の身元引受人の欄に村井先生の名前を書いた。偶然にもそのとき、私は彼の名刺を持っており、住所もわかっていたのである。それから私は彼に手紙を書いた。

村井先生、突然のお便りお許しくださいませ。長いことご無沙汰いたしておりますが、先生はいかがお過ごしでいらっしゃいましょうか。

さて、緊急のことなので、前置きは省略させていただく失礼をお許しくださいませ。

エルサルバドルは内戦下にあり、私どもの身辺もいよいよ危険が迫ってまいりました。主人の友人達も次々と国外の縁者を頼って脱出を図っているという毎日で御座います。私たちも今内戦のエルサルバドルから脱出をしようとしていますが、難民申請をしようと思いまして、メキシコに在るオーストラリアの大使館に参りました。オーストラリアが難民を引き受けのための移民申請を受け付けているので、私たち一家も申請しようと思ったからでございます。

そこで紆余曲折を経てオーストラリア大使館から、日本が私たちを引き受けないのならば引き受けるという回答を得ました。家族は日本語ができず、私たちは故国を捨てて移住するとしたら、日本よりオーストラリアのほうが、将来性があってよいと判断しております。

ところが、在エルサルバドル日本領事館の領事は一度主人のビザの申請を断りました。現在メキシコでもう一度申請してはいるものの、日本が私の家族を難民として引き受けるかどうかは、日本大使館にビザ発給の申請を出して結果を待たないとわかりません。申請書に身元引受人の欄があり、私は実家の家族と交流を絶っておりますので、考えに考えて、先生を思い出しました。以前に先生が、「何か必要なときがあったら、ご自分の名前を利用してもよい」というお言葉を下さったのを突然思い出したのでございます。

他にどうしても別の方の名前が思い浮かばず、お言葉に甘えて、先生のお名前を拝借いたしました。

身元引受人を申請書に書きますと、先生のほうに法務省のほうから受諾するか否かの問い合わせが行くはずでございます。そのときどうか、受諾をなさらないでお断り下さいませ。受諾なさらなければ主人に日本のビザは下りませんから、私たちは希望どおり、オーストラリアにもう一度申請することができます。

最終的な移住地は、日本ではなく、オーストラリアを希望していますので、よろしくお願いいたします。

そう。あのとき私は変化球を投げた。私は村井先生が、身元引受人を受諾してしまうかもしれない可能性も考えた。あの人はうそをつかない。人を疑いもしない。おまけに彼はキリスト教徒としての連帯意識を持っている。名前を利用しなさいといったからには、その言葉の結果責任を負う人物だ。

しかし私にしては珍しくその可能性を直接表現では書けなかった。我々の窮状をオーストラリアでなく日本が引き受けるかどうかという判断は、彼が彼の信仰によって神様と相談して決めるはずだと私は見ていた。私は先生との学生時代の交流から彼の思考方法を知っていた。文字通りダヴィの期待する1%を、先生と神様に預けたのである。

私が彼に直接表現で持って身元引受人を頼まなかった理由は二つあった。一つは本当にオーストラリアへの道を残しておきたかったこと。もう一つは、彼は必ず私の実家に連絡をとるだろうと見ていたことである。実家に連絡をとったら、実家の家族は私が身元引受人というような、それほど重大なことを恩師に頼るという非常識な行動をとったことをなじるだろう。そのときの逃げ道として、いや、私は身元引受人を受諾しないで下さいと頼んだのに、受諾してくれたとしたらそれは彼の意思だ、という言い逃れをしようと考えていたのである。

私はまるで日本国が私の実家の支配を受けているかのごとく感じていて、実家の判断を怖れていた。実家が猛反対して立ち上がったら、日本に上陸できる決断ができないほど、私は金縛りにあっていた。私の心は日本に逆戻りして、あの家族の泥沼の中にもどることに抵抗していた。

８年前日本を去ったとき、私は全ての過去を振り切ったつもりだった。子供が生まれても日本語を教えなかった。不完全なスペイン語しかできないくせに、私は子供とスペイン語で話した。一生懸命現地の料理を覚え、特別なお客様を招待するとき以外は日本料理を作らなかった。子供には現地の子供として教育しようと、現地の動植物をスケッチし、動植物図鑑を作る計画まで立てた。子供の病気にさえ、私は現地の民間療法を尋ね尋ねて薬草を煎じて飲ませたのだ。地方を歩けば遺跡があり、遺跡の周りには遺跡の価値を知らない民衆が勝手に掘り起した石器や土器を売っている。私はそういうものを集め、閑ができたら、必ず考古学上の価値を研究して、これも子供の現地同化教育に役立てようと思っていた。

私のこれらの思い、この国に対する愛情が、日本に逆流することでフイになる。そして我々は流浪の民、根なし草として、どこの国からも帰属を認められず、夫は外人と呼ばれ、娘は混血と呼ばれ、ハーフと呼ばれ、所属不明の人間となる。そのことを私は心の底から憂えたのだ。

だから私のあの手紙の内容の変化球の意味は複雑だった。オーストラリアに行けますように。村井先生が私を助けてくださいますように。自分の二重の思いをあえて伏せて、結果を最後には神様に任せようという祈りのような思いがあった。

私は日本を信じなかった。日本に友人がいることも、日本に家族がいることも、私には無意味だった。まったく未知のオーストラリアの大使館員から、国家としての冷淡さを罵倒されるような日本と日本国民を私は信じなかった。でも私と私の家族の運命は、自分が決めることではなかった。

私は日本の国家のシステムでもなく、法律上の規約でもなく、一人の人物の類まれな幼児のように清らかな信仰心を信頼した。その人物と神様の対話において、本来の行くべき道が示されるであろう。私はすでにそのときできることはすべて試した。どっちに転んでも苦しいのは同じなのだ。あとは神様の分野だ。と私は思った。

メキシコ観光、これも現実

メキシコをすこし観光した。ダヴィがわずかな望みをつないで、まだメキシコ国内でも仕事を探していたし、時には私たちは別行動をとらざるを得なかった。多くの場合、彼の行くところでは3歳の子供にとって退屈な事務的な話し合いなどをしていただけなので、私が子供を連れて観光に回った。

行けども行けども尽きないような巨大な歴史博物館は、古代史ファンの私にとっては楽しくて面白くて仕方なかったが、3歳の娘には無理で、いつも館内のベンチで寝込んでしまう。アステカ時代の国宝級のものが並んでいて、子供連れで1日や2日では見ることができない。背中に荷物を背負って子供に寝込まれてしまうと、もう目が覚めるまでアウトだ。

でも、一人で子供連れで町を歩くうちに場所が大体見当がついて、だんだん大胆になってきた。町のあちこちにもぐりこんでは面白いものを見つけて歩いた。

あるとき、ホテルに帰ろうと混んだバスに乗ったら、子供がつぶされそうだったので、子供を前に抱っこしていた。そのうち背中の荷物がやけに軽くなったことに気がついたのだけれど、子供を抱っこしていたので手が離せなくて、荷物の軽さを不審に思いながらも、確かめることができなかった。

ホテルに帰ってから、荷を下ろしてみて驚いた。ナップサックが斜めに刃物で切られていて、中の荷物が盗まれていた。お金以外に何が盗まれたかもう記憶にはないが、パスポートのような書類は無事だったのが不幸中の幸いだった。バスは混んでいたのだから、スリというより白昼堂々と衆人環視の中で盗みをやったのである。

ここに娘が這い上った

スリが刃物を持っていれば怖いからみんな知っていても何も言わない。内戦のエルサルバドルでさえこれほどじゃなかった。ラテンアメリカの中で、メキシコはまだましかな、と思っていたが、入り口の税関の役人からしてやくざみたいだったし、ここは恐ろしいところなんだ。

それやこれやで、私が入国のときにイミグレーションの係官に言った2週間という日数は過ぎてしまった。滞在日数は当時、日本とメキシコ間の国家間の取り決めで、40日は延長することができたはずなので、手続きをとるためにイミグレーションに行った。ところがイミグレーションの係官は、滞在日数更新料として、200ドルを要求した。

その当時のラテンアメリカの200ドルというのは馬鹿にならない金額である。多分彼らの一月分の給料に相当するほどの料金だ。生活費だけを持ち歩いていた我々家族にとって、200ドルは痛い。驚いて私は日本大使館に行って事情を説明したが、日本の側の係官は「おかしいなあ、国家間の取り決めで、40日は権利として延長ができるはずですよ」という。ところが別に交渉してくれるわけでもなさそうで、気の毒そうに私を見ている。仕方なくメキシコのイミグレーションの言うなりになって、それだけの金額を支払った。

なにしろ、役人がその「権限」でもって旅行客の食べ残しのオレンジを取り上げ、目の前で食ったりするのが常識の国だ。日本の出先機関もあまり信用できないし、今、どちらの国の係官とも事を起こすのは得策ではない。

続けざまに嫌な思いをして、私のメキシコの印象がかなり悪くなった。


ダヴィの友人、コンスタンティーノの招待を受けて、私たちは町の目抜き通りからかなり遠いところにある彼の自宅に案内された。コンスタンティーノは、ダヴィがアメリカに留学していたときの留学生仲間で、先にアメリカに脱出した親友のフランシスコになんだか雰囲気が似ていた。気さくで誠実そうな男である。

5歳になる息子がいて、長男だからやっぱりコンスタンティーノという。ありがたいことに娘が仲良くなって、遊び相手に付いて回っている。彼らの案内でメキシコの観光地、太陽の神殿などに行った。子供たちのために牧場に行って子馬に乗ったり、やぎの車に乗ったりして遊んだが、メキシコの旅は目的が難民申請と職探しだったし、そのときの印象が強くて観光のことがかすんでしまい、あまり記憶が鮮明ではない。

あるとき親子3人でレストランに入った。旅先でとりあえず入る野外レストラン、特に選んで入ったわけではない。お腹がすいたから子供に早く食べさせようとして入ったのだ。鶏のから揚げがあった以外にどんなメニューだったかもそれほど記憶にない。

レストランで私たちが食事を済ませて立ち上がったとき、どこからともなく現れた半裸の子供たちが一斉に手を出して叫んだ。

「その鶏の骨、捨てるのならくれー！」

一瞬私たちは自分達のお皿を見て骨を探した。飢えているのだ！　屑でも骨でもかぶりつきたいほどに飢えているんだ！　愕然として納得した。子供たちはお客が食事終わるのを待っていたんだ。捨てられる前に何でもいいから残り物が欲しいんだ。しかし皿には残したものなんか、本当に骨しかなかった。

私はエルサルバドルで、ドアをたたいて食べ物をねだる人たちに残り物をあげるのが忍びなくて、待たせておいてわざわざ肉を焼いてあげたのだ。善人ぶって気取っていたわけではない、私は飢餓を知っていたから。私はそのときも、あまりにも自分の過去にとらわれていた。子どものころ私は鶏肉なんていうごちそうが出ると、骨をしゃぶり、骨を割り、その中の髄までしゃぶって食べた。その思い出があったから、半裸の子供たちに骨だけをあげる気がしなかった。

半裸の浅黒い肌の子供たち。その目が黒く光り、一斉に手を出した彼らの表情は真剣だった。どうしよう、新しく注文しようか……そう思っているうちに、レストランのボーイが駆けつけ、なにごとか大声で怒鳴りつけて子供たちをハエを追い払うように追い払った。彼らは散り散りに逃げて行った。ボーイは私たちを見て、「まったくあの連中、しようがない餓鬼だ！」と言ってニッと笑った。

何かあげたかったのに、と私は思った。しかし何もあげることができなかった。あの子供たちの声がいつまでも記憶に残り、観光地で見た歴史的建造物や、歴史博物館で見たさまざまな古代の遺物の記憶を押しのけて、今でもメキシコといったら、あの半裸の子供に骨をあげることのできなかった思い出が心をよぎる。

乾坤一擲

かくして私たちはメキシコの旅を終え、手ぶらでエルサルバドルに帰ってきた。楽天的なダヴィも今回はすこし沈んでいた。彼はオーストラリアかカナダに行けると思っていた。すでにオーストラリアに移住している友人もいたので、個人的に連絡も取り合っていた。

彼はまさか妻の私の国籍が邪魔して、拒絶されるとは思っていなかった。経済大国日本の国籍を示すパスポートというのは、その当時も今もかなり大きな特権があって、ほとんどの国も自由自在に通過できる代物だ。しかし、世界で大きな顔をしている日本国は、難民政策に非協力的という評判だった。それが今度の場合、障害になったのだ。

エルサルバドルに帰って暫くすると、私は日本から5通の手紙を受け取った。全て実家の家族からのものだった。以前母の手紙は子供が生まれた頃、2、3受け取ったことがある。しかし兄たちからの手紙というものは今回が初めてだった。

「村井先生という方から連絡を受けた。帰国を考えているそうだが、我々はあなたを受け入れる気持ちはない。日本はあなたたちが住めるような国ではない。日本にいまさら帰るのは反対である。」

署名が違うだけで5通がすべて同じ内容だった。来たぞ、と私は思った。案の定始まった。

それから今度はきたこともない国際電話が鳴り出した。私が村井先生にこちらの電話番号を教えたから伝わったのだろう。兄嫁の一人が連絡をしてきた。

「お母様の伝言です。『あなたが帰国するのは反対です。あなた方親子で来ても、開いている場所は物置しかないので、物置に住むつもりなら、それでもかまいません。しかし経済生活は別にすることとのことでした」

前置きもなく、ただ母の伝言として、読み上げるようにこう言った兄嫁は、「こんにちは」とも「いかがですかと」も「さようなら」とも言わず、電話を切った。

「反対です」と言われたって、私はただの一度も、自分の帰国の賛否を彼らに尋ねたことがない。どこかに住まわせてくれとも言った覚えがない。経済的に負担をかけると言った覚えも、考えた覚えもない。それなのに、一斉に立ち上がって私の日本帰国反対と叫ぶために同じ文面の5通の手紙をよこすとは、ある程度の家族の拒絶行動を予想していたこととはいえショックだった。はじめから強靭な神経なんか持ったこともない私は、5通の手紙によって立っているのも覚束ないほど動揺し、がくりと膝を折ってどっと涙を流した。どんな困難の中でも、どんな不都合が起きた時も、流したことなんかない涙だった。

みんな自己保全のために立ち上がったのだ。姉の顔が脳裏に浮かび、脳裏に浮かんだ姉の顔におびえ、もうだめだ、と思った。兄弟5人、そしてその配偶者たちで10人、一斉に私の帰国反対運動に立ち上がったのだ。

誰も、自分たちと昨日歓談していた友人が、今日は屍となって棺の中に横たわるというような体験をしていない。死の影におびえる人間でも、その就職先が決まって、自分たちに迷惑をかけるかが確認できないから、もうひたすら自分たちの前に「変な奴が」現れることを拒絶する。

オーストラリア大使館の難民受け入れ係員から聞いたことは、国民の隅々まで事実だったのだ。ボートピープルが艱難辛苦の末日本近海に現れても門前払いするという、国際的に問題になっているあの日本国家の態度が、国民のすべてに、直接の親族にまで浸透している。その現実を、自分のこととして私は体験したのだ。


次の日、別の人物から駄目押しのように日本帰国反対の電話を受け取った。その人物とは、ダヴィのかつてのアメリカ留学生仲間の日本人で、彼が国費留学生として日本に初めて上陸したとき頼った友人だった。その友人の奥さんが私の勤めていた学校の講師だったことから、偶然の結果として私たちが出会い、結婚することになったのだから、決して無縁の人ではなかった。だから、その友人にダヴィは日本での就職の斡旋を依頼したらしかった。

彼は開口一番私に言った。「奥さん。ダヴィさんに日本での就職の斡旋を依頼されたけれど、無理ですよ。彼はスペイン語は自国語だからできるでしょうけれど、英語、そんなにできないでしょ。あの程度で日本で就職するのは無理ですよ。日本は難民に対して非常に門戸を閉ざす国だし、この国ではダヴィさん、やっていけないでしょう。考え直させたほうが良いですよ」

ダヴィは学術書を全て英語で読み、英語で講演し、英語の国際学会に出ていた人間だ。何をもって主人の英語を「あの程度の英語」と断定するのかわからなかった。問題は「英語」じゃなくて、「頼られちゃたまらない」という拒絶反応でしょ、もう……。

人は皆、人の命よりも先に、生きるための能力、仕事のことを考える。仕事がない低開発国の人間が転がり込んできた場合の、自分たちの負担のほうを考える。日本に来たら暮らせませんよ、別の道を考えたほうが「あなた方のためですよ」と彼は言う。その本当の意味は、「迷惑だ、死んでくれ！」という意味である。「あなた方のために」と人は言う。自分が万策尽きて頼られた最後の人間だということを知りながら、彼らは心のうちで言っている。叫んでいる。「来ないでくれ、頼むから！」

知っている。私はその心の真実を知っている。なぜならば、私もそうだったから。絶望的に私は言う。「私もそうだったから！」。マルタの家族を助けることを拒んだ私は知っている。理解できる。誰にでも自分の家族だけを守りたい本能があることを。他人の命に責任を負いたくないことを。

それで私はダヴィに言った。

「Mさんが電話で諦めよと言ってきました。日本の受け入れ態勢はかなり厳しいものがありますよ」

彼はMさんをかなり信頼し、期待していたようだった。それが失敗に終わったことを知り、にわかに自信を失ったダヴィは、じゃあ、日本は止めるか！　と言いだした。

まだ、メキシコの日本大使館からビザが出るか出ないかの返事はきていなかった。返事を待たずに別の道を考えるか、と彼は何か遠くを見るような寂しそうな目をして言った。その表情を見て、日本行きに気が進まなかったはずの私は、なんだか気の毒になった。

私は考えた。これは非常事態なのだ。非常事態に頼るべき人というのは、ただの常識人ではまずい。会社の役員とか、営業マンでは、現実的な情勢判断ばかりするだろう。非常事態に人を助けられるのは、非常事態用の精神を持った人間だ。たぶんダヴィの人選が間違っている。

私の脳裏には、どうしてもあの村井先生しか浮かばなかった。

その後先生からは何の音沙汰もなかった。家族の否定的な反応が先生経由だったことから、私の先生に対する依頼を、もしかしたら本来あるべき姿として、私の家族に預けたのかもしれないな。そう断定するのが恐ろしかった。だから、私は先生から何かを言ってきてくださるまで、答えを保留にしてあった。しかし私はダヴィの寂しそうな顔を見て、黙っていられなくなった。とうとう私は村井先生に直接電話した。

「私たちはこの2、3日、日本の親戚知人から主人の就職に関しても生活に関しても、まだビザも下りていないうちからネガティブな情報ばかり得て、たとえビザが下りても日本で生活する自信を無くしています。だから、もう日本は止めて、できるなら今からでもオーストラリアを考えたいと思いますが、先生オーストラリアのほうに、何か、伝手でもお持ちではありませんか」

「なに言ってんの?」と彼は言った。「僕はあなたたち3人分の帰国の旅費を送ったよ」

「えーっ!!」

彼は「身元引受人」を受諾したのだ。彼は続ける。

「僕はあなたをオーストラリアになんかやらないよ。あなたのご主人は日本で、あくまでも自分の専門が生かせるところに就職してもらう。バーテンだのホテルでの仕事を探してくれている人もいるけれど、そういうところで働かせる気はない。そのために僕はもう手を打ってある。神様は僕にもあなたにもついている。お祈りしながら就職活動をしているのだから必ず聞き届けられるはずだ。そうだよ、決まっているんだ」

決まっているのかいな！　と面食らって私は考えた。

「就職活動って、まだビザが下りると決まったわけではございませんが……」

「ビザなんか下りるんだよ。僕は知り合いの外務省関係、法務省関係に働きかけて、ご主人のビザが下りるように運動をしたんだ。感触としては近日中にビザは下りるよ。共同通信にいる教え子に働きかけて、あなたのご主人の受け入れを支援するため、新聞広告も出しているよ」

彼はまさしく「普通の」人物ではなかった。私が1％の可能性を可能にすることができる人はこの人を措いて他にないと考えて選んだその勘に、狂いはなかった。

それから数日して、私はメキシコの日本大使館のY氏から電話を受けた。「下りましたよー」と彼は明るい声で第一声をそう切り出した。「え？　ビザですか？」と一瞬ひるんで私が言うと、彼もなんだか意外そうに「そうなんですよ。ご主人のビザが下りちゃったんですよ。どうしたんだか降りたんですよ」と知らせてきた。「ビザが下りちゃった理由」が当の大使館の職員にもわからないほど、その事実は「異常事態」だったんだ。

「やったんだ、あの先生！」

「祈ったんだ、あの先生！」

「あの先生、いつものように、神様にすがりついたな！」

彼の思考回路を知っている私はうなって、そうつぶやいた。

私が頼ったのは世故にたけた会社人ではなく、裏に組織を持っている役人でもなく、「手のつけられないほど純粋無垢な元宮内庁勤務のクリスチャン」だった。彼は私が投げた変化球の1％を、祈りと信仰によって100％にした。本当に純粋に、それは彼の「祈りと信仰」の結果であったという以外にない。

彼は完全に、学生時代以来の私の信頼に応えたのだった。自分の社会的立場（私は当時「彼の社会的立場」なんて知らなかった）を利用せよという言葉に、嘘偽りはなかった。その言葉を嘘偽りのない言葉として受け止めた嘘偽りのない私の信頼に、彼は応えたのだ。

40女の純情と70男の純情を笑う者があるなら笑え。ある瞬間、人間にはこういう出会いがあるものだ。

ダヴィは勤めていた電力会社に休職届を出し、1984年8月初旬、就職活動には本人が来ないとだめだという村井先生の進言を受けて、一人で日本に向けて出発した。

第8章　エルサルバドル最後の日々

なんとかしてお金を作ろう

私は日本に職探しに行ったダヴィの留守を、子供と2人で守ることになった。彼は2か月分のアパート代とわずかな生活費を残していっただけだった。一家の移住が完全に決まったわけではなくて、仕事がどうしても見つからなければ帰ってくる以外に仕方ないから、彼は「無給休暇」を取ったのだ。

私は、日本で私の預金の管理を依頼した人物に連絡をとって、ダヴィの日本滞在費をそこから出してくれるように頼んだ。自分がここに来るときに持ってきた持参金代わりの退職金は、度重なる引越しや逃走費に使って、底を突いていた。

私は「ケセラセラ民族」でなくて「働く蟻民族」の日本人で、「働かざれば食うべからずの聖書民族」でもあった。私が何もしなければ丸裸になるぞと思った。すでに属性となっている、「生き延びるためには他人に頼っていられない、自分がある種の経済活動をしなければならない」という思いが頭をもたげた。親族でもないし責任もないのに、3人分の帰国費用を送ってくれた村井先生のご好意を、黙って受け取るわけにはいかないと思った。

自分の身の回りを見渡した。サンタアナにいたころ、閑に任せて人形を作り、それを売ったら売れたことがある。自分には何かができるという思いがあった。さしあたって今、何をしたら収入が確保できるだろう。考えた。じっと自分の手を見て考えた。そうだ。困りあぐねたときに脳裏にひらめく、そのひらめきを信じてみた。そして、いちかばちかの賭けをやった。

以前絵の先生が、お前の絵は売れると言ってくれた。私は日本人的猜疑心と慎重さと常識でもって、描き始めて半年も経っていない人間の絵が売れるわけないと思っていた。私は何でもやるときは一生懸命やったから、その勉学の姿勢を認めてくれた言葉だろうと思っていた。かつて、私の勉学と勤労の熱意を買って、大学の学長が、大して秀でていたわけでもない私に月謝免除で大学院で勉強させてくれたことを思い起こし、励ましに誉めてくれるのだなあと思っていた。その時私は、自分の絵を売ることを実現させようというほどの自信も意欲もなかった。しかし今、情勢が変わったのだ。

私はただ閑を持て余して趣味の絵を描いていられる有閑マダムではないのだ。よし、絵を売ろう！先生は私が描いた絵のうち、特に3枚を必ず売れる絵だと言ってくれた。これを売ってみよう。先生に相談したら、彼は快く自分の絵を売りに出している店に私の絵を並べてくれた。

それから私と同様国際結婚した居残り組の日本人に、私のエルサルバドル生活の8年間を知的に支えてくれた本類を二束三文でいいから買ってもらおうと思った。昔ここにいた日本人が帰国のとき、いつもお互いに融通しながら、荷物になりそうなものをガラージセールで売りさばいていた先例を参考にしたのだ。

私の持っている家具類はみんな帰国組の日本人から買ったもので、もうあれから8年も経っている。私が彼等に残すとしたら、本しかなかった。私の蔵書は日本人の誰もが持っている種類のものではなかったから、図書館代わりにしてくれれば良いと思った。

話を聞いた日本人がやってきて、帰国の事情を聞いた後、部屋を一渡り見回して、「日本はここと比べて格段に進歩をしていて、生活も便利になっているから、いろいろ持って帰ろうなんて思わないで、不要なものは全て売ったほうが良いよ」と言ってくれた。そして彼が買ってくれたものは、本でも家具でもなく、なんと私が描いた1枚の絵だった。

期待をまったくしていなかったこの収穫に、私は驚いた。友情とはいえ、絵は毎日家の中で見なければならない代物だ。日本人みたいな繊細な美意識を持った人が、私のような駆け出しの初心者の絵を買うということを期待していなかった。

思わぬ結果を見て、ひょっとすると？　と思った。私はそれから余暇を全て使って絵を描いた。

絵は先生の店に出した3枚と、注文をとって描いた2枚の肖像画も含めて9枚売れた。それでも私には自分で自分の絵が優れているとは決して思えなかった。自信というより不思議な感覚だった。

一方に帰国に対する抵抗が自分の心にあったのだが、大した絵でもない絵が売れるということに、自分はすでに、日本への帰国を促されていると感じていた。

ガラージセール

日本に行ったダヴィからは、なかなか朗報が来なかった。彼は自分が何とか就職したら、エルサルバドルを引き払って、私たちも日本に発つようにゴーサインを出すつもりだった。しかし9月の声を聞いても、就職したとの情報が来なかった。さすがに私は心配になってきた。アパート代は9月分までしかなくて、私が絵を売ったって、持ちこたえるほどの収入にはならない。内戦の中で絵を買うゆとりのある人なんて、9人いただけでも奇蹟に近いことだったから。

それで私は意を決して、さしあたって生活に必要のない本類とか、趣味で集めた中国製の食器のセット、日本から持ってきた日本文化の象徴としての着物などの、あってもなくても生活できるものを「ガラージセール」で売ることにした。それらの「物」に私が何も執着しなかったわけではない。全ては家族として8年この国に暮らし、自分なりの生活のパターンを築いてきた思い出の品々ばかりだった。しかしそれはゼロからの出発には重荷になりそうなものだった。

私がとうとうガラージセールで持ち物を売りさばくことを、初めに知らせを受けた親戚や居残り組の日本人たちが来てくれて、協力してくれた。新潮社の日本史全集23巻、世界史全集18巻、重くて持ち運びに大変な聖書、哲学書、読みまくって内容を暗記してしまった世界文学、日本文学の文庫本類。それらを買ってくれた日本人のなかに、あるキリスト教の一派の伝道師がいた。伝道師として来ているのに、「聖書」がないから売って欲しいといってカトリックが出した旧バルバロ訳聖書を買ってくれたから、なんか、滑稽で記憶している。だってあの人、「ものみの塔」の伝道師だったはずだから、カトリックの聖書、異端のはずだったのにね。バルバロ訳聖書はしっかり訳注がついていて、その訳注を各プロテスタントキリスト教は、まったく認めていないのに。

それからぽつぽつと近所の人に口コミで私の「ガラージセール」は伝わった。趣味のインテリアなどを買ってくれた人、私が作ってもう娘が着られなくなったちょっと可愛いドレス、日本から持ってきたきり履かなかった私の優雅な靴。趣味で集めてもう手に入れられそうにない中国製の食器の12人分のセット。この国の多くの家庭で普通に使っているプラスチックの食器にうんざりして、私は毎月少しずつセットを増やしていた。買うのなら全部一緒に買って欲しいと言って、ある金持ちそうな奥さんに押し付けた。

若い頃の思い出の着物。この国でなら着て差し支えなくても、日本に帰ったらもう着られないと思われる着物だった。これも趣味で欲しいというある金持ちそうな奥さんが買っていった。自分の着物を見送ったときはちょっと哀しかったけれども、まあ、楽しんでもらえるほうが、着ないで箪笥の中に寝ているよりはいい。

物が売れてまとまった金額を手にするたび、銀行でドルに換金した。そのことだけ、メモに書き記してある。

「よし、今日は536ドル換金」「今日は135ドル」

2000ドルを目標にしていたらしい。あの時代・あの国の2000ドル。今の比ではない。儲けを毎日計算すること。これは学生の頃の守銭奴時代に私が身につけたことだ。「あの時代に戻ったな！」などという感慨が湧いたけれど、感傷に浸ってなんかいられない。

まだゴーサインが出ないので日常品を手放すわけにはいかず、私のガラージセールはいつまでもだらだらと続いた。自分の物なら、欲しいと言ってくれる人がいるとさっさと売った。当時、私は家にいるときは動きが簡単なトレーナーを着て歩いていた。青くて黄色の筋が入ったものだ。ある日、それを着て通りで見かけた大きな木に咲く花をスケッチしていたら、そのスケッチを覗きにきた人が、「あんた、あそこでガラージセールをやっている奥さんだろ。そのトレーナーも売るのか?」と聞く。ちょっと驚いたけれど、欲しければ売ってもいいよと言ったら、欲しいと言うので、じゃあ、ここで脱ぐわけにいかないから家まで来てくれといって、一緒に家に行った。で、彼は私が脱いだばかりの生あったかいトレーナーを25コロンで買っていった。日本でそういうの、ひと頃はやっていたらしい。なまあったかいパンティーは特別の値段で買う男がいるんだってね。秋津島瑞穂の国は、なんだか妙な国になったこと!

9月10日。ダヴィからでなくて、村井先生から電話がきた。

「ロッチャン(娘のことを先生はこう呼んでいた)の写真を見ていたら、風が吹いて、ロッチャンが僕のところに吹っ飛んできたよ。ロッチャンが日本に来たがっているという神様の思し召しだよ。もう、みんなそこを畳んで、日本に早くいらっしゃい」

私は一人微笑んだ。ダヴィの就職はまだ決まっていないらしい。しかし村井先生は、何が起きても祈って神様に言うことを聞かせるつもりらしかった。という不遜な憶測より、彼はもうダヴィが日本で就職することを神様が決めたのだと信じていた。彼がそう信じ始めたら、もう誰も彼の信仰を覆すことなんかできない。私はちょっと心が優しくなって、そう信ずる彼の信仰に賭けよう、と思った。

売れるすべてのものを売り出した。売れるものなら買ってほしい衣類、日用品。すべて使い古したものばかりだ。でも隣近所の人たちは、ちびたスリッパまで買ってくれて、私に協力をしてくれた。

優しい、優しいエルサルバドル人。ここでも私は彼らに救われた。犬騒動で疎遠になっていた隣人も、協力してくれた。

しかし私は子供のものだけは気を遣って売らなかった。子供の環境が今から激変する。大事にしていた人形、肌身はなさなかった汚い蛙のぬいぐるみ、プレゼントにもらった数々の思い出の品、クリスマスの飾りなど、子供が大事にしていたもの。環境が激変するとき、それに耐えられるよう、子供のものだけはしっかり周りに置いておこうと思った。一番激変するのは大人の子供に対する扱いだろう。エルサルバドルでは大人は誰でもどんな立場の子供でも可愛がる。子供が嫡出か庶出かなどということで差別をしない。親の職業とか、親の立場で差別しない。混血かどうかなどは問題にしない。あの国はすべて混血だから。更に宗教、人種、世界には色々な差別がある。そして日本は建前上はともかくとして、それらをすべて差別する。何でも「同じ」でなければいけない国。個性教育とか言いながら特定の「優良な」個性を押し付ける国。教師だったから知っている。教師が何をどのように生徒を差別するかを。そんなことを考えながら、私は日本で「差別を避けるための」物を選別する。暗い心を抱えながら。

この国にいた間、部屋の飾りから自分の服から子供服まで作って、自分の一部となっていたミシンを売りに出した。現地通貨で300コロン。普通なら1000コロン以上すると聞いて、中古だからと思ってつけた値段だ。でっぷりと太ったいかにも裕福そうな夫人がそれを聞いて駆けつけた。そして値切り交渉が始まった。この国ではあたりまえのやり方だ。しかしこれは私の8年の思いがこもったミシンだ。本当にミシンが必要で、本来高いミシンを300コロンでしか買えない人に売りたかった。お金はあるけどケチなだけで、別に中古のミシンなんか買う必要もない人になんか売りたくなかった。いくらものを売り出したからといって、私は誇りを持っていた。

でもその夫人は、なんだかそのミシンをものすごく気に入って、「ね！　150って言ったでしょ。150でもっていくから、それでいいよね！」と勝手に値下げし、150コロンを握ってきてミシンを持っていこうとした。私はその態度が気に入らなかった。それできっぱり言った。

「いえ、これは300です。これは私の大切な立派な日本製のミシンなのです。これは150コロンで買えるような安物ものではありません。これ以上1コロンも安くできません」

近くに住んでいるアパートの家主が次の日やってきて、ミシンを見せてくれと言う。「実はミシンを前から欲しがって一生懸命お金をためている人がいるのだけれど、新品はその人には買えないから、できればその人に売って欲しいのだけれど……」。値段はいくらかと聞くので300コロンだと答えた。彼女はいったん帰り、「その人」を連れてきた。若いご主人も一緒である。その婦人の顔を見て思い出した。彼女は毎朝、頭の籠にトルティージャを乗せて、「ケサディーア、トルティージャ」と呼ばわって売りに来るあの原住民の女性だった。裸足で辮髪の浅黒い原住民の女性だった。

私の心がかすかに震えるのを感じた。娘が彼女の呼び声を真似て頭に籠載せて、遊んだだっけ。

彼女が大事そうにしっかり握ってきたお金を見た。そのお金は皺を伸ばし、時には破れをテープで張ったりした痕のある1コロン紙幣300枚だった。300枚の紙幣は生温かかった。彼女が毎朝毎朝早く起きてトルティージャをつくり、通りに出て売り歩き、一枚一枚この紙幣をためて、いつかミシンを買おうと夢見ていたその姿が心に浮かび、胸が一杯になった。この300コロンを集めるのに、いったいどのくらいの歳月を要しただろう。私は300枚全て確認してから言った。

「じゃあ、これはお釣りです。150コロンでいいよ。ミシン、大事に使ってね」

若い夫が手を差し出し、「ありがとう」と言って握手を求めた。彼の感謝が伝わった。うれしかった。夫婦はすごく幸福そうに喜んで、ミシンを持っていった。あのミシンが本当の意味で生きる。行くべき人のところに行った、と私は思った。傲慢で、金持ちのくせに人をごまかしていいものを手に入れようとするあのデブに売らなくてよかった。

「すごい売り方をしますねえ、セニョーラ！　気に入りましたよ！」と、傍らで見ていたムチャチャのロシが言った。私はちょっと得意そうに、ロシを見てにやっと笑った。

船荷を作る

Cargoと呼ばれる引越し用の船荷を作る段になった。縦横高さの寸法が決まっていて、その寸法以内でいくらというふうに値段が決まる。その寸法は運んで持って行ってもらう荷を業者に任せて、荷造りしてから測るのでなく、日本人の噂によると、業者は散乱した荷物をざっと見て、勝手に寸法を目測して値段をつけるということだった。

そうさせてはならじと私は思った。すぐに必要になりそうな身の回りのものを飛行機で持っていくことにして、船荷にするものを決められた寸法に合わせて正確に直方体になるように、ジグソーパズル形式で組み立て始めた。手放せない本類は四角だから問題ない。問題は、気に入って買ったため手放せない鍋釜類のような、丸かったりでこぼこだったりするものを組み合わせて、隙間なく、無駄なく、直方体の形を作ること。執念でもってそれに数日を費やし、崩れないようにロープを掛け、業者を呼んで見せた。

「はい、これで寸法どおりでしょ」。あっけにとられてその業者は積まれて寸分たがわず全くの直方体に固まっている荷を見上げた。大きな箱に収まっているわけでもないし、囲いを作ったわけでもないのに、直方体が動かない。彼は、私が苦労して最低料金に寸法を合わせて組み合わせたその荷物を崩して運んで行った。

あの荷造りだけは、私が今に至るまで自慢に思っている技だった。日本人の駐在員は引越し費用は会社が出すのだし、全ての仕事を業者に任せるのが常だったら、あんなことは考えなくて済む。費用を最低限に抑えたいという一心で私はあんなジグソーパズルの組み合わせをやったのだ。変な才能が私にはあるものだと、そのとき私は自負していた。

家具も荷物もなくなったがらんどうの部屋で、自分の築いた8年が終わるのを実感した。

治療無料の病院

娘の鼻の病が激しくなった。鼻水が絶えず、口は開けっ放しで苦しそうな呼吸をしている。咳もよくする。今まで夫がそばにいたから、自分で娘を医者に連れて行くということがなかった。おまけに保険は切れていたし、お金がなかった。山の上のインディオの医者も、自分は車に乗せられて行ったから、名前はおろか地名も知らなかった。日本みたいに近所に気楽に行ける開業医があるわけではなく、薬局もなかった。ちなみに、薬局はどういうわけだか、このエッセイを書き始めた2008年でも、入り口は厳重に鉄格子で閉ざされており、檻の外から大声で店主に呼びかけ、医者の処方箋を見せて買うという仕組みになっていて、相談ができるような状態ではないのだ。

仕方がない。姑に相談した。そうしたら彼女は、低所得者のための「治療無料の病院」があると言って、連れて行ってくれた。この国にそんなものがあるの？　とたんに日本の似たような施設に当てはめたらどういうところだろうかと想像した。古代の「施療院」かな、と思ったけれど、「施療院」と言われるところを日本で覗いたことがないので、「治療無料」かどうかは知らない。

おっかなびっくり及び腰でその病院に行ってみた。病院は混んでいた。そこには、姿を見ればそれとわかる「低所得者」階級の人々が、まるで国連の機関から食事を提供されるのを待つ難民の群れのように並んで待っていた。裸足で辮髪の先住民のおばさんが布に子供を巻いて抱えていた。ぼろを着て足のない男が人々の群れに押されてよろけていた。これは彼らの「救護院」、救いの場らしかった。

私は決してそのことを、自分のために恥じたわけではなかったが、場違いな気持ちだった。私は日本人で、「低所得者」ではなかった。世界に「経済大国」と言われている国の、それだけに「低所得者」に対しては責任のある階級の人間のはずだった。私はあのメキシコに出てきていたオーストラリアの難民受け入れ事務所の役人から言われたことを、思い出さずにいられなかった。自分は何をしているのだと、かつて持っていた使命感が静かに心に湧き上がった。自分は本当はこの列に加わる人間ではなくて、救済のほうに回る人間でありたかった。今たまたま経済的事情が許さず、彼らの「救いの場」を利用しに来たことを、なんだか後ろめたく思った。私は彼らの列の後ろに並んで待った。

順番が来るまでに子供の咳がひどくなった。見回っていた看護婦が気づいて、列から私を引っ張り出して診療室に連れて行った。それは、「高額所得者階級」のきれいで立派な建物の中で、患者がどんな状態でも杓子定規に順番を守らされる、あのやり方とは違っていた。ここの救護院は、その目的を果たしている。内戦の中で貧者に対して門戸を開く、救護の役割が機能している。

娘がかかっていた医者が鼻の手術が適当だと言っていたと話したら、その病院の医者が言った。「最近の医者は『鼻が悪ければ鼻をとってしまえ、耳が悪ければ耳を取ってしまえ、水虫なら足を切ってしまえ』などと平気で言う。アデノイドはあっていいもので、切ったら鼻水が出ないということはないのだ」

この土地の底辺の民衆の治療を多く手がけてきている医者の慣れた対応に、私は彼の言うことを心から信用した。彼は冗談交じりでいろいろ説明をしてくれた。治療には時間がかかること、発達段階の幼児の病気でいちいち手術を考えないほうがいいことなどを言って、薬をくれた。

本当にお金を取らなかった。お金を払えない意味も聞かなかった。彼らは「お前はあの経済大国の日本人じゃないか?」「なぜここに来た?」とも言わなかった。ここに来るからには、事情を聞かなくても事情があるはずだ。聞かれないことの優しさが身にしみた。

内戦に追われて国を後にするエルサルバドルの最後の日々、私が高所得者の利用する美しい、設備の整ったクリニックで、それがあたかも自分の権利であるがごとく治療を受けたのでなく、底辺の民衆の視線に立って「無料の救護」を受けたことの意味を、深く心に感じた。

(左) ロシとの別れ
(右) 空港で：義母、マルタ、グロリアとエクトル

ロシとの別れ

エルサルバドル最後の日がきた。私が置いていってもいいかなと思って、荷の中に入れなかったありったけの人形を、「置いていっちゃ可哀想」といって両腕に抱え、娘が泣いた。

「ロシも日本に連れて行ってよお。ロシも日本に行くんでしょお。どうしてロシはここに残るのお？」

泣き叫ぶ娘をロシが涙を流して慰めた。

「また戻ってきたら一緒に遊ぼうね。私はママやパパのところにいなければならないの。あなたもパパのところに行くんでしょ」

「いやだ、いやだ」「ロシも一緒に行くんだ」と娘が泣いた。おばあちゃんが「さあさあ、ロシもおばあちゃんも、後から日本に行くからね」とうそをついてなだめた。それを聞いたとき、私はこの娘が私と同じDNAを持っているなら、そういう嘘は危険だと思った。私は2歳半で死に別れた姉のことを一生涯覚えていた。「天国に行った」と言い聞かされた姉が「帰ってくる」のを、いつまでもいつまでも門の所で待っていた。あの哀しさを、あの初めての人生の悲哀を、私は一生心に刻んでいた。

そして私は39歳で自分の娘が生まれたとき、27年間心に抱いた姉の面影を思い、娘の日本名に姉の名前をつけた。あの姉がやっと帰ってきた。天国から帰ってきた。子供にはどんな嘘もついてはいけない。少なくとも親は嘘をついてはいけない。そう思った。

「ロシといたいだけ一緒にいなさい。思いっきり抱っこしてもらいなさい。あなたがママやパパと一緒にいなければ悲しいように、ロシもママやパパと別れられないのよ。またこの国に戻ってきたら、ロシに会いましょうね」

娘は気が狂ったようにロシにしがみついた。時間がきて、私と見送りの親戚たちが促すまで、娘は泣きながらロシにしがみついていた。そして、それから諦めたように、自分でロシを離れて車に乗り込んだ。別れを、娘は悟ったのだ。彼女はけなげにロシとの別れを受け入れた。

エルサルバドルの空港には、ダヴィの両親と弟、それからキロア（避難する我々を一時守ってくれた）の一家が送りにきた。最後の抱擁。誰も、「また会おう」などという、あまりに内戦の状況下にそぐわない「挨拶」の言葉を言わなかった。

そして私は内戦の国を後にして、娘とともに日本に向けて旅立った。

ロスアンジェルスのイミグレーションで

ロスの空港に着いた。ここで途中下車しなければならない。当時ロスに住んでいた教え子の家に数日間留まることになっていた。引越し荷物を山ほど運ばなければならない。時代劇なんかに時々出てくる市中引き回しの罪人を入れる大籠みたいな籠が2つ。自分が日本を出るときに持ってきた旅行カバン2つ、新しく買った巨大な旅行カバン1つ。それらをワゴンに、その上に子供を乗せて、イミグレーションに向かう。

子供に私は大きな虎のぬいぐるみを持たせていた。あの空き巣に遭って金目のものを盗られてから、奥にしまってあったために免れた貴金属類を、いざというときにお金に換えられるだろうと思って持っていた。さて、どうやって盗難を防ぐか。思いついたアイデアがあった。私は貴金属を一つひとつしっかりと布地に巻いて綿でくるみ、黄色のタオル地に縞模様をつけて虎のぬいぐるみを作った。それを私は日ごろから子供に抱かせてほどよく汚しておいた。これからどこを通過するのでも、面倒な書類を書いたり、疑いを受けたり、挙句の果ては付け狙われたりすることがないように、子供にいつもその虎を抱きしめているように誘導したのだ。当時はまだ、今は常識になっている貴金属探知機など、空港に、ましてエルサルバドルの空港には備わっていなかった。

そのときの私のいでたちは、引越し荷物を作ったときから着っぱなしのデニムの頭陀袋のような作業用のオーバーオールに、どうでも良いようなよれよれのTシャツ。機内で着るデニムの上着。機内持ち込み用のリュックに、子供の換え着や食料などを入れたバッグ。今から思えば、どこから見たってまともな奥さんには見えないような姿で、私は虎の子を抱いた4歳の娘とともにロスアンジェルスのイミグレーションに立った。

ところが、私の耳は降下する飛行機の中で、気圧の所為で完全に聞えなくなった。子供の世話をしていたから、自分の耳を保護することができなかった。係官が質問するのを聞き取れなくて、私はなにかを自分で言っているのだけれど、自分で言っている声さえ聞こえない。暫くすると、係官が別の係官を連れてきた。仕方ない、私は筆談で自分の体の異常を訴えようと思った。ところが私はその筆談さえスペイン語で書いている。そのことを自分で気がつかない。

係官は急にスペイン語で応対を始めたらしい。おまえは何人だ？　という声がかろうじて聞こえたような気がした。そこで、日本国のパスポートを出す。お前は日本人じゃないか、と言っている。それに対して私は、「si, si」とスペイン語で応えている。日本人って、なんかいけないんだろうか、自分がどのように見えるかなんて一切考えなかった私は首をかしげた。

不審に思ったらしい係官が数人で私を取り囲み、なんだか取調室のようなところに連れて行かれた。これ、ひょっとして連行か？

薄暗い、机と椅子がひとつずつあるだけの、灰色の部屋。そこに私は長いこと座らされた。ただ待つだけ。どうしたのだろう。子供がもう眠がって、私の膝にもたれている。水もない。人影が動いたから頼んだ。ミルクを作りたいからお湯をくれないか。見張りに立っていたおっかなそうな女性の係官がミルクを作って持ってきてくれた。彼女の口元にうっすらと見えるひげを上目遣いで見た。昔スペイン旅行の途中で通り過ぎたソ連のナホトカで、やっぱり大柄の女性役人がひげを生やしていたっけ。妙なことを思い出した。なんだか白人の女性役人って、みんなひげを生やすんだ。ふふふ。

誰も来ないが、見張り役がずっと出入り口に立ってこっちを見ている。なんだかわからないから、それでも待っている。誰も来ないし、解放もされない。大体、何が問題だかわからないというところが、余計に不安を喚起する。後でわかったことだけれど、世界中で活躍中の日本赤軍との関連を調べられていたらしい。日本国籍を示すパスポートを持ちながら、怪しいスペイン語を操って、ぼろを着ている親子連れ。何を聞いてもスペイン語しか通じないのに、日本のパスポートを持っている。

怪しい。きっと日本のパスポートは偽造したんだろう。過去の情報を調べ、犯罪者ではないか、本物の日本人か、とにかく解放しても問題ない人間かどうかを調べたんだろう。

ふん。私ほど善良な市民はいないんだ。

しかし、何の説明もなく、やっと数時間後に解放された。

入り口付近で待っていた私の教え子が、「一体どうしちゃったのかと思っていました」と言う。いや、こういうことだったと説明したら、げらげら笑って、多分こういう意味だと推測つきの説明をしてくれたのが、日本赤軍説だった。

そのときの私は日本の情報をまったく知らなかったし、大体自分がどのような人物に他人の目から見られるのかということに無頓着だった。国を越えて旅行するときに、あんなホームレスみたいな姿はないだろうと、今の私は思う。

「あの」日本へ戻ることの意味

数日後、私たちは再び機上の人となった。とうとう太平洋を渡る。機内には懐かしいというか、やっぱりこれが大和民族の同胞だと思われる人相の乗客がわんさわんさと乗っていた。

日本へ、日本へと、機上の人となった私はつぶやいた。私は「あの」日本に行く。経済大国、日本。富士山の国、日本。あの繊細な芸術を生む国、日本。あのうそざむい国、日本。あの人間関係の複雑に絡まった国、日本。私を拒絶し、個性の育たない国、日本。そして、私をかくも複雑に育てた国、日本。私の故郷、日本。

私は一体、なぜオーストラリアに行ってはいけなかったのだろう、と考えた。いったい何ゆえに、わざわざ兄弟も母も、お前を受け入れないと、日本出国以来初めて国際電話までしてきて、来るな来るなと私を拒絶してきた日本へ行かなければならないのだろう。だいたい日本人である私個人を日本国に受け入れないという権利なんかない人々が大騒ぎしているだけで、それを気にする年齢ではなかったにもかかわらず、私はそれにも意味を感じていた。「家族親族でさえ自分が受け入れられない国に私が行くことの意味」とは何か。この期に及んで、まだ私は考えていた。飛行機で太平洋を渡る時間は長かったから、本心は抵抗を感じているこの帰国の意味を、考えざるを得なかった。自分はできる限りの抵抗をした。これ以上の抵抗はもう無理だと思うほど、抵抗した。

しかし私は運命に押し流されるように、乗った船が否が応でも私を日本に運んでいくかに思われた。万策尽きて、刀折れ、矢も尽きて考えた。やっぱり、これはあの大いなるBeingの意思なのだ。そうでも思わなければ、自分のこういう理不尽な運命を受け入れることができなかった。

私は村井先生に心の底から感謝していた。村井先生は、親戚縁者がすべて拒絶する私たちを助け、義務もないのに3人分の旅費まで送ってきてくださったのだ。ダヴィが頼った友人にさえ、「日本で受け入れる人なんか誰もいない、低開発国出身で日本に貢献度の少ない英語もできない男」とダヴィは認定されたのだ。おまけにその面倒な男の就職のために尽力しながら、エルサルバドルに待機していた私たちを、実家の事情のことはあえて尋ねず、ご自宅に引き受けるから安心せよと言ってくださった。私にとって村井先生は、まさにこの世ではありえない人間だった。

あのときの先生は、私にとってすでに人間ではなかった。日本大使館で私は「身元引受人」のことで立ち往生していたとき、あの先生の姿がひらめくように脳裏に浮かんだということそのものが、すでに超自然的現象だった。学生時代親交があったとはいえ、私はその後20年間、盆暮れの挨拶状のやり取りしかしていなかったのだ。就職が決まり次第呼ぶと電話口で言っていたダヴィの言葉を制して、まだ就職が決まらなくていいから、ご自宅に私たち親子を引き取ると言ってきてくださった先生が、私にはほとんど、天上の存在のごとく思えた。有り難かった。涙が出るほどうれしかった。いや、実際に涙は勝手に頬を伝って、流れっぱなしだった。

それにしてもBeingの意思とはなんだろう。私が日本に行かねばならぬ目的とはなんだろう。前途多難は手にとるように明らかだ。それを思えば、私の心は暗かった。あの先生はいつも「明日のことを思い煩うな」と言っていた。私はいつも「明日のことを思い煩って」いた。先生の家に一生ご厄介になることなんか、できない相談だ。先のことを考えると心が暗かった。いったいなぜ、「あの日本」じゃないといけないんだ。なぜコアラの国じゃいけないんだ。そのことを思えば恨めしかった。

私が日本に行かなければならないなら、その目的とはなんだろう。私は繰り返しつぶやいた。

そのとき、ふと私の心にひらめいた言葉があった。23歳のとき出会い、私を助けたあるスペイン人のマドレ（スペイン語でシスターのこと）の言葉だった。家庭に問題を抱えた私が自殺未遂を図ったとき、彼女は言った。

「私があなたの母になる。あなたはあなたのお母さんの母になれ」

あの不思議な言葉を私はいつも心に抱いていた。解釈不能の言葉として、私は自分の人生の宿題のように、時々自分の過去の日記から取り出しては考えていた。「お前の母の母になれ？」

私は人を殺してエジプトを逃れたモーゼが神の召命を受けて、いやいやながらエジプトに戻り、奴隷解放の使命を果たした旧約聖書物語を思った。そうか。召命とは抵抗があるものなのか。嫌がっているのにどうしてもやらなければいけないことが、きっとこれから示されるのか……。

私は24歳のときに別れたあのマドレに呼びかけた。

「きっと多分、これからあなたの言葉を成就します。貴女の言葉を成就するために、私はきっと日本に行くのです」

日本へ、日本へ。私は、「前途多難」を受け入れた。あの命の恩人のマドレの言い残した不思議な言葉を、意味を知らずに受け入れた。自分に何かするべきことがあるから、日本に行かなければいけないのだ。そう思って納得しようとした。不安を抱え、懊悩しながら。

第9章　逃避行の果ての国

成田空港

私は8年前国を出るとき、羽田国際空港から出た。まだ成田空港は闘争の真っ最中で、開港されていなかった。だからこれから到着しようとしている成田空港は初めてだった。自分の国の玄関口、ちょっと留守にしていた間に、玄関先から変わっちゃう国だ。いったいどうなっているんだろうと思いながら、私は世界の果てのいなかっぺとして、成田空港に降り立った。1984年9月25日のことだった。

ここが日本か、と私はつぶやいた。ここの国は、隣近所の人間の行動を見て、同じことをすれば間違いない国だ。昔住んでいた自分の国が確かそういう国だったことを思い出し、私は隣の人が動き出してから、その後をついていった。

真夏の国から来ると、9月末の日本は空港に着いた人々の服装からして暗く重苦しく見えた。娘は不安そうに私にしがみついていて、訳のわからない言葉を話す怪しい人相の人々の群れにおびえていた。娘は日本語を知らないのだ。

荷物が吐き出される化け物のような大きな黒い口から、自分の荷物が出てくるのを待った。何だか江戸時代にしかなかったような大きな竹篭が二つ、網に包まれて出てきた。私が24歳のとき初めてのスペイン旅行に持っていった豚の絵を描いた旅行鞄が出てきた。エルサルバドルで買った更に大きなかばんが出てきた。ワゴンを持ってきてそれらをみんな担ぎ上げ、その上に娘を乗せて動き出した。

そのまま入管の列に並んだら、係りの男性が出てきて、「引越しですね？」と聞いた。ああ、日本語だ。日本人が日本語を話している！　へんてこな反応をして私はその男性の顔をしげしげと見た。彼は私を誘導して、一時的な旅行客が並んでいるところとは別のカウンターに連れて行った。

やめてくれ、また連行かいな！　私の反応はいちいち、内戦下のエルサルバドルの癖が出た。それは連行ではなかった。子供づれの引越し家族らしいから、特別に手続きを簡単にしてくれようとした配慮だった。

私が出した書類の中から、8年前出国時に携行する貴金属として届けを出した書類が出てきた。その貴金属を見せるように求められ、私は苦笑した。私は娘がしっかり抱いている虎のぬいぐるみを見せた。「この中にみんな入っています」。係官はあきれて私の顔を見た。「なんで、そんな面倒なことしたんですか⁉」

私はかいつまんでエルサルバドルの内戦の中で、盗難や殺人を避ける為にしたことを説明した。「中、破ってみてもいいですよ。どうぞ」と私が言ったら、「いやあ、子どもさんが自分のおもちゃだと思って抱いているんでしょ」と言って、何もしないで通してくれた。

日本人はなんて温和なんだ！　エルサルバドルでもメキシコでもロスアンジェルスでも、凹凸の激しいおっかない顔の係り官ばかり見てきた私は、その日本人の男性のまったいらな顔をつくづく見て、平和とは、なるほど平らなことだわいと思った。

再び子どもを荷物に乗せて、私はワゴンを押して出口に向かった。そこにはダヴィが、村井先生のお嬢さんのご夫婦と一緒に待っていた。立ち止まって私は彼が彼であることを確認した。私は無言だった。ワゴンの上に乗っていた娘をダヴィが抱きしめたのだけど、娘も何だかわけが判らないような顔をして、ものを言わなかった。あれは「感動」と呼べそうなものではなかった。むしろ感情停止状態だった。

笑顔も涙もなく、私はじっとダヴィを見た。笑顔も涙もなく、娘もじっと父親に抱かれていた。

村井先生の入院

成田からそのまま村井先生の家に車で向かった。何か食事をするかと運転する村井先生の娘婿さんの「ぶんさん」が私に聞いた。「さあ」と私はあいまいに答えた。日本語で対応できず、思考回路も日本語になっていなかった。私の気分はまだ内戦の巷をさまよっていたのである。

家に着いた。その家を見て、「ああ、これは日本の家だ」。造りを見て、「日本の家屋」というものを思い出した。ガラガラと玄関の格子戸を開ける。奥様が日本人みたいな表情で、日本人みたいな挨拶をする。入り口からまっすぐ奥まで廊下がある。靴を脱いで、応接間に通される。そうだ。日本は靴を脱いで家に上がる国だった。奥に畳の部屋がある。畳の感触が足に触れる。ああ、畳というものがあったな。

そこはまるで私には外国だった。

村井先生はなんと、胃がんの手術で入院中で、会えなかった。いきなりそれを聞かされてかなりぎょっとして、ほとんど蒼白になった。そんな状態で私を受け入れてくださったとは。いくらなんだって、異常すぎる！

突然日本風に気を取り直した私は、ぶんさんに頼んでお見舞いに行こうと思った。ところが、まともな秋服がない。お見舞いに行く前に、どこかで服装を整えたいからそれなりの服が買えるところに連れて行ってくださいと頼んだ。

デパートのようなところで、私は、先生に会うのにこの程度で良いかな、みたいな感じの服装を選び、エルサルバドルで荷物整理をしていたとき以来着っぱなしだった頭陀袋のような作業着をやっと脱いだ。つまりその時まで、私は、他人の家に訪問するときに気遣うはずの、当たり前の服装さえしていなかった。

「あはは、化けましたね」と私の姿を見てぶんさんが笑った。「案外趣味がいいじゃないの」。上から下まで、ぶんさんは眺め、満足そうに村井先生の病院まで私を案内してくれた。ちなみにそのとき買ったブラウスを、私は30年間身に着けている。

お見舞いに行ったら、ご本人はなんだかものすごく明るくて、「わああ、来たね、来たね。ぼく、癌になっちゃったあ。あはははは」と私におっしゃるのだ。うわあ、ほんとだ、癌だ癌だ、とは、まさか私は言わなかった。

ご家族もなんだかさばさばとしていて、癌だよ癌だよ、ひゃっひゃっひゃあみたいに、突拍子もなく明るく報告する。みんなニコニコしている。癌の受け入れ方も村井先生は非常識だ。というより、なんだよ、これ……。

私は感無量で、やっぱりこのときも、まったく一言も口が利けなかった。

帰国して直行したのは先生の家だったから、まだ実家の家族とは会っていなかった。私はいくらなんでも怖かったのだ。どの面下げて会いに行けばいいんだか、わからなかった。8年ぶりに帰国して、実家に顔も出さず、赤の他人の家に住みこむなんて異常だという意識は、私にだってあったから。

しかし意外なことに、先生の癌が、私の心に重くのしかかっていた実家との関係を好転させていた。兄たちは、いくらなんでも、学会の錚々たる先生方が妹の夫の就職のために動いてくださって、しかも中心になってくださっている村井先生が癌で入院なさったというのに、俺たち放置できない、ということになったらしい。学会の錚々たる先生方って……。村井先生は、元東大の学長、茅誠司先生に声をかけて、ダヴィの就職活動に尽力してくださっていたのだ。そりゃぎょぎょっとしたろうよ。茅誠司先生なんて、私にとっても私の実家の家族にとっても、まさに雲上人だった。

近づくことも恐れ多い学会の先生がたが、日本中に声をかけて妹の夫の就職活動をしている状況におったまげた兄たちは、とうとう腰を上げてダヴィの就職活動に乗り出してくれていたらしい。どういう伝手か知らないけれども、あの物理学会の有名な糸川英夫先生を紹介してくれたのは、国際電話で日本に来るなという母の爆弾発言を伝えただけで電話を切った、あの兄嫁だった。

糸川先生はダヴィのために、ある講演会で、中米に関する講演をさせてくださった。そのときの講演料で、私たちは当座の生活ができたのである。五郎兄さんはさる麦酒会社に勤めていて、なにかその伝手で、ホテルのようなところに就職口を探してくれていたそうだ。私のはじめの心配をよそに、明るい兆しが見える方向に事は運んでいた。

しかも、ダヴィの就業ビザが下りるのに一役買ったのは、なんと当時私とは全く交流のなかった次郎兄さんだった。次郎兄さんは他の兄弟とは違い、自分が設立した有限会社を持っていた。ダヴィの就業ビザを取るための手続きとして、彼は自分の有限会社の名義で、ダヴィと雇用契約をしたということにしたらしい証明書を法務省に提出したのだった。村井先生の差し金だろう。でも私はそんなこと全く伝えられていなかった。

左から村井先生、娘、ダヴィ、私

私たちが一時的に滞在をさせていただいた村井先生の家で、私は荷物の中から、なにはさておき娘のおもちゃだけを出した。娘はスペイン語しかわからなくて、遊び相手もいない。時数にすればたいしたこともないかもしれない、この2ヶ月の間の生活の激変に、ただただ母親の私にしがみついてきた。少なくとも、娘が遊んでいたおもちゃを出して、どこに行っても彼女の世界があることを感じさせてやりたかった。

娘は誰にでもべらべらスペイン語で話しかけたが、誰も返事をしなかった。エルサルバドル人なら少なくとも、何語でも何でも語りかけながら子供の相手をしてくれるのだけど、日本人はやっぱり期待通りの反応だ。何しろ何にも言わないで、馬鹿を相手にするように、当惑してただボーっと突っ立って子供を見おろしているだけなのだ。

母と再会

村井先生宅に滞在している間、私は先生の家族に促され、子供を連れて母を訪ねた。促されなければ行く気になれなかったのは事実だが、私だって常態ではなかったから、母に会って自分の精神の均衡を保つ自信がなかった。でもとにかく、私の記憶に付きまとうマドレとの約束を果たすには、母と会わざるを得なかった。

実家のある中央線武蔵境の駅は昔と変わらなかったが、出たとたんに、どこにいるのかわからないほど町は変わっていた。建物などほとんどなくて畑だらけだったはずの「南口」を出たところに、どんとイトーヨーカドーが建っている。私の知っている武蔵境は、珍しいことに北口のみが発展した町だった。南口には商店街なんかなかったはずだった。

林立した建物を縫うように、私は方向感覚だけを頼りに、実家のシンボルだった大きなヒマラヤスギを探しながら歩いた。周りを見ても見覚えがある建物がなかった。やがて前方にこんもりとした森が見えてきた。植物が好きな母が、近隣に何を言われても絶対木を切らなかったから、改築したり変形したりして昔の面影をとどめなくなった町のたたずまいのなかに、母の家だけがそれとわかるような森の中に建っていた。ああ、あのヒマラヤスギが健在だ。子供のときあれに登って、置き去りにされた鳩の子を取って育てたっけ。実家の門の入り口にそびえているヒマラヤスギを確認して、私は思わず立ち止まった。ああ、あのヒマラヤスギだ！

実家の庭は草木に覆われていた。草木を掻き分けて玄関から入っても母は見つからないので、庭にまわってみた。庭に母が立っていた。母はただ、そこに現れた私たち親子を、呆然として暫く立ったまま見ていた。まるで、死んだ者の出現に誰だろうかを思い出そうとしているような表情だった。かつて、姿勢を崩さず、威厳を持ってしゃんとしていた母は、老いて姿勢が昔と変わっていた。そうか、老いたな。と私は考えた。

「ただいま帰りました。この子が娘のロシオです」と私は娘を紹介した。

娘には私が自分の母に会いに行くのだといっておいたから、すごく喜んで、会うのを無邪気に期待していた。「ね、ね、ママはママのママのこととってもすきでしょ?」などと言っていた。生ぬるい返事しかしない私に、しつこく同じことを聞いていた。何が起きるかわからない、鬼に出会うか蛇に出会うかわからない。私はこれから何が起きるか心配だったから、娘の質問をあえて無視していた。

娘は何かうれしそうな顔をして、初めて出会った私の母をじっと見つめていた。

「ああ、あなたなの。もう会えるとは思わなかった……」と、暫く間を置いてから彼女は言った。それからゆっくりと娘に視線を落とし、「そう……」と言った。

その日はそれだけだった。そこに、娘が当然のことと期待していた「母と娘」の出会いはなかった。エルサルバドルのような歓喜と抱擁と、涙とけたたましい言語を機関銃のように発する、彼女が慣れた再会の光景はなかった。これでも私にとっては大成功のうちだったが、エルサルバドルの人間関係しか知らなかった娘には理解できなかったんだろう。どうしてママに会って、飛びつきもしなければ、大騒ぎをしないんだろう。変な親子の再会に、娘はかなりショックを受けていた。説明なんかできない。とにかくこれが日本流なんだ。２人の沈黙を娘は何も言わず、ただじっと見ていた。

そんな娘をよそに、帰る道々、私は思った。「あの人、きっと感情がこみ上げて、ものが言えなかったんだろうな。きっと今ごろになって何か感じているだろう」

「再会」には違いなかったが、それはドラマチックでもなんでもなかった。いや、もしかしたら、これほどドラマチックな再会はなかったかもしれない。

10月になってダヴィは、村井先生の人海作戦というか人脈作戦で、「大手開発株式会社（現三菱マテリアル）」という、三菱系の子会社に物理探査部部長付きという待遇で就職した。難民に対して門戸を閉ざすことで有名な日本で、これは破格の待遇だった。

住む家は社宅があるというから、集合住宅を想像したのだけれど、会社の人が千葉県松戸市に連れて行ってくれてあちこち見せてくれ、選択することができたので、わりと大きな庭のある１戸建ての借り上げ社宅に入居した。

ところでそこで、意外なことが起きた。村井先生から、私の難民帰国を伝え聞いた出身大学のシスター廣戸が、大学構内に難民救援用に備えていた、いろいろな家庭から出た古い家具をかき集めてトラックに積んで持ってきてくださった。なんかいきなりである。恩師であることは確かだから、昔世話になった。でも、まるで分野が違う村井先生との接点はなかった。だから突然その接点を作ったのは、村井先生だろう。

しかもここに、大学時代にアルバイトの紹介をし続けてくださったシスター広瀬が登場した。彼女が言う。「村井先生はすごい！　村井先生の話を聞いて、私がオーストラリアに伝手を探していたら、オーストラリアなんかどうでもいい、なんとしても自分が日本でエスコバル一家を引き受けると村井先生はおっしゃった。しかもそれが神様の意思だと断言して。すごい。ありえないことをあの先生は信仰の力で実現してしまった。もう、あの先生の信仰の前に私はものが言えなかった」

え？　なぬ？　その言葉を聞いて私は茫然とした。あのメキシコの大使館でダヴィの日本国ビザの件で立ち往生していた時、私の記憶に浮かんだのは、村井先生以外になかった。ここに登場した「シスター広瀬」という御仁は、学生時代、苦学する私をアルバイトの紹介をし続けて支えた恩人中の大恩人だった。もしオーストラリアに伝手があるとしたら、この方をおいてほかになかった。この方を全く思い出さず、いったいなにゆえに、村井先生ただ一人を私は思い出したのだろう。

彼女は、あの国連難民高等弁務官の緒方さんと同級生で、ひと癖あるが顔が広く、本当に徹底的に、私の学生時代を支えてくださった人物だった。この方を思い出していれば、オーストラリアへの難民申請も何とかなったかもしれないほど、頼りになる人物だったのに。あんなにオーストラリアに行きたがっていたのに、なぜ私はこのシスターに一言も相談しなかったのだろう。でも全く思い浮かばなかった。

そうなのか。そうなのか。村井先生の名前しか思い出せないように、あの時の私ののうみそは仕組まれていたんだ。そうなのか⁉

愕然としたけれども、私はすでに日本にいて、ダヴィの就職先も決まり、社宅が決まって引っ越しの段階で、頼んだわけでもないのに、家具の一切を母校のシスターが運んできてくださるという連絡を受けたのだった。なんという、なんという展開だったのだ。

ダヴィの社宅が決まってから、家族ぐるみで私の帰国反対運動を指揮した母も、昔家族が大勢いたためにたくさんそろっている食器や夜具などを兄たちに頼んで運び込んでくれたので、私たちはほとんど何も買わずに新しい生活が始められた。

長い旅を終えて、やっとその社宅に入ったとき、娘が畳に腹ばいになって両腕を広げ、畳を抱くようにして言った。

「もうどこにも行かないんでしょ？ ずっとここに住むんでしょ？」

スペイン語だった。それを聞いた兄嫁に「ロシオちゃん、何を今言っているの？」と聞かれて、娘の言葉を通訳したとき、「可哀想に！」と言った彼女の目から、涙が落ちたのを私は見逃さなかった。いろいろな感情は後からゆっくりやってきた。母の感情も、兄たちの感情も、そして、私の感情も。

内戦の後遺症

内戦のエルサルバドルは、常識的に言って、平和日本より怖いはずだった。しかし、私は松戸に居を定めて日本の生活が始まった頃、日本が怖くて仕方なかった。エルサルバドルの家と比べて、日本の家は開放的で無防備だから。

エルサルバドル人と結婚する前、私は30年以上日本で生きていて、感じたことのない恐怖を私はこの無防備な日本家屋で感じていた。帰国したばかりの私には、日本の家はほとんど、家としての条件を満たしていなかった。家というものは、エルサルバドルでは「城砦」だった。

日本家屋は、垣根も塀も低いし中が覗けるから、誰でもいつでも侵入可能だと感じた。全く家が防備としての用をなさない。塀というものが外敵から身を守るための城壁であることが常識の国から、塀は境界線を表すための印であり、時には趣味や美意識の対象でしかないという、外敵の存在など念頭にない国に自分が来たのだということを、私はにわかには納得ができなかった。

エルサルバドルでは庭が家の内部にあり、家の高さがそのまま塀となって、通りから内部が見えないようになっている。通りに面した塀がないことはないが、それは人の高さの倍はあって、容易に中を覗けない。塀にはぎざぎざのガラスが上向けにはめ込んであって、泥棒が塀に手をかけて飛び上がったりして侵入することを防いでいる。あれに相当する塀が日本にあるとしたら、拘置所の塀である。つまり家の中は外界から完全に遮断されているのだ。それでも私が住んでいたエルサルバドルの家は空き巣に入られた。

松戸の家に引っ越して初めてあの破れ垣根を見たとき、私は家主に交渉して、危険だからもっと垣根を高くして欲しいと言ったものだ。まるで撃ち合いの巷に裸で寝るようなものだと、私は日本の家屋を見て感じたのであった。

私は全く大げさに言っているのではない。日本が、ふすまや障子で隣と隔てて、それでプライバシーが守られているつもりになっている国だということを、全く感覚としても思い出せなかった。だから、あの破れ垣根が直せないと家主から胡散臭そうに言われたとき、これからどうやって身を守ろうと、本気になって思った。通りから覗こうと思えば丸見えのところに、カーテンだけのスクリーンドアがある平屋の家なんか、人の住む「家」としての用を成さない。怖くて怖くてたまらず、私は昼でも雨戸を閉め、家の奥の部屋の隅にじっと声を潜めてうずくまっていたのである。「覗かれる危険」というのは、痴漢や異常者を想起するかもしれないが、私はそういう感覚で「覗かれる」と思ったのではない。「覗く」のは命を奪う「敵」であり、暗殺者だった。戦国時代はともかく、現代の日本の家は「外敵」の存在など眼中になく建てられている。住んで楽しみ、通りから覗いても楽しみ、時には「外部の目」を完全に意識して、花だらけにして得意になっている、そんな家の庭もある。こんな「平和」な国がこの地上に存在するなんて、考えられない、まったく！

子供は開放的な日本の家が珍しくて、「丸いパティオだあ。面白い」とスペイン語で言いながら、一人で家の周りをぐるぐる回って、花も緑もある楽しい庭を飛び回っていた。パティオとはスペイン系の家屋の内部にある回廊のある庭のことだが、エルサルバドルの家の形では、家の周りをぐるぐる回ることとなんかできないようになっている。

その家は半年くらい誰も住んでいなかったということだったから、庭は手入れがしていなくて、黄色のタンポポが一面に咲き乱れていた。娘はそれをすごく喜んで、庭に洗濯物を干すときに、私がタンポポを踏んだと言っては泣くのである。エルサルバドルで私たちは、親子で花を楽しんだなどということがない。タンポポも一面に咲いていれば見事である。一面に咲いている黄色の花を、子供はまるで金色の世界にきたように喜んだのだ。

しかし私はその頃、庭に洗濯物をさっさと干したら、すぐに家に飛び込んで、ぶるぶる震えていた。タンポポ鑑賞どころではなかった。子どもは「変化」を楽しんでいる。子どもがこんなに楽しめるということは「平和」の条件かも知れない、と思っていたけれど。

10月から11月にかけて、もっと怖いことがあった。早朝、銃声の音を聞いてすわっ撃ち合いだ！と思って目を醒まし身構えた。寝室は通りに面した窓際で、薄っぺらいベニヤの雨戸があるだけだ。そんなもの撃ち合いが始まったら簡単に弾を通して、家の中で身を伏せていても流れ弾にあたって殺されてしまう。驚いた私はダヴィを起こし、二人で這って娘の寝ている部屋まで行き、娘を起こして奥の安全地帯を探した。通りから一番奥の4畳半の部屋。暗いから物置代わりにしていた。その部屋に息を潜めて親子3人はうずくまった。そしてふと思ったのである。

「え、ここは日本だった。あの音はなんだったのだろう……」

それは学校の運動会の開催を告げる空砲の音だった。

家は便利なところにあって、歩いて5分以内のところに商店街、病院、郵便局、警察、市役所、幼稚園が数ヶ所、小学校が2つ、中学校が1つあった。私は買い物のため商店街に行くのに、慣れたスタイル、つまりズボンにシャツにスニーカー、いざという時に備えて両手を空けておくためリュックを背負っていた。そう、「いざという時」はいつでもどこにであるはずだった。

あるとき、後ろから「奥さん！」と声をかけられた。私はまだ松戸に来て間もないから、誰にも知られていないはずだ。私はその声に警戒し、タッタッタッと数歩駆けて前進してから、ぱっと後ろを振り返って身構えた。それを見た相手の驚き方といったらなかった。多分私は敵に対して身構える戦闘員のような形相をしていただろう。一事が万事そんな状態で、私は暫く、日本の中で内戦を生き続けていた。

ダヴィの感動

何が人の感動を呼び起こすかという問題は一定ではない。各個人の経てきた人生やら、文化やら、常識やらが働いて、人は感動するものらしい。

社宅に引っ越してから、私は家族でよく探検をかねて散歩をした。常磐線の私たちの降車駅である駅の北口に、梅雨の頃ちょっとした「観光地」になる、「あじさい寺」と別名のつく本土寺がある。庭が奇麗だという評判なのだけれど、現在はその「奇麗な庭」を見るには拝観料を取るので、散歩がてらに見るということができなくなった。

私たちはまだその庭が拝観料をとってまで見せるほど「奇麗」ではなくて、人の心のほうが「奇麗」だったころ、足を伸ばして境内を散歩した。その境内の中の野菜売り場で、私たちは思わぬものを見つけ、喜んだ。「ウイスキル」だった。それは日本では「はやと瓜」と呼ばれている、薄緑、またはクリーム色の蔓になる実で、中米では塩茹でにしたり、スープの具にしたりする。中米の食事の素材があまり手に入らなかったので、秋も随分深まるまで売っているそのはやと瓜を求めに、私たちはよく本土寺の境内に足を運んだ。

境内のそこここには、粗末な屋根のついた無人の野菜売り場があって、農作物が無造作に置いてあり、お金を入れるための缶からがふたもなく置いてあった。その中には主に100円とか50円などの硬貨が入っていて、そこには見張っているらしい人物が誰もいなかった。大して気にもとめないでいつも素通りしていたのだが、あるときダヴィが立ち止まって、缶の中を覗き込んだ。コインを見て、ダヴィはちょっと驚いたように、「これはなんだ?」と言う。

「ここにおいてある野菜を欲しい人が持って行くとき、その缶にお金入れて買っていくんですよ」

その簡単な説明を聞いて、彼は目を見開いて改めてその小さな店のたたずまいを見た。店というより、小さな机と、その上を覆う小さな屋根がついているだけのスペースだ。田舎によくある、自分の家の畑で取れた野菜を売るための無人野菜売り場だ。

「ほお!　ここの人たちは、人の正直さを信じているんだ!　すごいなあ!!」

そう言って彼はかなり大げさに感動し、改めて誰も手を付けないらしい缶の中を覗いた。コインが入っている。

「誰も取らないのかぁ⁉」と彼は言った。「誰もいないのに、一日中ここにコインが入った缶が置いてあるのかぁ?　それで誰も盗らないのかぁ?」「Impossible! Impossible!」

何度も何度も彼は言い、何度も何度も缶の中を覗いた。

「そういえば、変かも……」。私はダヴィの言葉に、初めて逃れてきた国のことを思い、彼の感動の意味を察した。

「こういう店は積極的に協力して、つぶれないようにしなければいけないなあ」と彼は言った。「この手の店を存続させるか否かは、信用された我々の責任でもあるよ」

彼はそのなんでもない無人のスタンドの写真を撮った。缶の中の「手を付けていない」コインまで、彼は写真に収めたいようだったが、カメラの性能が悪くてできなかった。

そこまで来ると、「へー」と、今度は私が驚いて彼を見た。「このスタンドを見て、そんな深いこと考えちゃうのか！」。このスタンドが彼の関心を呼び、彼の中の正義感や社会に対する感覚を呼び覚ましたのが見て取れるような反応だった。

「我々の責任ねえ」と私は言った。なるほど、言われてみれば、ふたもない缶の中にお金を入れて野菜を買っていくという「約束」は、地域の住民同士の信用なしには成立しない「制度」ではある。

私たちが後にしてきたエルサルバドルは、昼日中、日光を当てるために家の外側に置いた鉢植えの植物だって、一瞬の隙もない合間に盗まれてしまう世界だった。私たちが引っ越した5番目の家は、エルサルバドルとしては珍しく、中庭以外に玄関の外側にも小さな庭があって土いじりが楽しめたから、私はそこを「ロビンソン園」と称して、色々な植物を植えては楽しんでいた。

しかし、私が生長を観察しようと楽しみにしていたマラニョンやアボカドは、種から芽が出て10センチも伸びると、誰かが抜いて持っていってしまった。貧富の差が激しいあの国では、無人の野菜売り場の「信頼」を無言の約束とした「制度」が成立しないだろうことは、理解できることである。

彼が感動して言った、「この制度を存続させるかさせないかは信用を受けた我々の責任」とは、「なんなあ文化」の日本人がわざわざ考えることではないと思うが、言われてみればそのとおりである。田舎の小さな共同体の内部の全くの無言の約束で、「あなたを信じていますよ」という意味の、ふたのないコイン入れ。その中にコインが朝から夜まで手付かずに入っているということ。しかも言われるまで、そんなことに気がつかないほどその事実があたりまえだということ。

それは、そうではなかった内戦の祖国から来た人間としては、やはり大きな感動だったのだ。

あとがき

この記述は、とらえようによっては、天からある使命を託された日本の一人の庶民だった人間の物語かもしれない。

私がエルサルバドルに行った1970年代、日本は高度成長の真っ最中だった。そして主人の国のエルサルバドルは、あの国に関係のある企業以外は、日本では一般に名前も知られていない国だった。当時たまたま務めていた東京のはずれの学校に、どういうわけか赴任してきたエルサルバドル人と交際する機会を得、彼を追ってあの国に行ったとき、エルサルバドルは内戦の前夜だった。

私は幼少期、第二次世界大戦の東京で空襲や防空壕を体験し、そのあとの敗戦の混乱の中で育ったとはいえ、当時の中米の国情にはまったく無知だった。しかし運命の偶然とはいえ、あの国のそういう状況の中で私が経験したことは、何か普通の体験とはいいがたいものがある。

色々な体験を通して、私はあの国で考えざるを得なかった。

富むということの意味。社会の最下層で苦しむ者同士の助け合いの意味。そして、当時「大国」だった日本が、どこに頼るすべもない「庶民」の危機に対してどのような態度をとり、あの世界最貧国の庶民がどのように助け合って生き抜いていたかを。

だから、私はどうしても、この体験を書き記さざるを得なかった。

あの国にいたら主人の命が危ない、ほとんどの主人の友人が自国の危険の中から国外に逃れるという選択をしているとき、日本は主人にビザを出さなかった。子供にさえ日本国籍を与えなかった。それは当時の日本の国法だったから私個人にどうすることもできなかったし、どうかしようとも思っていなかった。

そこで主人はメキシコに行き、現地で難民申請を受け付けていたオーストラリア大使館に行って難民申請したから、ほとんど私たちはオーストラリアに難民として行けると思っていた。ところがオーストラリア大使館員が私のパスポートを見た時に「奥さんが日本人なのに、なぜ日本を頼らないのか」と不思議がった。

すべてはそこから始まった。

日本人と国際結婚した夫婦でも、日本国ビザは男女差別がある。国際結婚組でも男性が日本人なら、外国人の奥さんには日本国ビザが下りるのに、女性が日本人で相手が外国人の男性なら、外国人男性には日本国ビザが下りないのだ。大使館でそう言われたから、私は別にそれを問題と思わず、あ、そうですかと思っていた。しかし、オーストラリア大使館の係員はそのことにほとんど逆上した。

彼女は私に対してでなく日本に対して、私が度肝を抜かれるほど怒り狂った。

いろいろあった。紆余曲折を経て私の脳裏に浮かんだ一人の人物、私の大学時代の恩師がすべての解決をしたのだけれど、それだって、当たり前のことではない。その当たり前ではない状況の変化によって、主人は日本国の就業ビザを得、一家は日本に来ることができ、その後法律も変わって、娘も主人も日本国籍を得た。

あの恩師が何をしたのか、私は知らない。しかし日本のある学校で教師をしていた私が、未知の国の男と出会い、結婚して、彼の国に行き、中米内戦を体験し、ある一人の人物の助けで不可能なことが可能になった、因果関係はともかくとして日本国の法律が変わった、それは事実である。

現在私はただの何の変哲もない庶民として生きている。家族は全員日本国籍を持った日本人である。私の生きた意味が、たぶん「ここにある」。

その老婆の「生きた意味」を、感じてくれればうれしい。

エスコバル瑠璃子

エスコバル瑠璃子（えすこばる・るりこ）
1941年東京都生まれ。1964年聖心女子大学外国語外国文学科卒業、1966年同大学院修了（国文学専攻）。文学修士。聖ヨゼフ学園高等学校、聖心女子学院（白金）高校国語教諭、啓明学園高等学校国語科教諭等を務めたのち、1976年にエルサルバドルに渡る。日本人補習校勤務等を経て、1984年帰国。帰国後は幼稚園英語講師、自宅にて英語サークル経営等に従事。油絵では二科会千葉支部同人、二科展本展入選3回、二科展千葉支部展賞4回千葉支部展同人となる（現在退会無所属）。

エルサルバドル内戦を生きて――愛と内乱、そして逃避行

2023年7月10日　初版第1刷発行

著者 ――エスコバル瑠璃子
発行者 ―平田　勝
発行 ――花伝社
発売 ――共栄書房
〒101-0065　東京都千代田区西神田2-5-11出版輸送ビル2F
電話　03-3263-3813
FAX　03-3239-8272
E-mail　info@kadensha.net
URL　https://www.kadensha.net
振替 ――00140-6-59661
装幀 ――黒瀬章夫（ナカグログラフ）
印刷・製本―中央精版印刷株式会社

ISBN978-4-7634-2071-8 C0022